開膛手傑克的百年孤寂

島田莊司

郭清華—譯

【總導讀】

新本格推理小說之先驅功臣島田莊司（三次增補版）

推理評論家◎傅博

●《占星術殺人魔法》是新本格推理小說的先驅作品

說到日本之新本格推理小說的發軔時，誰都知道其原點是一九八七年，綾辻行人所發表的《殺人十角館》。但是少有人知道黎明前的那段暗夜的故事。凡是一個事件或是現象的發生，都有原因的，不是平空而來的。新本格推理小說的誕生也不例外，現在分為近、遠兩因來說。

一九五七年，松本清張發表《點與線》和《眼之壁》，確立社會派推理小說的創作路線，之後，新進作家都跟進。之前以橫溝正史為首的浪漫派（又稱為虛構派）推理小說（當時稱為偵探小說），隨之衰微，最後剩下鮎川哲也一人孤軍奮鬥。

但是稱為社會派推理作家的作品，大多是以寫實手法所撰寫之缺乏社會批評精神，甚至不少作品變質為風俗推理小說，到了一九六〇年代後半就開始式微，於是第一波反動勢力抬頭，就是幾家出版社之浪漫派推理小說的重估出版。

最初是一九六八年十二月，桃源社創刊「大浪漫之復活」叢書，收集了清張以前，被稱為偵探作家之國枝史郎、小栗虫太郎、海野十三、橫溝正史、久生十蘭、橘外男、蘭郁二郎、香山滋等代表作，獲得部分推理小說迷的支持。之後由幾家出版社分別出版了「江戶川亂步全集」、「夢野久作全集」、「橫溝正史全集」、「木木高太郎全集」、「濱尾四郎全集」、「山田風太郎全集」、「大坪砂男全集」、「高木彬光長篇推理小說全集」等精裝版不下十種。

另外，於一九七一年四月由角川文庫開始出版的橫溝正史作品（實質上是文庫版全集，達一百卷），與角川電影公司的橫溝作品的電影化之相乘效果，引起橫溝正史大熱潮，合計銷售一千萬本。象徵了偵探小說的復興，但是沒有出現繼承撰寫偵探小說的新作家。此為遠因之一。

遠因之二是，一九七五年二月，稱為「偵探小說專門誌」以重估偵探小說、發掘偵探小說之新人作家、推動推理小說評論為三大編輯方針的《幻影城》創刊。

《幻影城》於一九七九年七月停刊，在不滿五年期間，以特輯方式，有系統地重估了偵探小說，確立了從前不被重視的推理小說評論方向，並舉辦「幻影城新人獎」，培養出一批具「新偵探小說觀」的新進作家，如泡坂妻夫、竹本健治、連城三紀彥、栗本薰、田中芳樹、筑波孔一郎、田中文雄、友成純一等。

《幻影城》停刊後，浪漫派推理小說復興運動也告一段落，只泡坂妻夫等幾位幻影城出身的作家，以及《野性時代》出身的笠井潔陸續發表偵探小說而已。代之而興起的，就是被歸類於推理小說的冒險小說。一九八〇年代，日本推理小說的第一主流就是冒險小說。

近因是帶著《占星術殺人魔法》登龍推理文壇的島田莊司的影響。

《占星術殺人魔法》原來是於一九八〇年，以《占星術之魔法》應徵第二十六屆江戶川亂步獎的作品，雖然入圍，卻沒得獎。改稿後，於八一年十二月以《占星術殺人魔法》，由講談社出版。

占星術是把人體擬作宇宙，分為六部分，即頭部、胸部、腹部、腰部、大腿和小腿。各由不同行星守護。又每人依其誕生日分屬不同星座，特別由星座守護星祝福其所支配部位。

一九三六年幻想派畫家梅澤平吉，根據上述占星術思想，留下一篇瘋狂的手記，被殺害陳屍於密室。手記內容寫道，自己有六名未出嫁女兒，其守護星都不同，如果各取被守護部位，合為一個完美的處女的話，生命實質上生命已終結，其肉體被精練，昇華成具絕對美之永遠女神，變為「哲學者之后（阿索德）」，保佑日本，挽救神國日本之危機。

之後，六名女兒相繼被殺害分屍，屍體分散日本各地，好像有人具意識地在繼承梅澤的遺志。但是梅澤的手記沒人看過，何來有遺囑殺人呢？兇手的目的是什麼？四十年來血案未破，成為無頭公案。

四十三年後春天，事件關係者寄來一包未公開過的證據資料給占星術師兼偵探的御手洗潔，請他解決這一連串的獵奇殺人事件。名探御手洗潔如何推理、解謎、破案之經過，請讀者直接閱讀本書，這裡不饒舌，只說本書是一部蒐集古典解謎推理小說的精華於一書的傑作。

故事記述者石岡和己是名探的親友，完全承襲柯南道爾的福爾摩斯探案；御手洗潔根據四十年前的資料做桌上推理，是沿襲奧希茲女男爵的安樂椅偵探；書中兩次插入作者向讀者的挑戰信，是踏襲艾勒里・昆恩的「國名系列」作品；炫耀占星術、分屍的獵奇殺人，是繼承約翰・狄克森・卡爾的浪漫性和怪奇趣味。

本書出版後毀譽褒貶參半，否定者認為這種古色古香的作品，不適合社會派（實際上是寫實派）的推理小說時代，卻不從作品的優劣作評價。肯定者即認為是一部罕見的本格推理傑作。這些肯定者大多是年輕讀者。

處女作是作家的原點，至今已具三十年作家歷的島田莊司，其作品量驚人，已達七十部以上，非小說類之外，都是本格推理小說，而大多作品都具處女作的痕跡。

●島田莊司的推理小說觀

在日本，小說家寫小說，評論家寫評論，各守自己崗位，工作分得很清楚；不像台灣的作家，人人都是天才，詩、散文、小說、評論樣樣寫，產品卻都是垃圾一大堆，但是有例外。現在日本推理文壇，也有例外，二位作家——島田莊司和笠井潔，卻是雙方兼顧的作家。

笠井潔的評論注重於理論與作家論（有機會另詳說），島田莊司的評論大都是宣揚自己的「本格mystery」理念。

那麼島田莊司的本格推理小說觀是怎樣的呢？我們可從一九八九年十二月，島田莊司所發表的長篇論文〈本格ミステリー論〉（收錄於講談社版《本格ミステリー宣言》一書裡）可獲得解答。

島田莊司的推理小說觀很獨自，把八十多年來的日本推理小說，大概按時代分為三種類，以不同名稱稱呼，意欲表達其內容的不同：清張（一九五七年）以前的作品群稱為「探偵小說」，即偵探小說也。清張為首的社會派作品稱為推理小說。自己發表《占星術殺人魔法》以後之推理小說稱為「ミステリー」，即mystery的日文書寫。以下引用文，一律按其分類名稱書寫，筆者的文章原則上統一為「推理小說」。

島田莊司對「本格」的功用定義如下：

——「本格」並非為作品的優劣之基準而發明的日本語。同時也非要衡量作品的社會性價值的尺子，只是要說明作品風格，並與其他小說群做區別分類之方便性而登場的稱呼而已。

繼之說明本格的構造說：

——「本格」就是稱為推理小說這門特殊文學發生的原點。並且具有正確地繼承這種精神的作家，在歷史上各地區連綿不斷地生產本格作品，而且從這些本格作品所發散出來的精神，也不斷地引起本格以外之「應用性推理小說」的構造。

島田莊司認為推理小說的原點是「本格」，由本格派生出來的作品就是「應用性推理小說」，他故意不使用「變格」字樣，他說：

——在前文使用過的「應用性推理小說」，就是指具有愛倫・坡式的精神，屬於幻想小說系統以外之作家，運用自己獨特的方式撰寫的犯罪小說。

島田莊司一面承認二次大戰前，被稱為「本格探偵小說」的作品就是「本格」，而另一面卻認為部分作品是非本格作品，但是沒有具體舉出作品名說明。

而二次大戰後，部分人士所提倡的「推理小說」名稱，他認為是「本格探偵小說」的同義語，在「推理小說」上不必冠上「本格」兩字。至於清張以後的「推理小說」，是從「本格」派生的，屬於「應用性推理小說」，所以「推理小說」群裡沒有「本格」作品。

——現在因這些理由，「本格推理小說」這名稱，在出版界廣泛使用。可是，現在所使用的這語言，是否對上述的歷史，以及各種事項具正確的理解，然後才合理的使用，這就很難說了。

島田莊司認為清張以後的冒險小說、冷硬推理小說、風俗推理小說、社會派犯罪小說都是從「推理小說」派生出來的。（前段引文的「這些理由」、「上述的歷史」、「各種事項」就是指推理小說的派生問題）。因此「推理小說」本身要與這些派生作品劃清界線，方便上稱為「本格推理小說」而已，實質上並不具「本格」涵義。由此，島田的結論是「本格推理小說」原來就不存在，名稱是誤用的。

——那麼，「本格」或是「本格ミステリー」是什麼？

——已經理解了吧。「本格mystery」不是「應用性推理小說」，是指極少數的純粹作品。從愛倫・坡的〈莫爾格街之殺人〉的創作精神誕生，而具同樣創作精神的mystery就是。

最後，島田莊司認為愛倫・坡執筆〈莫爾格街之殺人〉的理念是「幻想氣氛」與「論理性」。所以島田的結論是，「本格ミステリー」須具全「幻想氣氛」與「論理性」的條件。

島田莊司的這篇論文，饒舌難解，為了傳真，引文是直譯，不加補語。

●島田莊司的作品系列

話說回來，島田莊司，一九四八年十月十二日出生於廣島縣福山市，武藏野美術大學商業設計科畢業後，當過翻斗卡車司機，寫過插圖與雜文，做過占星術師。一九七六年製作自己作詞作曲的LP

唱片〈LONELY MEN〉，一九七九年開始撰寫小說，處女作《占星術殺人魔法》就是根據自己的占星術學識撰寫的作品，出版時是三十三歲。一九九三年移居美國洛杉磯。

以《占星術殺人魔法》登龍文壇之後，島田莊司陸續發表本格推理小說已達七十部以上，非小說約二十部。以偵探分類，可分為三大系列，第一是「御手洗潔系列」，第二是「吉敷竹史系列」，第三是「犬坊里美系列」與一群非系列化作品。這是方便上的分類。島田所塑造的配角，如牛越佐武郎刑事、中村吉藏刑事，在各系列露面。現在依系列，簡介島田莊司的重要作品，書名下之括弧內的「傑作選X」為皇冠版島田莊司推理傑作選號碼。

一、御手洗潔系列

御手洗潔，這姓名很奇怪。「御手洗」在日本是實有的姓名，但是很少。當一般名詞使用時，是「廁所」之意。「御手洗潔」即具清潔廁所之意。作家往往把自己投影在作品的登場人物，不一定是主角，有時候是旁觀者。日本的「私小說」主角，大多是作者的分身。在島田作品裡，這種現象很明顯，不只是御手洗潔，記述者石岡和己也是島田莊司的分身。

據島田的回憶，小學生的時候被同學叫為「掃除大王」，甚至譏為「掃除廁所」，理由是「莊司」的日語發音souji與「掃除」同音。所以把少年時的綽號，做為名探的姓名。御手洗潔的本行是占星術師，島田曾經也是占星術師。石岡和己是御手洗潔的親友，並非作家，記述御手洗潔破案經過的《占星術殺人魔法》以後，改業做作家。島田也是發表《占星術殺人魔法》後成為作家的。

御手洗潔也是一九四八年出生。勇敢、大膽不認輸、具正義感、唯我獨尊、旁若無人的言動等性格，也是與島田莊司共有的。

01《占星術殺人魔法》（傑作選1）：

一九八一年二月初版、一九八五年二月出版第二次改稿版。「御手洗潔系列」第一集。長篇。初版時的偵探名為御手洗清志，記述者是石岡一美。不可能犯罪型本格小說的傑作。

02《斜屋犯罪》（傑作選15）：

一九八二年十一月初版。「御手洗潔系列」第二集。長篇。北海道宗谷岬有一座傾斜的房屋流冰館，連續發生密室殺人事件，辦案的是札幌警察局的牛越刑事，他不能破案，向東京救援，被派來的是御手洗潔。島田莊司的早期代表作，發表時也只獲得部分推理小說迷肯定而已，但是對之後的新本格派的創作具深大影響，就是「變型公館」的殺人。如綾辻行人之《殺人十角館》等「館系列」，歌野晶午之《長形房屋之殺人》等信濃讓二的房屋三部曲，我孫子武丸之《8之殺人》等速水三兄妹推理三部曲都是也。

03《御手洗潔的問候》（傑作選12）：

一九八七年十月初版。「御手洗潔系列」第三集，收錄密室殺人之〈數字鎖〉、具向讀者的挑戰信之〈狂奔的死人〉、寫一名上班族的奇妙工作之〈紫電改研究保存會〉、綁架事件、密碼為主題之〈希臘之犬〉等四短篇的第一短篇集。

04《異邦騎士》（傑作選2）：

一九八八年四月初版。一九九七年十月出版改訂版。「御手洗潔系列」第四集。長篇。以御手洗潔探案順序來說，是最初探案。一名失去記憶的「我」，尋找自己的故事。屬於懸疑推理小說。《占星術殺人魔法》之前的習作《良子的回憶》之改稿版。

05《黑暗坡的食人樹》（傑作選5）：

一九九〇年十月初版。「御手洗潔系列」第六集。長篇。江戶時代，橫濱黑暗坡是刑場，有很多陰慘的傳說。樹齡二千年的大樟樹是食人樹，至今仍然有悲慘事件發生，與黑暗坡的藤並一族的連續命案是否有關？本書最大的特色是全篇充滿怪奇趣味。四十萬字巨篇第一部。

06《水晶金字塔》（傑作選18）：

一九九一年九月初版。「御手洗潔系列」第七集。長篇。一九八四年在澳洲的沙漠，發現一具被燒死的屍體，從其駕照得知，他是美國軍火財團一族的保羅・艾力克森。他是美國紐奧良南端的埃及島上的巨大玻璃金字塔的建造者。建造這座金字塔的目的是什麼？與他之死有關係嗎？一九八六年來到這座金字塔拍外景的松崎玲王奈，首日看到狼頭人身的怪物，牠與傳說中之埃及的「冥府使者」很相似。之後不久，保羅之弟李察・艾力克森，陳屍在金字塔旁的高塔之密室內，死因是溺斃。兄弟之不尋常死亡意味什麼？四十萬字巨篇第二部。

07《眩暈》（傑作選9）：

一九九二年九月初版。「御手洗潔系列」第八集。長篇。故事架構與處女作有點類似，一名《占星術殺人魔法》的讀者，留下一篇描寫恐怖的世界末日之手記：古都鎌倉一夜之間變成廢墟，出現恐龍，死人遺骸都呈被核能燒死的現象，而由一對被切斷的男女屍體合成的置錯體復醒。「幻想氣氛」十足的四十萬巨篇第三部。

08《異位》（傑作選19）：

一九九三年十月初版。「御手洗潔系列」第九集。長篇。在《黑暗坡的食人樹》與《水晶金字塔》登場過的好萊塢日籍女明星松崎玲王奈，於本書成為綁架、殺人嫌疑犯。玲王奈最近時常夢見自己的臉噴出血的惡夢。有一天有名的女明星失蹤，當局懷疑是玲王奈的作為。不久，被綁架的幼兒都被殺，全身的血液被抽盡，恰如傳說上的吸血鬼之作為。難道玲王奈是吸血鬼的後裔嗎？御手洗潔會如何推理，為玲王奈解圍呢？四十萬字巨篇第四部。

09《龍臥亭殺人事件》（傑作選10、11）：

一九九六年一月初版。「御手洗潔系列」第十集。長篇。御手洗潔一年前到歐洲遊學，岡山縣貝繁村之龍臥亭旅館發生連續殺人事件時，他不在日本，探案的主角是石岡和己。岡山縣在日本是比較保守的地區，橫溝正史之《獄門島》的連續殺人事件舞台，就是岡山縣的離島，一九三八年日本最大量（三十人）的殺人事件舞台也是岡山縣。本書是目前島田莊司的最長作品，他花了八十萬字欲證明其「多目的型本格mystery」（多目的的型是指在一個故事裡有複數的主題或作者的主張）。如在下冊插入四萬字以上的「都井睦雄之三十人殺人事件」，原來這事件與故事是沒關係的。「多目的型本格mystery」的贊同者不多。

10《俄羅斯軍艦幽靈之謎》（傑作選23）：

二〇〇一年十月初版。「御手洗潔系列」第十四集。長篇。一九九三年八月，即御手洗潔赴歐洲一年前，他收到松崎玲王奈從美國轉來一封她首次到美國拍「花魁」電影時，影迷倉持百合寄給她的舊信，內容說，前個月九十二歲的祖父倉持平八的遺言，希望在美國的玲王奈向住在維吉尼亞州之安娜・安德森・馬納漢轉達：「他對不起她，在柏林，實在對不起。」但是他卻不透露對不起的理由。他又希望她能夠到箱根之富士屋飯店，看到掛在一樓魔術大廳暖爐上的那一張相片。

於是御手洗帶石岡來到富士屋。此相片攝於一九一九年，箱根蘆湖為背景，一夜之間湖上出現一艘俄羅斯軍艦時的幽靈相片。直接關係者都已死亡的歷史懸案，御手洗如何解決？

11《魔神的遊戲》（傑作選6）：

二〇〇二年八月初版。「御手洗潔系列」第十五集。長篇。五、六十歲的女人連續被殺分屍事件，在御手洗潔遊學英國蘇格蘭尼斯湖畔發生，掛在刺葉桂花樹上的「人頭狗身」的怪物意味些什麼？

12《螺絲人》（傑作選20）：

二〇〇三年一月初版。「御手洗潔系列」第十六集。長篇。本書採取橫排與直排交互排版的特殊方式，可說是作者之新嘗試，是否成功讓讀者判斷。故事發生於瑞典與菲律賓兩地，發生的時間相差也有一段距離。全書分四大章，第一、第三章橫排，是御手洗的手記，寫他在瑞典的醫學研究所接見一位年齡與自己差不多的失去部分記憶的中年人馬卡特的經過。

第二章直排，馬卡特撰寫的幻想童話〈重返橘子共和國〉全文，主角艾吉少年出遊，來到巨大橘子樹上的鄉村，博學、長壽的老村長，有翼精靈……第四章橫直排交互出現，御手洗根據這本童話，推裡馬卡特失去部分記憶的原因，因此發現在菲律賓發生的事件。

13《龍臥亭幻想》（傑作選13、14）：

二〇〇四年十月初版。「御手洗潔系列」第二十集。長篇。龍臥亭事件八年後，當時的本事件關係者在龍臥亭集會。在眾人監視的神社內，業餘的年輕巫女突然消失，三個月後，從地震後的地裂出現其屍體。之後，發生分屍殺人事件。這樁連續殺人事件與明治時代的森孝魔王傳說有何關係？吉敷竹史在本書登場，與御手洗潔聯手解決事件。

14《摩天樓的怪人》（傑作選21）：

二〇〇五年十月初版。「御手洗潔系列」第二十一集。長篇。一九六九年御手洗潔在紐約哥倫比亞大學任教（助理教授）。住在曼哈頓摩天大樓三十四樓的舞台劇大明星，因患癌症，臨死前向他告白，於一九二一年紐約大停電時，她在一樓射殺了自己的老闆。這棟大樓曾經發生過複數的女明星在房間內自殺，劇團關係者被大時鐘塔的時針切斷頭，又某天突然吹起大風，整棟大樓的窗玻璃都破碎，本大樓的設計者死亡等事件，都與住在這棟大樓的「幽靈（怪人）」有關。她要御手洗推理，告白後即去世。幽靈的真相是什麼？

15《利比達寓言》（傑作選25）：

二〇〇七年十月初版。「御手洗潔系列」第二十三集。收錄兩篇十萬字長篇。表題作《利比達寓言》寫二〇〇六年四月，在波士尼亞赫塞哥維納共和國莫斯塔爾，四名男人同時被殺害，其中三名是塞爾維亞人，三人之中兩名的頭被切斷，另一名是波士尼亞人，頭同樣被切斷之外，胸腔至腹部被切開，心臟以外的內臟全部被拿走。此外四名的男性器都被切斷拿走。

北大西洋條約機構（NATO）之犯罪搜查課之吉卜林少尉來電，要「我」（克羅地亞人。御手洗潔的朋友，本事件紀錄者）連絡在瑞典的御手洗潔，請他到莫斯塔爾來解決這次獵奇殺人事件。

另一長篇是《克羅埃西亞人的手》，同樣是蘇聯崩壞後，獲得獨立的小獨國內的民族糾紛為題材的本格推理小說。

二、吉敷竹史系列

島田莊司發表第二長篇《斜屋犯罪》後，風評與處女作一樣，毀譽褒貶參半。島田認為「本格mystery」尚未能被一般推理小說讀者接受，須擬出一套戰略計畫，推擴「本格mystery」。島田的策略之一，就是撰寫擁有廣大讀者的旅情推理小說，先打響自己的知名度，然後再回來撰寫「本格mystery」；另一策略就是到全國各所大學的推理文學社團宣揚「本格mystery」。島田的兩個策略，算是都成功了。他在京都大學認識了綾辻行人、法月綸太郎、我孫子武丸等人，鼓勵他們寫作，並把他們的作品推薦給讀者，而確立了新本格推理小說。

另一面，島田莊司從一九八三年開始，以短篇寫御手洗潔系列作品，長篇寫旅情推理小說，而塑造了離過婚的刑事吉敷竹史。其離婚妻加納通子偶爾會在「吉敷竹史系列作品」露面，是一位重要配角。他們離婚前的感情生活，作者跟著故事的進展，借吉敷的回憶，片段的告訴讀者。

所謂的「旅情推理小說」大多具有解謎要素，但是它與解謎要素並重的是，描述地方都市的人情、風光。故事架構有一定形式，住在東京的人，往往死在往地方都市的列車內或地方都市。辦案的大多是東京的刑事。

吉敷竹史是東京警視廳搜查一課殺人班刑事，一九四八年出生，與島田莊司、御手洗潔同年，只從年齡來說，就可看出吉敷竹史也是作者的分身，所以其造型與寫實派的平凡型刑事不同。

長髮、雙眼皮、大眼睛、高鼻梁、厚嘴唇、高身材，一見如混血的模特兒。這種素描就是島田莊司的自畫像。

01《寢台特急1／60秒障礙》（傑作選7）：

一九八四年十二月初版。「吉敷竹史系列」第一集。長篇。被殺害剝臉皮陳屍在浴缸裡的女人，在其推定的死亡時刻後，卻在從東京開往西鹿兒島的寢台特別快車隼號上被目擊。是一人扮二人？抑或是二人扮一人的詭計嗎？

02《出雲傳說7／8殺人》（傑作選8）：

一九八四年六月初版。「吉敷竹史系列」第二集。長篇。被分屍成八件肉塊的女性，其胴體、兩腕、兩大腿、兩小腿分別放在大阪車站與山陰地區的六個地方鐵路終站，找不到頭部而且其指紋全部被燒燬。兇手的目的是什麼？

03《北方夕鶴2／3殺人》（傑作選3）：

一九八五年一月初版。「吉敷竹史系列」第三集。長篇。事件是五年前的離婚妻加納通子打來的電話為開端，東京的刑事吉敷竹史，被捲入北海道的連續殺人事件。通子最初被誤認為從東京開往北海道的「夕鶴九號」列車殺人事件的被害者，其次成為釧路的公寓殺人事件的加害者。吉敷竹史在查案過程中，發現兩人結婚前之通子的重大秘密。吉敷獲得札幌警察署刑事牛越佐武郎的協助，終可破案。是一部社會派氣氛濃厚的旅情推理小說之傑作。

04《奇想、天慟》（傑作選17）：

一九八九年九月初版。「吉敷竹史系列」第八集。長篇。行川郁夫只為了十二圓的消費稅，刺殺了雜貨店女老闆，行川被捕後一直閉嘴不說出殺人的真正動機。吉敷竹史深入調查後，發現行川三十年前曾經出版過一本推理小說集《小丑之謎》，是寫一名矮瘦小丑，在北海道的夜行列車廁所開槍自殺，被發現後，廁所門再次被打開時，屍體消失無蹤……吉敷又由札幌警察局刑事牛越佐武郎告知，三十多年前北海道發生過類似事件，吉敷於是重新調查此事件。是一部本格推理融合社會派推理的傑作。

05《羽衣傳說之記憶》：

一九九〇年二月初版。「吉敷竹史系列」第九集。長篇。吉敷竹史偶然在東京銀座的畫廊看到叫為「羽衣傳說」的雕金。他懷疑是離婚妻加納通子的作品。他回憶一九五八年，初次遇到她時的情景：她為了搶救一隻將被車撞死的小狗，反而自己受傷，吉敷把她帶到醫院治療，之後兩人開始交往，翌年結婚。結婚當天通子向吉敷說：「如果結婚的話，我將會死掉」。結婚後通子的行動漸漸不正常，六四年兩人離婚。吉敷至今一直不能忘記與通子相處的這六年。在「吉敷竹史系列」加納通子繼《北方夕鶴2／3殺人》登場的作品。

之後，吉敷到羽衣傳說之地，靜岡縣清水市辦案時，偶然遇到通子，吉敷又被捲入與通子母親有關的離奇死亡事件。

06《飛鳥的玻璃鞋》：

一九九一年十二月初版。「吉敷竹史系列」第十一集。長篇。住在京都的電影明星大和剛太失踪第四天，被切斷的右手腕寄到他家裡。十個月後事件尚未解決，吉敷對這件管區外的事件發生興趣，向上司要求，讓自己去京都辦案，上司不允許，討價還價的結果，上司開出一個條件，限定一個星期的期間，要他解決事件，不然的話要辭職。

吉敷如何對付這事件？一篇具限時型懸疑小說的本格推理小說。日本的警察制度，不允許越境辦案，吉敷為何賭職辦案呢？這與離婚妻加納通子來電有關嗎？

三、犬坊里美系列

二〇〇六年島田莊司新創造之第三系列。主角犬坊里美對讀者並不陌生，在《龍臥亭殺人事件》首次登場後，當時她還是一名青春活潑的高中生。之後在御手洗潔探案中出現過，甚至御手洗出國時，在《御手洗諧模園地》裡，與石岡和己合作解決過事件，可見她稍早就具有推理眼。跟著時光的推移，里美高中畢業後，在橫濱之塞利托斯女子大學法學部學習法律，畢業後在光未來法律事務所上班，並準備司法考試，考試及格後到司法研修所受訓，研修後被派到岡山地方法院實修。

01《犬坊里美的冒險》（傑作選22）：

二〇〇六年十月初版。「犬坊里美系列」第一集。長篇。故事從二〇〇四年夏天，二十七歲的犬坊里美為司法修習，來到岡山地方法院報到寫起。被派到這裡的修習生有六位，實修第一階段是律師事務，於是她與五十一歲的芹澤良，被派到丘隣之倉敷市的山田法律事務所實習。

他們兩人到山田法律事務所上班第一天，就碰到一個之前被殺、屍體消失，而前幾天腐爛屍體突然出現五分鐘，然後又消失的怪事件，而當局當場逮捕一名屍體出現時，在屍體旁邊的流浪漢藤井寅泰，他對殺人經過、動機一句不說，里美認為必有驚人的內幕，她開始調查。

四、非系列化作品

島田莊司的非系列化作品，佔小說作品之三分之一以上，與其他本格派推理作家比較，其比率為高，作品領域也廣泛，有解謎推理、有社會派推理，也有諧模（戲作）作品。

01《被詛咒的木乃伊》（傑作選4）：

一九八四年九月初版。長篇。原書名是《漱石與倫敦木乃伊殺人事件》。明治大正時代的文豪夏目漱石為主角之福爾摩斯探案的諧模作品。夏目漱石留學英國時，每晚被幽靈聲音騷擾，他去找名探福爾摩斯，由此被捲入一樁木乃伊焦屍案。全書分別以福爾摩斯助理華生與夏目漱石兩人之不同視點交互記載事件經緯。夏目漱石眼中的英國首屈一指的名探是怪人。諧模推理小說的傑作。

02《火刑都市》：

一九八六年四月初版。長篇。連續縱火殺人事件為主題的社會派本格推理小說之傑作。中村吉藏刑事唯一為主角的作品。都市論——東京，與推理小說的「多目的型本格mystery」。

03《高山殺人行1／2之女》（傑作選16）：

一九八五年三月初版。長篇。旅情推理小說第四長篇，但是與上述三作品不同的是非吉敷竹史系列作品。一般旅情推理小說不能或缺的是列車、飛機、船舶等交通工具與其時間表。日本特有之旅情推理能夠成立的最大因素是，這些交通工具之運行時間的正確性。但是本書並不使用這些工具與時間表。所使用的是島田平時喜愛的轎車。上班族齋藤真理與外資公司的上級幹部川北留次有染。

某天，川北從高山別墅來電說，殺死妻子初子，要她替他偽造不在犯罪現場證明，要她打扮成初子，駕車來高山，途中到處留下初子的印象。「兩人扮演一人」的詭計是否成功？故事意外展開，讓讀者意想不到的收場。

04《開膛手傑克的百年孤寂》（傑作選24）：

一九八八年八月初版，二〇〇六年十月出版改訂版。長篇。一八八八年，英國倫敦發生令人心寒的連續獵奇殺人事件。五名被害者都是娼妓，她們被殺後都被剖腹拿出內臟。事件發生至今已一百多年，倫敦警察當局尚未破案。島田莊司不但取材自這件世界十大犯罪事之一的「開膛手傑克事件」，並加以推理、解謎（紙上作業）。

開膛手傑克事件的百周年之一九八八年，東德首都東柏林也發生模仿開膛手傑克的連續娼妓獵奇殺人事件。名探克林・密斯特利（Clean Mystery，島田莊司迷不陌生吧！）如何解釋相隔百年的兩大獵奇事件呢！

05《伊甸的命題》：

二〇〇五年十一月初版。收錄兩篇十萬字左右的長篇。表題作《伊甸的命題》所指的是：「由男性的細胞核所創造的複製人，是否能夠具備卵巢這種臟器」的疑問。由此可知本篇乃以懸疑小說形式討論複製人的小說。

另一篇《瘋狂滑梯》（ヘルターケルター）是，島田莊司於二〇〇一年發表論文〈21世紀本格宣言〉，重新宣揚自己的本格理念。然後請幾位作家撰寫符合其本格理念的推理小說，而本人也寫了一篇示範作品，分發給每位參與的作家做參考。這篇作品就是《瘋狂滑梯》，本文不提示其內容，讓讀者去欣賞島田莊司的二十一世紀推理小說。（其實二〇〇一年以後的島田作品，很多是這類小說。）

【導讀】

島田莊司與永恆懸案

推理作家、評論家◎既晴

I

除了持續地構思、設計不可思議、異想天開的離奇兇殺案以外，筆力遒健的島田莊司，也關心現實世界的特殊刑案。例如最為人所熟知的是，他曾經發表過《秋好事件》（一九九四）與《三浦和義事件》（一九九七）兩部罪案實錄鉅作，針對日本的冤獄問題進行剖析，並且探討廢止死刑的可能性。

「秋好事件」是發生在一九七六年的滅門血案。是年六月十三日深夜，被告秋好英明涉嫌入侵妻子姐姐家中，殺害其家族共四人，當時正在睡夢中的妻子則逃脫報案。後來，秋好在企圖以瓦斯自殺前遭到警方逮捕，供稱「是因為妻子家人反對兩人結婚，所以犯案」。然而，秋好在法庭上卻大翻供，說「妻子其實也是共犯」，但妻子則嚴正否認。其後，地方法院宣判秋好死刑，秋好不服進而上訴，但高等法院、最高法院並未更改判決結果。目前被告尚未執行死刑，仍在請求重新審判。

「三浦和義事件」則是一九八一年，商人三浦和義與妻子前往洛杉磯旅行期間，先是其妻被人毆打，後來兩人還遭遇槍擊。妻子頭部中彈身亡，而腿部受傷的三浦獲得保險金一億五千五百萬日圓。

不久，日本新聞雜誌《週刊文春》刊載的〈疑惑的槍彈〉報導三浦可能涉嫌殺妻、詐領保險金，掀起震撼。結果，警方依三浦的情人證言，其妻遭人毆擊一案是三浦主謀，以殺人未遂逮捕他，後再以槍殺案主謀追加起訴。經過多年纏訟，最後由於證據不足，三浦被判無罪，但他因案已被監禁十多年。

三浦被釋放後，於二〇〇八年前往美國塞班島旅行，又遭到美國警方逮捕，罪名是二十七年前涉嫌殺妻（在美國，謀殺案並無追溯時效）——儘管此案在日本已經審判終結。結果，三浦在移送到洛杉磯後隨即自殺身亡，就這麼留下了永不可解的謎團。

若單純以小說的範圍來看，島田取材真實刑案的最早創作，應是本書《開膛手傑克的百年孤寂》（一九八八）了。這樁發生在十九世紀末期，由神秘兇手「開膛手傑克」（Jack the Ripper）犯下的連續妓女謀殺案，百年至今懸而未解，可說是全世界犯罪學家、警界人士、推理作家及業餘偵探最感興趣的題目之一。近年來，島田所發表的御手洗潔探案中篇集《上高地的開膛手傑克》（二〇〇三），其中所收錄的同名中篇作品，也再次採用了同樣的題材。

此外，島田也曾取材發生於一九三八年的大量屠殺案「津山事件」，完成他九〇年代重量級的巨篇大作《龍臥亭殺人事件》（一九九六）。而且，還進一步延續其故事舞台貝繁村的封閉、陰鬱氣氛，推出續作《龍臥亭幻想》（二〇〇四）。

不過，若是真正要選出一件犯罪史上最能引起島田莊司關注的真實刑案，那麼，「開膛手傑克」一案，應該就是最有可能的答案了。

接著，先讓我們簡單回顧「開膛手傑克」一案，再來檢視這件百年大案的始末，以及與島田的創作之間有何聯繫。

Ⅱ

時間，一八八八年。那時的倫敦，已是進步繁榮、英才薈萃的大都會，是維多利亞時代（Victorian era）的風華象徵。當然，大量懷抱夢想、尋求生計的外地人、淘金者，也前仆後繼地湧入這座光鮮亮麗的城市，而競逐失利、苟且求活的人則逐漸在倫敦東區（East End）匯集成一塊黑色的區域。東區裡的組成份子複雜，住滿流浪漢、妓女、低階勞工、非法移民、甚至犯罪者，堪稱全市最陰暗破落、最龍蛇雜處的角落。

八月三十一日凌晨三點四十分，四十二歲的妓女瑪麗・安・尼古拉斯（Mary Ann Nichols）被發現陳屍於屯貨區（Buck's Row）附近的小路，根據驗屍報告指出，她的臉上有瘀傷、喉嚨有兩道既深且長的嚴重切口、腹部也有多處刀傷。

其後，九月八日清晨五點五十分，另一名妓女、四十七歲的安妮・查普曼（Anna Chapman）被發現死於漢柏利街（Hanbury Street）的民宅後院，喉嚨同樣有兩道深長的切口，而腹部則整個破開，腸子被拉出體外，甚至連子宮、膀胱都不見了。

第三樁命案發生在九月三十日的凌晨一點，四十四歲的妓女伊麗莎白・史泰德（Elizabeth Stride）倒臥在博納街（Berner Street）一家俱樂部外，頸部深刻的刀傷，讓她大量失血而死。當時，伊麗莎白才剛死亡不久，而且在她被殺前，曾有人目擊她與一名男子交談，因此，這名男子極可能就是真兇。

不過，更令人意外的是，同一天稍晚的凌晨一點四十五分，另一名四十六歲的妓女凱薩琳・艾道斯（Catherine Eddowes）死在主教廣場（Mitre Square），兇手的作案手法與前述三樁命案如出一轍：凱薩琳的脖子上有兩條致命的切口，腸子被拉出體外，腎臟與子宮也被兇手帶走。

第五件命案——也是最後一件，發生在十一月九日，死者二十五歲的妓女瑪麗・珍・凱利（Mary Jane Kelly）在上午十點四十五分被發現陳屍於德塞特街（Dorset Street）的租屋住處，死狀比其他被害人更加悽慘——除了相同的割喉特徵，瑪麗的屍體被亂刀砍得面目全非，腹腔的內臟也全被掏空，散置在床上及房中的桌子上。從兇手變態而細膩的作案手段來看，這場虐殺至少進行了兩個小時。

至於，兇手也開始向報社、警署、醫院寄信。第一封出現在九月二十七日，報社「中央新聞社」（Central News Agency）收到以紅墨水書寫、自稱兇手的挑釁信，署名「開膛手傑克」。由於裡頭預告了三天後的艾道斯殺害手法，後來引起警方高度重視。在媒體的大肆宣揚下，「開膛手傑克」自此也成為兇手的定稱。

然而，正當投下大批人力的警方耗精竭力地調查所有關係人、過濾可疑的嫌犯而一無所獲，開膛手傑克在犯下第五樁最殘忍的命案後，就突然銷聲匿跡，真相至今懸而未決。而，後世也出現了各式各樣的推理與猜測，可說是人類的智力與想像力大觀。

這一長串的嫌犯名單中，包括了醫生湯瑪士・尼爾・克林姆（Thomas Neil Cream）、皇室成員艾伯特・維克多王子（Prince Albert Victor）、漁販約瑟夫・巴內特（Joseph Barnett）、律師蒙塔古・約翰・卓伊特（Montague John Druitt）、商人詹姆斯・梅布立克（James Maybrick），還有兇手是女人，助產士瑪麗・皮爾西（Mary Pearcey）——亦即開膛手吉兒（Jill the Ripper）的說法，甚至連《愛麗絲夢遊仙境》

（Alice's Adventures in Wonderland, 1865）的作者路易士・卡羅（Lewis Carroll）都曾被拖下水。

推理作家派翠西亞・康薇爾（Patricia Cornwell）也投下大筆財力購入相關證物，應用鑑識科技經調查後發表《開膛手結案報告》（Portrait of a Killer : Jack the Ripper - Case Closed, 2002），確認了真兇是畫家華特・席克特（Walter Sickert）。

康薇爾的理論根據，是從開膛手傑克寄給報社的信封郵票背面，檢出真兇的唾液，而唾液的DNA與席克特匹配。不過，開膛手學家（ripperologist）及席克特專家，都對這項結論抱持疑問：寫信的人不一定就是真兇，而且，在兇手犯案期間，席克特人在法國。

已經完成《開膛手傑克的百年孤寂》的島田，在本作出版文春文庫的「完全改訂版」後記也提到，他曾就康薇爾的理論與精神科醫師岩波明交換過意見，當中同樣針對「這封信到底是真兇寄的，或者只是想引人注目的惡作劇」為主進行討論，甚而，島田認為更應該檢查的是另一封提及被害人腎臟的來信。可見，他一直關心開膛手傑克一案的最新發展。更重要的是，綜觀開膛手傑克所犯下的五起命案，我們可以發現到，它與島田的多部作品都有著類似的共通點。

Ⅲ

在島田的處女作《占星術殺人魔法》（一九八二）中，謎團的主軸是根據西洋占星學理論，六名少女慘遭分屍的「阿索德」命案；而在《出雲傳說7／8殺人》裡，則有象徵「八俣的大蛇」的女性屍塊沿著日本鐵路四處漂流的驚悚血案。

《眩暈》（一九九二）是為了製造「雌雄同體人」的殺人事件；而在《異位》（一九九三）裡，則發現仿效聖經故事〈莎樂美〉的斬首命案。在《魔神的遊戲》（二〇〇二）中，出現了人頭與狗屍縫合的怪異情節；《螺絲人》（二〇〇三）則有將屍體脖頸加上螺紋，鎖在屍體上的離奇事件。近作《利比達寓言》（二〇〇七）裡，更有屍塊排列展示的血腥場景。

若說美國推理作家約翰·狄克森·卡爾（John Dickson Carr）號稱「密室大師」，那麼對分屍命案情有獨鍾的島田莊司，筆下也出現過琳瑯滿目、由於各種原因出現的分屍謎團，獨樹一格，要稱作「分屍大師」也絕不為過。

當然，開膛手傑克一案絕不只是案情裡具有瘋狂的分屍場面，突顯了獵奇殘虐的死亡哲學，它之所以廣受重視，也因為這是最早出現在大都會區的連續殺人魔，也是頭一樁利用媒體的影響力，來引起大眾恐慌的「劇場型犯罪」。此外，被害者全都是性工作者，以及警方數度認為兇手是外來移民，更是現代社會裡「族群歧視」心理的先肇。

現代的大眾文化，受到開膛手傑克的影響甚深。在瑪麗·貝洛克·朗蒂絲（Marie Belloc Lowndes）發表《神秘房客》（The Lodger, 1913）後，本案一躍成為推理創作的靈感來源，而此作又在希區考克（Alfred Hitchcock）的鏡頭運轉下，成為電影的重要素材。

島田則在本案發生的一百年後，選擇德國的西柏林做為開膛手傑克「復活」的都市。同時，這也是他繼《被詛咒的木乃伊》（一九八四）以來，再次將書寫範圍跨至歐洲。如果對照御手洗潔今日在歐洲的活躍，讀者或許也會浮起會心的笑意吧。

Contents

◎一九八八年，柏林妓女連續被殺慘案被害者一覽表

	被害者姓名	年齡	出生地	發現時刻	發現地點	發現者	狀況
1	瑪莉・威克達	43	愛爾蘭科克市	9月25日AM2時20分	弗洛登巷	莫妮卡・封費頓巡警、克勞斯・安克摩亞巡警	腸子掛在左肩膀上，外傷數目僅次於凱薩琳。
2	安妮・萊斯卡	42	愛爾蘭英屬曼島	9月25日AM4時多	庫格爾街前的小巷	麥茲・貝卡（雜誌記者）	腸子沒有掛在肩膀上。除了咽喉與腹部外，身體的表面沒有外傷。
3	瑪格麗特・巴庫斯塔	41	英國波茅斯	9月25日AM4時30分	黑森林巷	哈妮洛妮・布希（妓女）	腸子掛在左肩膀上，除了咽喉與腹部外，身體的表面沒有外傷。大腸被割去了將近二十公分。
4	茱莉安・卡斯帝	44	愛爾蘭都柏林	9月26日AM2時15分	克勞戴巷14號	摩根巡警	腸子掛在左肩膀上，除了咽喉與腹部外，身體的表面沒有外傷。內臟的損傷最嚴重，肝臟被刀尖刺穿，腎臟幾乎被切成兩段。
5	凱薩琳・貝克	37	英國倫敦	9月26日AM2時15分	湯普森巷57號	歐肯巡警	唯一腹部沒有被切開的人，但是小外傷最多。

◎一八八八年，倫敦開膛手傑克殺人事件被害者一覽表

	被害者姓名	年齡	出生地	發現時刻	發現地點	發現者	狀況
1	瑪莉・安・尼古拉斯	42	倫敦南部坎伯威爾	8月31日AM3時40分	屯貨區街上	查理・克洛斯（馬車夫）	咽喉上有兩道割傷，一個傷口比較深。腹部遭刺傷。
2	安妮・查普曼	47？	不明	9月8日AM6時5分	漢伯寧街29號後院	約翰・戴維斯（馬車夫）	咽喉有兩道深的傷口，腹部被剖開，切除了一部分的內臟。
3	伊莉莎白・史泰德	44	瑞典弗爾斯朗達	9月30日AM1時	博納街	路易・狄姆修斯（小買賣商人兼雜役）	咽喉上有一道長的割裂傷。
4	凱薩琳・艾道斯	43	英國中部	9月30日AM1時45分	主教廣場	艾德華・沃金斯（城市巡警）	咽喉上有道深的割裂傷。腹部被剖開，切除了一部分的腎臟。
5	瑪莉・珍・凱莉	37	愛爾蘭西南利麥立克郡	11月9日AM10時15分	米勒巷	湯瑪士・鮑爾	咽喉上有一道深的割裂傷。腹部被剖開，被切除的部位有鼻子、乳房、肝臟、腸。

◎一九八八年，柏林妓女連續被殺慘案出場人物。

莫妮卡．封費頓——柏林署風化組巡警。
克勞斯．安克摩亞——柏林署風化組巡警。和莫妮卡巡邏時發現了第一個案遇害的現場。
里奧納多．賓達——柏林署重案組搜查主任。負責指揮命案的搜查工作。
卡爾．史旺——柏林署重案組刑警。莫妮卡的未婚夫。
佩達．休特羅哲克——柏林署重案組刑警。
漢茲．狄克曼——柏林署重案組刑警。
歐拉夫．奧斯特來希——柏林署重案組刑警。
雷恩．何爾查——餐飲店服務生。對妓女充滿怨恨的龐克男孩。
克林．密斯特利——住在倫敦，研究開膛手傑克的專家。

序言

一八八八年的倫敦，是一座藏污納垢的城市。英國各地，乃至於在德國等歐洲大陸無法謀生的人們，像污水流入水溝一樣地，流進倫敦。這些人毫無例外地都住在倫敦的東郊，也就是所謂的倫敦東區（貧民區）。當時經常有七萬五千人，在那個貧民區裡蠕動著。散發出腐臭味道的成排出租房子裡，一個房間可以住著好幾個家庭，地下室還有人與豬同居的情況。

偷獵兔子、狗、老鼠等人住的房間最可怕。為了把那些動物的毛皮賣給商人，他們的房間裡總是彌漫著動物的毛髮臭味，而他們的妻子做手工糊火柴盒的漿糊味，則與廚房腐敗的魚或蔬菜混在一起。可是，住在那樣的房間裡的人，卻絕少打開窗戶。因為房子的外面也一樣臭。

然而，他們的生活還算好，因為貧民的下面還有將近十萬人口的赤貧階層。他們沒有固定的收入，被迫過著比貧民更低等的生活。他們衣著襤褸，沒有鞋子可以穿；有鞋穿的人，對他們而言鞋子比較像是裝飾品，並沒有太大的實質用途。

最讓人驚訝的是，還有人過著比赤貧階層更糟糕的生活，他們是乞丐、流浪漢、罪犯等等。這些人的數目不下於一萬一千人，他們餓著肚子，整日像狗一樣在東區徘徊，四處尋找食物，睡在建築物的屋簷下。他們雖然是人，卻過著和動物沒有什麼差別的生活，只求能活下去。

生活在底層的人們中，女性大都站在街頭拉客，靠出賣靈肉維生；男人能做的工作則是撿狗大便，把狗大便賣給皮革的鞣皮業者，因為狗大便能讓皮革有更好的光澤。

不管怎麼努力，他們辛苦了一天所能賺到的錢，大約只是西區的有錢人們賞給擦鞋匠的小費。上一個世紀末倫敦東區的邊緣，就是這樣的狀況。

上層社會的人有錢有地位，生活飽暖思淫慾；下層社會的人因為貧困與絕望，鋌而走險地過生活。一般人雖然不支持他們的行為，但是自己的所作所為其實和他們也沒有太大的差距。人們對特殊的犯罪行為或性虐待狂的發洩行徑，總是寄予異常的關注。

就像去奇觀馬戲團觀看「象人」、到監獄前觀看處決犯人一樣，都是一種殘酷的嗜好。一八六六年廢除了在監獄處決犯人的慣例之前，當有死刑犯要被處決時，人們不分男女老幼地跑到監獄前，人擠人地圍成人牆，把執法者拿著斧頭當眾砍下死刑犯頭顱的事情當成一個節目。

「開膛手傑克」的連續殺人事件，便是發生在那樣的時代、那樣的地方。「傑克」像在對那個無趣的世界挑釁般，將層層累積起來的怨恨注入刀子中，砍斷了妓女的咽喉，並且一刀從妓女的心窩口剖切到下腹，把內臟一一拉出來放在桌子上。

那真的是令人作嘔的事件，可是就某種意義而言，卻是那個時代必然的產物。傑克和被殺死的妓女一樣，都是可悲的被害者。

時光流逝，經過了百年之後的現在，世界的中心早已經遠離倫敦。倫敦變得安靜了，街道乾淨得彷彿是公園的墓地，以前在街頭上徘徊的妓女和貧民們的身影消失了，可是，從前聚集在這個世界中心的富豪們也同時離開了這裡。海德公園內擁有百年樹齡的扁柏，應該可以見證倫敦的這一頁興衰史吧！

誰也看得出文明的中心已經往西渡過大西洋，而一九八八年的現在，與百年前的大英帝國首都倫敦一樣充滿矛盾的城市便是柏林。

西柏林是一個奇妙的都市，像孤島一樣地獨自漂浮在可以說是希特勒千年帝國遺產的東德「紅色大海」裡。它的四周是高聳的圍牆，住在裡面的人雖然彷彿被關在圍牆裡的囚犯，其實卻是「自由」的。

一九六一年，無數想翻越聳立在柏林中央圍牆的德國人流血了，而開槍射擊他們，讓他們流血的人，也還是德國人。因為有高聳的圍牆，所以圍牆邊缺少綠地地區的公寓租金也一直無法提升。圍牆帶來的壓迫感和象徵危險的意念，讓多數人對這個地區敬而遠之。

像這種房租低廉的公寓地區，如果只租給學生的話也還好，可是當從外國遷徙而來，沒有固定工作的勞動階級也住進來以後，這個地方就漸漸變成貧民窟了。而這個像百年前倫敦東區的地方，也位於這個都市東邊的圍牆邊，在十字山區（Kreuzberg）或莫阿比特

（Moabit）一帶。

西邊的政府不承認東德是一個國家，也不認為東柏林是東德的首都。因此，有不少從土耳其或波蘭、南斯拉夫等國流竄出來的難民，經由東柏林，進入了西柏林，在十字山區停下流浪的腳步。西德政府因為希特勒時代所欠下的人權債務，所以無法拒絕難民的流入，導致如今西柏林兩百萬人口當中，有百分之十二是土耳其人。隨著克勞茲堡的貧民窟化，柏林圍牆邊變成了二十世紀的「倫敦東區」。

流竄到西柏林的難民只能從事清道夫或簡單的餐飲從業員的工作，也有一部分人從事色情行業、開設色情商店，女人變成了妓女。她們大多是公娼，但也有站在街上拉客的私娼。

西德的人民很想離開這樣的西柏林，住在西德的本土境內，所以彷彿孤島的西柏林曾經出現大量人口外移的現象。西德政府為了守住西柏林這個據點，便免除西柏林年輕男子服兵役的義務。

如此這般，西柏林頹廢了。如今的西柏林已變成外國勢力與外國觀光客獲取短暫快樂的邊塞地區，從北到南最後將依序成為法國、英國、美國分割統治的殖民地。

這裡街頭上的年輕人對政治十分冷漠，他們不願對政治的事情發表言論的理由，是因為他們感到矛盾；而導致他們矛盾的，單純只是因為他們正巧出生在這裡。

一九八八年・柏林

1

一九六二年的十一月，我好像出生在漢堡南郊的倉庫街區，那裡是一個令人作嘔的貧民窟。不過，儘管是一個什麼東西都在腐爛之中的區域，在十一月將盡的時候，還是給人一種相當乾淨的印象。因為天氣變冷，街道上的垃圾不再發出撲鼻的臭味了。

我不知道我的母親是怎麼樣的女人，也不知道她的職業。但是，看到她死時的模樣，大概就可以想像她是怎麼樣的女人了。

我母親死的時候，聽說才二十四歲，當時她住在倉庫街區邊緣又小又髒的公寓裡，那個公寓比丟棄垃圾的地方還要臭。我懂事之後，還到那裡看過好幾次。不過，我沒有進屋子裡看，因為沒有那種必要。面對房子的窗戶的小巷裡，隨時都有裝滿不知道是什麼奇怪藥罐子的木箱，或堆積如山的生鏽鐵屑，只要爬到那些東西的上面，就可以從窗戶看到屋子裡的情形了。

那是一間地板上鋪著粉紅色瓷磚的奇怪房間，很像城市郊區便宜旅館的廁所。

母親的肚子被剖開地死在那裡。她的咽喉被刺了一個大洞，刀子從她左邊的肚子一路切割到臉頰。

腹部的裂痕也一樣，傷口從心窩直切到下腹部。像用舊的床墊的外層帆布被切割開一樣，內臟有如彈簧或棉絮般從肚子裡翻出來。

某個臟器被剖開，裡面的「東西」被掏出來，拋在地板上。被剖開的器官是子宮，纏繞著臍帶，全身是血地躺在粉紅色瓷磚上的「東西」就是我。當時的我處於假死的狀態。而代替我被塞進肚子裡的，知道是什麼東西嗎？

是《聖經》。很慎重地塞進肚子裡的是兩本厚厚的《聖經》，一本英語版、一本德語版，實在太好笑了。

大概是發現得早吧，醫生剪斷了我身上的臍帶，做了緊急處理後把我放在保溫箱裡。雖然早產了一個月，我卻因此奇蹟般地活下來了，也才可以如此眺望這間有如豬舍般的小屋二十幾年。不過，我對醫生或這個世界並沒有道謝感激之情，因為我並沒有拜託別人讓我活下來。若真的要道謝，或許我應該謝謝殺死我母親的傢伙。不知道那傢伙是哪一條神經出了問題，而把我從子宮裡掏出來，讓我不至於在母親的體內窒息。

感激之情、神、教堂、祈禱等等，都是無聊的事情。我的生命根本沒有意義，我只是一個垃圾；所以培養垃圾的這個世間，則是一個大垃圾場。因為我的命運原本應該死在冷冷的粉紅色瓷磚上。

我已經在柏林住了將近二十年。漢堡雖然是一無是處的城市，但是柏林有過之而無不及，根本是一個「糞坑」般的地方。到處都可以看到勾著狀似有錢美國人的手臂，擺出得意面孔的輕佻愚蠢的臭女人們；和自以為是好人，其實和我們沒有兩樣的警察……想到這些，就讓我作嘔。

西柏林真是個奇怪的城市，車子不管往哪個方向行駛，只要開個三十分鐘，就會碰到國界，所以說這裡像一座島嶼，而且細得像關在籠子裡的小島。這座小島的四周是「紅色」的大海，必須搭乘飛機，才能離開這裡。這麼小的地方，蘇聯想要的話，就給蘇聯好了。

因為地方實在太窄小了，所以空氣裡彌漫著腐敗的惡臭。我住的十字山區的一角，像是垃圾車忘記造訪的地帶，一大早街頭就到處可見拉客的妓女。我所知道的人當中，沒有一個是不嗑藥。我從小就很少吃到麵包牛奶，可以說是靠酒精、古柯鹼、印度大麻給養大的。

還有就是搖滾樂。如果沒有滾石合唱團和那些玩重金屬的傢伙，如今的我不知道會是什麼樣子。或許會因為在柏林街頭四處縱火而被關進監牢，或被認為精神有問題而被強制關在精神療養院吧！可惡，活著不就是想幹什麼就幹什麼嗎？幸好我現在可以在房間裡大彈吉他，可以在街頭上賣項鍊，可以讓警察火冒三丈。

條子是那些臭女人的爪牙。自己也住在骯髒的地方，做的事情也沒有什麼了不起，卻自以為比我們高尚。不過是藉著指責我們是壞分子的言論，來自我暗示自己行為正確罷了。

我現在住的地方是倉庫的三樓。因為是我哥兒們佔領的地方，所以當然不用付房租。不過，明明每天什麼事也沒有做，這裡的牆壁還越來越髒。玻璃窗也一樣，不管怎麼擦拭，都像是生鏽的鐵板。

因為窗戶開闔的情況不太好，所以雨水會從窗戶的縫隙滲入室內。再加上倉庫太大，即使是晴朗的日子，陽光也照不進倉庫內，使得整座倉庫好像整年都是冬天，所以我經常全身裹著毯子，蹲在骯髒的床上喝啤酒或嗑藥。

這樣的生活當然很不像話，可是我能怎麼樣呢？因為只能靠著當酒吧調酒員或服務生的工作來勉強生活下去。因此要活下去，還是馬上死掉，對我來說都一樣。

我手上的手提薄尼龍袋裡有鐵製的工具箱，裡面裝著沉重的鐵塊。因為太重了，所以尼龍手提袋好像已經撐不住，快要破掉了。

街頭櫥窗裡秀著九月二十四日星期六的字樣。我把尼龍袋挾在腋下走在街頭上。因為是星期六的下午，所以街上的人很多。

一個眼瞼塗著藍色眼影的年輕女郎，勾著有錢的外國男人手臂，走在我的前面。我走在他們的後面，跟他們進入飯店裡後，便在門廳裡等著。因為我估計他們大約一個小時左右就會辦完事了。

果然不出所料，一個小時後女人就一個人出來了。大概拿到不少錢，足夠痛快地享受這個週末夜了吧！看她走出飯店，往地下鐵的方向走去後，我也站起來跟著出了飯店。

女郎坐在列車的座位上，我把尼龍袋放在網架上，然後站在她的前面，看著她從短短的裙子裡露出來的大腿。女郎的視線從我骯髒的牛仔褲褲管往上爬，最後和我四目相接。我對她眨眨眼，她在我眨眼的那一瞬間露出驚嚇的表情，然後很快轉開臉，眼睛裡同時閃現輕蔑之色。車廂裡人擠人。我生氣了。果然如我所料，對這個女人來說，沒有錢的男人就不算是男人。

電車進站，門要開了。我作勢要下車，伸手拿網架上的尼龍袋，讓尼龍袋掉落在女郎的迷你裙上。鐵在袋子裡發出哐噹的聲音，女郎的尖叫聲隨著響遍了車內。她還大聲地哭出來。她的骨頭大概裂開了吧？應該有一陣子不能做愛了。

我得意地下車，走到月台上。但是，一個歇斯底里女人的叫罵聲已經追了上來。她好像從頭到尾都看到了。女人抓住我的袖口。受不了！真煩！揮出一拳，正中女人右邊的額頭，那女人立刻往後倒，頭先朝地的倒在從客滿的電車裡走出來的人群中。

當天深夜，不，正確的說法應該是翌日的凌晨。克勞茲堡區的巷弄裡一個人也沒有，大家都不知道去哪裡找樂子了。結束服務生的工作後，因為想早點回家，我加快腳步，朝位於倉庫內的窩走去。一走進後巷，幽暗的空地那邊傳來了女人竊笑的聲音。

好像不只一個女人，而是好幾個。她們壓低聲音笑著。當我正要從她們前面走過的時候，其中一個人看到我。

「喂，小哥。」一女人低聲叫住我。我一停下腳步，一個胖胖的女人一邊拍打膝蓋上的塵土，一邊從暗處裡走出來。

「什麼事？」我說。對方好像是一個妓女。

「不找個樂子嗎？」

那個女人果然如我所料。

「如果我有時間的話。」我說。誰想要這種骯髒的女人呢？不知道她身上帶著什麼細菌！可是，我正想走開時又被那個女人叫住。

「不用錢哦！」女人說。

「為什麼？」我問。

「因為是一個見習中的新人嘛！還很年輕呢！我們要教她怎麼做生意，所以免費讓小哥你玩一次。」女人說著，便把我強拉到巷弄裡的暗處。一看，一個女人被四個妓女按住手腳，像一個大字一樣躺在石頭上面。那個女人穿著粉紅色的洋裝，好像想說話，可是嘴巴裡被塞著東西，所以完全發不出聲音。

「妳們不喜歡這個新來的？」我問。看樣子是同行之間的處罰行為，這是常有的事情。

「你很聰明嘛！玩過我們這種女人吧？」胖女人笑著說：「好了，不要推三阻四，你就上吧！」說著便掀開躺在石頭上的女人的裙子，胡亂地扯下她的內褲。

「看，你的小弟弟站起來了唷！」女人放聲大笑。既然碰到了，就接受對方的好意吧！可是，在辦事的過程中，女人們不斷在旁邊敲鑼打鼓，無聊地嘲弄著，讓我很不舒服。

我生氣了。因為太生氣了，所以進行到一半就不玩了。真是一群惡質的女人，讓人一點辦法也沒有。

2

莫妮卡・封費頓，二十二歲，擁有一張漂亮的臉蛋，是一位討人喜愛的女郎。她已經當了四年的女警了，男性警官們對她的評價非常好。

她和金絲雀一起住在林克街裡的一棟樸素公寓裡，擅長烹飪，假日經常烘烤蛋糕，招待署裡的同事喝茶，很多同事都享用過莫妮卡泡的茶和烘烤的蛋糕。

今年九月起，莫妮卡調職到風化組，主要的工作就是處理阻街妓女的問題。因為很多妓女的年紀與莫妮卡差不多，所以對莫妮卡來說，這是一份相當沉重的工作。

關於阻街的妓女，有必要在此做一些說明。原則上妓女是指取得正式賣春資格的女性，稱之為公娼。擁有公娼身分的女性，就可以在類似漢堡的紅燈區那樣的地方、在被認可的專門建築物內從事性交易的工作。但是，有些也從事性交易工作的女性並沒有取得公娼的資格；另外，有些女性雖然也有公娼資格，卻競爭不過同行的女性。無法取得公娼資格的女性通常是年紀太小了，因為要取得公娼資格的話，年齡不可小於十八歲。

相反的，有些女性則是年紀大、太胖，或年老色衰了，這樣的女性很難在集團內工作，如果她們還要從事妓女的工作，只能以非法的方式賣春，變成站在街上拉客的阻街妓女。

她們做生意的方法不盡相同，在街頭上交涉好了後，有些是跟著男人回旅館，有些是帶回自己住的地方，也有些是在暗處便就地解決了。因為是不合法的，所以沒有一定的規範。最近常見的，就是客人坐在車子裡與妓女交涉，交涉成功後，客人便把妓女載走。不過，在發生轟動一時的「開膛手傑克」事件之後，這種交易方式就銷聲匿跡了。為了方便讓坐在車子裡的客人挑選，多數的阻街妓女會站在大馬路的旁邊。可是這種方法的交易讓妓女看不到客人的臉，對妓女來說相當危險，所以也有些妓女寧願站在比較狹窄的小路旁。

不管怎麼說，變成阻街妓女的女性的人生觀，通常浮躁而不穩定，是警察必須特別注意的一群人。莫妮卡的工作就是負責注意這種女性的舉動。莫妮卡在風化組的工作除了固定的巡邏外，就是輔導未成年的女性，勸她們從事別的行業。可是風化組的工作又實在太忙，並沒有能力幫那些女性找工作。

莫妮卡的情人卡爾是重案組的員警。卡爾身材高大魁梧，是一位英俊的金髮青年。因為彼此的工作都很忙，所以他們每個星期約會三次，每兩日在莫妮卡的公寓見一次面。

莫妮卡深愛著卡爾，最近正計畫著結婚的事情。她想在結婚後繼續工作一陣子，打算儲蓄到足夠的金錢後，再專心做家庭主婦、生小孩。她還年輕，可以做長期的計畫。

九月十日，做完愛後，莫妮卡的頭枕著卡爾的手臂休息時，卡爾在莫妮卡的耳邊這樣低語著：「妳還愛我嗎？」

「當然還愛你。」莫妮卡偎依在情人赤裸的胸膛裡說。廚房那邊傳來金絲雀好像嫉妒般的啁啾聲。

「在妳的心目中，我是什麼？」

「什麼意思？」

「我是可以一起上床的男性朋友，還是……」

「你在說什麼呀！」莫妮卡笑了。說：「你是我的護身符。像媽媽給的十字架項鍊一樣，即使在工作時也要戴在身上、放在心裡面。」

「我很高興聽到妳這麼說。」卡爾說。「那麼，我有個東西要送給妳。」

卡爾把一個冷冷的東西放在莫妮卡赤裸的腹部上。莫妮卡因此而輕輕哎喲了一聲。因為那個冰冰涼涼的東西，好像被塞進肚臍的凹洞了。

莫妮卡連忙坐起來，蓋在大腿上的毯子因此滑落了。

「什麼東西？」接著，她看到一顆白色發亮的小石頭，正好填上自己肚臍的凹洞。然後，她驚呼出聲。

「這個！是什麼東西？」

「妳不知道嗎？是鑽石呀！是我家代代相傳的東西，很久以前我的祖母給我的。我的祖先好像是國王喲！」

「你要給我？」

莫妮卡把那顆小石頭從自己的肚臍凹洞裡拿出來，右手拿著螢光燈照著那顆石頭。

「是妳的東西了。祖母叫我把它送給我想娶的女人。」

「嘩！你的祖母真好。可是，這是很昂貴的東西吧？」

「不算太貴。這顆鑽石只有五克拉，但是色澤不錯，所以大約值兩萬馬克吧（約七十萬台幣）！近來鑽石的價格下滑了。」

「我不能收這麼昂貴的東西！」

「一點也不貴。因為如果用它可以買下像妳這樣的美女的一生的話。」莫妮卡笑著，輕輕地捶了一下卡爾寬厚的胸膛。

「不過，這是一顆裸鑽。」

「可以做成戒指，也可以拿來當項鍊墜子，隨自己的喜好，想做成什麼樣子都可以。原本好像是鑲在國王的時鐘上的。因為時鐘壞了，當時就賞給了下人。」

「呃……」

「這顆鑽石好像是最好的一顆。」

「卡爾，謝謝你，我會一輩子珍惜它的。」

「要把它鑲在戒指上嗎？」

「我不知道。不過，做成戒指的話，會不會太顯眼了？女警不適合戴這麼華麗的戒指吧？」

「是嗎？」

「我會把它隨時帶在身上。工作的時候也一樣。」

「唔？那樣很危險吧？」

「放心啦！」

「請不要丟了。」

「當然不會丟了。」

「妳多了一個護身符了。」

「嗯。」

「風化組很辛苦嗎？」

「比交通組輕鬆。最辛苦的就是重案組。」

「沒錯，沒錯。如果妳被轉調到重案組，那我就立刻申請離職。這樣好嗎？」

「不好。」

「為什麼？」

「因為要存錢買房子，所以短時間內我們兩個人都必須工作。」

「可以拿這個當作頭期款呀！」

「怎麼可以隨便放棄這種有歷史淵源的寶石呢？會遭到天譴的。」

「像妳這樣的大小姐，為什麼會來當警察呢？」

「我當警察奇怪嗎？好像不是很適合。」

「妳當警察並不奇怪，只是更適合當一個在家裡打毛線、等先生回來的好太太。妳自己不這麼覺得嗎？」

「有時會有那種感覺。」莫妮卡點頭說。

「是吧？星期五烤蛋糕、星期六逛嬰兒用品的賣場的女人。」

「是嗎？我應該是那樣的女人嗎？」

「也不是啦。但是，妳更不像腰間掛著手銬的女人。剛認識妳的時候，我一直在想，妳為什麼會當警察？」

「因為我家是警察世家。我的父親、祖父、曾祖父都是警察。別小看我喔。」

「可是，妳的母親、祖母、曾祖母，並不是警察吧？」

莫妮卡笑了。她說：「她們不是警察。但我家只有姊妹，我又是姊妹裡的老大，所以我覺得我應該守住祖先的職業。」

「這是自我犧牲的情懷嗎？妳以為妳是十字軍嗎？」

「我沒有那麼想。不過，有時我會對警察這個工作感到空虛。」

「為什麼？」

「警察就像除臭劑一樣，非常努力地在消滅令人厭惡的臭味。可是，一直噴灑除臭劑並不是好辦法，消滅腐敗惡臭的根源才是消除惡臭的正確方法。」

「那是政治家的工作。」

「用說的比較容易。但是，確實負責妓女問題的人是我呀！或許我只要做上面交代的事情，拿多少薪水做多少事就好了。可是，真的那樣就好了嗎？」

「也許妳適合當老師，然後一一去學生的家裡拜訪。」

「如果可以的話，我會那麼做。」

「靠妳一個人的力量是辦不到的。柏林這個城市的問題太多了，妓女的問題只是讓這個城市發臭的原因之一。難道妳想獨自一個人解決國境的問題嗎？」

聽到這些話，莫妮卡淡淡地笑了。

「妳對自己的工作感到失望嗎？」卡爾低聲地問。

「不是那樣。」

「看著妳，我有危險的感覺。」

「是嗎？」

「嗯。我希望妳能早點辭掉女警的工作。」

「我不會辭職的，因為這是重要的工作。」

「對，是重要的『男人的』工作。」

「警察的工作裡面也需要女性的部分，所以女警有存在的必要性。例如說要調查妓女裙子下面的情形時，就不會讓你去了。」

「啊！」卡爾搔搔金髮，笑了。「我只要調查妳的裙子下面就行了。」卡爾說著，便把莫妮卡推倒在床上。他趴在莫妮卡的身上，親吻著莫妮卡的嘴唇。

「等一下、等一下！」莫妮卡一邊叫、一邊輕輕地把鑽石放在床頭的桌子上。

3

作了那樣的夢，那是吃了藥後、睡得很沉的日子。在不知名的遙遠地方——像是世界盡頭，一個人也沒有的十字路口，賣牛奶的貨車與機車正面相撞了。

貨車翻倒了，十字路口的地上混合著司機的血與牛奶。

我站在十字路口注視著那個情形。白色的陽光照耀著地面，現場除了我以外沒有別的觀眾。

仔細看，這裡的地面不是柏油路面。象牙色的乾涸泥土地上，到處是細小的裂痕。風在耳邊呼呼地響，耳垂也被風吹動了。一走路，鞋子就在乾涸的地面上發出啪答啪答的聲響。那聲音好像在耳朵旁邊發出來的一樣，大到足以震動腦門。

我一直往前走，把十字路口拋在身後。這裡的景象好像電影裡的場景，除了十字路口的一角有幾棟建築物外，其餘的地方是一望無際的沙漠。像裸女般起伏不平的沙漠上，是從雲層的縫裡灑下來的陽光。

想起來了！

我正在尋找自己的愛人。艾兒桂•索瑪，長久以來我深深愛著的女人。為了她，我什麼事情都願意做。她在我的身邊時，我就會提起精神，就算一向不喜歡的上班族工作，我也願意去做。

她是一個任性的女人，不把麻煩別人當作一回事，還傲慢地以此為樂。

約會的時候，她總是會遲到。不過，遲到總比不到好，所以她一點也不介意讓人等一個小時或兩個小時，而且人到了以後，還會要求我買東西給她。

不管是泳衣、鞋子還是皮包，我都願意買給她。我住在倉庫的天棚裡，過著只有水和麵包的生活也可以。

只要能夠買東西給她，順利地和她過生活，我就滿足了。她就是有這麼大的魅力，彷彿是羅浮宮裡的美術品般，有著一雙漂亮的、非常適合迷你裙的長腿，金色的頭髮、白皙的皮膚，不論她走到哪裡，周圍的男性都會被她吸引，無法將自己的視線從她的身上移開。

她是我的驕傲，我沒有一日不以她為榮，她應該就是我的一切了。至於是我的哪一個部分的一切呢？沒錯，就是我的自尊心的一切。

可是，艾兒桂．索瑪卻突然從我的面前消失了。如同她的名字「SOMMER」（德語「夏天」）一樣，她像被強烈的陽光融化了一般，突然不見了。

我受到了打擊，不斷地四處尋找她。套用佛洛伊德的說法，我的自尊心從她不見了的那一剎那開始，也消失得無影無蹤了。

艾兒桂被綁架了。我為了尋找她，所以來到這個沙漠裡的街道。

不久，我終於在發出白光的乾涸地面上，發現了點點的血跡。是艾兒桂的血。我沿著血跡，走在已經變得像石頭一樣硬的黃色地面上。

一棟建築物出現在我的面前。雖然屋頂巨大得像競技場，但是建築物很新，好像是一棟新式的醫院，也像是在地球上著陸的外星飛碟的母艦。

看起來像正面玄關的地方，有二十四階石頭砌成的階梯。推開玻璃門後是一間像足球場般的大房間，白色的瓷磚鋪滿了整個房間，這裡看起來好像是一間巨大的手術室。房間裡有幾張像手術檯般的桌子，桌子上有許多白色的桶子。

一個穿著白袍的男人站在房間的中央。他的手戴著粉紅色的橡膠手套，臉上戴著黃色的面具。

「雷恩・何爾查，歡迎你來這裡。」穿白袍的男人直呼我的名字，並且接著說：「你來這裡找女人嗎？」

我沒有回答他是或不是。因為別人要怎麼解釋我的行動，是別人的事情，和我沒有關係。我茫然地抬頭看看天空。一直以為這是一間有屋頂的房子，原來是自己想錯了。靛藍的南國天空裡，浮著幾朵黃色與白色、樣子很奇怪的雲。

「雷恩・何爾查，我了解你的心情。但是那個女人是壞女人；是非常不適合你的女人。」那傢伙像大學教授在對學生上課一樣地說著。我突然想到所謂的「父親」。或許「父親」那種男人，就是會說這種話的人吧！

「那個女人已經不在了。」戴著面具的白衣男人說：「她再也不會讓你，或其他男人痛苦了。」

男人的聲音在空蕩蕩的空間裡回響著。

「現在我就讓你看看她吧！你知道她的本質是什麼嗎？」男人說著，裝模作樣地拿起身旁手術檯上的白色桶子，讓我看了桶子裡像肉腸一樣的潮濕物體。然後，他把桶子裡的粉紅色物體撈起來，並且高高舉起。那個物體很長，他好不容易才用兩手抓好、拉開。

仔細看，那完全不是肉腸，而是紅色的、柔軟的塊狀物體。塊狀物體的中央上部有一個圓形物，圓形物的左右兩邊各連接著一個小小的球體。男人抓住小球體的附近，拉開那個物體。從左右兩個球到中央的大球，以紅色的帶子相連；從中央的球往下，是一塊往下吊垂、濕濕的長筒形東西。長筒形東西的下面，是一塊黑黑乾乾的肉片。

「看吧！這就是艾兒桂・索瑪的生殖器。左右的兩顆小球是卵巢，中間的大球是子宮，垂掛在子宮下面的是陰道。陰道最下面的東西就是小陰唇。這就是艾兒桂的『女人』。」男人說完話就鬆開手，於是艾兒桂的生殖器便「啪答」一聲，掉落在白色的瓷磚上面，變成一塊濕答答的板子。

我感動到全身顫抖，目不轉睛地看著小陰唇。地上的小陰唇已經不是性的對象了。那是一塊乾的肉片，像雞冠一樣。

「這是消化管，這是舌頭，一般都在嘴巴裡面。」

他好像要開始變魔術一樣，從桶子裡拉出濕滑的管狀物體。液體從肉做的管子裡，滴答滴答地滴落到白色的地板上。那是奇怪的、像藍色墨水般顏色的管子。

「這是食道，這一塊是胃。這是胰臟，這是十二指腸，接下來的是空腸……」

男人把桶子裡的肉管拉出來。

「然後，這一帶是迴腸，也就是小腸。總共有五、六公尺。」

許多的內臟滑溜溜地捲在一起，盤繞在地上，發出強烈的血與內臟的腥臭味。

「這是盲腸、闌尾、結腸、直腸……」

發黑、變粗的臟器像從來也沒有見過的珍奇爬蟲類。

「連接在最前面的是肛門，這就是終點了。用一句話來形容人類的話，人類基本上就是一條管子。從嘴巴到肛門，正好是一條管子。而這條管子是那個人身高的五、六倍。把剛才的生殖器連接在這條管子上，就是那個女人。這樣你明白了嗎？」

我雀躍地點了頭。欣喜的感覺一波一波地湧上來，那種強烈的興奮感，和做愛時的快感十分接近。在強烈的喜悅感下，我大笑了。

可是，大笑之後，喜悅的感覺消失，掉入地獄般的絕望感立刻充斥著我的全身。我的心裡還有興奮的餘韻。那個艾兒桂・索瑪已經永遠消失了，從這個地表上失去了蹤影。這個想法讓我感到興奮。她變成細碎的肉片了……

白色的瓷磚地板上，因為大量的艾兒桂的血和體液，而顯得十分潮濕。可是，不知道為什麼那個血的顏色，像藍色的墨水一般，也和抬頭看的天空同一個顏色。

我的全身都在顫抖，一邊抗拒不斷襲來的暈眩，一邊努力地站著。

我猛然發現白衣男子後面的桌子上，橫躺著一具裸女。男人走到的另外一邊，抬起裸女的頭部。

鍊子突然從半空中降下來，一端好像就繫在艾兒桂・索瑪的脖子一帶，所以當鍊子往上拉時，艾兒桂的身體便慢慢被吊起，變成垂掛在半空中的樣子。

她的胸部與腹部被剖開了，胸腔和腹腔裡面空蕩蕩的，背骨的影子在陽光下呈現暗紅色。但是，艾兒桂雖然被垂吊著，卻一直輕蔑地看著我。她的表情還是那麼令人心動。

接著，那個男人摘下面具。出現在面具下的臉，就是我自己。

我慢慢地轉頭看著身後，我的後面是一望無際的長長海岸。應該是沙灘的地方，變成鋪著白色瓷磚的岸邊。波浪湧上緩緩傾斜的白色瓷磚海岸。遠處有冒著煙的高高煙囪。

艾兒桂・索瑪拋棄了我，不知道她現在怎麼樣了。大概當了有錢富豪的情婦，非常傲慢地坐在賓士車的前座吧！真想把刀鋒貼在她的皮膚上看看！啊，如果能夠那樣的話，不知有多好！只要她在身旁，我就會很興奮。

日本製的水槍砲彈裡填裝著藍色的墨水。日本製的這種玩具非常了不起，管子連接著槍與砲彈，在砲彈內的水用完之前，可以數次發射砲彈內的墨水。砲彈可以揹在背後，也可以藏在上衣的裡面，是水砲機關槍。

我買了這樣的玩具，是因為想用這個射擊站在波茨坦街拉客的妓女們。她們每次看到我，就會露出非常難看的姿態，用幾乎讓我噁心的方法戲弄我。

我想以牙還牙，讓她們知道我有多生氣。這個世界雖然愚蠢，但我還是很努力地過日子，認真地在工作。可是，儘管我那麼盡力了，我的日子仍然沒有什麼改變，她們不會肯定我的價值。總之，有錢人還是有錢人，窮人也永遠是窮人，我一輩子只配住在倉庫裡。不管到了哪裡都一樣。像既定的軌道，不會有交叉的時候。

人才就是人才，蠢蛋就是蠢蛋，這個世界上最低級的我們，不管怎麼努力，都踏不進一流世界的地盤。可惡極了！如果能給他們一點顏色看看，不知會有多痛快。

因為面對的是笨蛋，所以不管怎麼說明，還是無法讓笨蛋理解。為了讓那些笨蛋了解他們是什麼也看不見的瞎子，我什麼事都會做。我什麼都會做，即使是要命的事情，我也會去做！

如果能夠放火燒房子、把她們大卸八塊，一定很痛快吧！我經常做那樣的夢。把戴著人才面具的蠢蛋，或蠢蛋中的愚蠢妓女們切得細細碎碎的，讓她們像一團絞肉的夢。

不管怎麼樣，我就是非常非常討厭妓女。笨蛋是無藥可醫的，她們是只會嘲弄別人的人，治療她們愚蠢的最好方法就是給她們震撼療法，例如說用電去電她們，或是用手術刀把她們的心腸整個翻轉過。除此之外還有什麼別的辦法嗎？希望有人能告訴我更好的方法。

4

一九八八年的九月二十四日——正確說法應該是九月二十五日的天亮之前——發生了震撼整個德國的事件。

凌晨兩點十五分，莫妮卡・封費頓和同屬風化組的署員克勞斯・安克摩亞，正在進行深夜的巡邏工作。波茨坦街變得安靜，並且起霧了。柏林難得有霧。

從波茨坦街到康斯答爾特街的小巷，是瑪莉・威克達這個妓女的勢力範圍，附近並排的房子大都種植著花木，是相當安靜的地區。

瑪莉是個來自愛爾蘭的妓女，年紀大約四十出頭了，長得並不漂亮，而且相當胖。她總是一臉孤單地站在街頭，像懷孕一樣的胖肚子，從她身上的毛皮外套上凸出著。只要靠近她，就可以聞到杜松子酒的味道。廉價的杜松子酒酒瓶就在她的腳邊，這或許就是幫她度過深夜寒冷的武器。柏林的九月已經相當冷了。

克勞斯・安克摩亞一邊朝著瑪莉・威克達的「工作地點」走，一邊輕佻地對莫妮卡說，和莫妮卡一起巡邏，好像是有薪水可以拿的深夜約會。莫妮卡早就知道克勞斯對自己有意思。

不只克勞斯，柏林署裡的年輕男子們，從殺人組的刑警到整頓交通的警察，或多或少都對莫妮卡有點意思。因為像莫妮卡這樣的美女，可以說是警界裡的稀有人物，而她更是警界要招募新人時的海報模特兒。

「這不是約會。咖啡廳和電影院都已經打烊了呢！」莫妮卡一邊說，一邊擔心著要如何把話題導向正經的方向。

不過，她的擔心白費了。因為幾乎沒有路人的深夜巷弄裡，突然傳來震動空氣的女人慘叫聲。

聲音的來源並不遠，而且好像是瑪莉・威克達的聲音。莫妮卡看看手上的手錶，時間是凌晨兩點二十分。接著，她便和克勞斯朝著慘叫的方向跑去。

這裡距離瑪莉經常「站崗」拉客的弗洛登巷，大約有四十公尺。

一跑進弗洛登巷，就看到瑪莉・威克達背靠著綠色的鐵欄杆，蜷曲著身子。她的雙手按著臉和脖子一帶。

他們還看到了五十公尺遠的地方，有一個男人正全力往前奔跑。男人的背影在開始彌漫的霧中越來越模糊，在石板路上奔跑的腳步聲也越來越小。有人正在全力逃竄。

「莫妮卡，妳照顧她，我去追！」克勞斯叫道，並且立刻往前跑。而莫妮卡則靠近蹲坐在地上的瑪莉。

莫妮卡後來這樣敘述當時的情形：「真的很可怕，可怕到讓人懷疑神是否真的存在。瑪莉的脖子上有一道很大的傷口，黑色的血——因為光線很暗，所以看起來是黑色的——不斷地從她按著脖子的指縫裡噴出來。

「更可怕的是她的腹部。我想把她扶起來，但是我的手好像伸入了泥沼中，馬上變得濕濕滑滑的。仔細再看，才發現到她的黑色絲質襯衫和內衣從上破裂到下面，衣服下面的腹部更被刀刃劃開，有一部分的臟器甚至流到鋪著石板的路面上了。

「我想大聲尖叫，卻完全叫不出聲音來。我想到自己是警察，應該要振作起來才對，可是就是辦不到，只能癱軟地坐在地上等克勞斯回來。」

至於克勞斯・安克摩亞，他雖然努力地追那個男人，可是男人的速度很快，在巷弄裡鑽來鑽去，終於成功地逃脫了。他也想找路人幫忙追那個男人，但是那個地區原本就偏僻，根本沒有路人經過。克勞斯回到瑪莉・威克達平日「站崗」的地方後，首先看到的是失神地癱坐在地上的莫妮卡。

「被那傢伙逃掉了。都怪自己平日的訓練不夠。」

克勞斯先是這麼說，然後很快就發現莫妮卡不對勁。莫妮卡眼睛張得大大的，但是眼神渙散。她因為失神了，所以對同事說的話一點反應也沒有。她的手指頭被染成紫黑色的了。

「莫妮卡！」克勞斯叫喚莫妮卡的名字時，莫妮卡才舉起被染黑的左手，指著前方。

前方有一個非常奇怪的「物體」。瑪莉・威克達屁股著地，兩腳往前伸出地坐在有些潮濕的石板地面上，身體則靠著鐵欄杆。她雙手無力地下垂在身體的左右兩邊，左臂上「掛著」看起來像蛇一樣的東西。

克勞斯馬上就明白她已經沒有氣了，因為她的腹部有一個大洞。她身上的襯衫被劃破了，傷口從心窩口一直裂開到小腹。

皮短裙也被劃破了一半，褲襪都露出來了。好像只有黑色的胸罩是完整的。簡直像一隻被解剖的青蛙屍體。在遠處水銀燈的光線照射下，看起來像粉紅色的許多臟器從敞開的腹部溢出來，像崩落般撒在張開的兩腿之間。那些內臟好像是被兇手掏出來的。被掏出來的內臟鋪在黑漆漆的地上，像想要鑽回泥土裡的一群爬蟲類。而「掛在」她左肩上的東西，是被切下來的腸子的腸頭部分。

人類這種無法解釋的生物的秘密，被暴露在柏林深夜的黑暗裡了。血和許多內臟所散發出來的氣味，再加上杜松子酒強烈的味道，彌漫了整個空間。

連克勞斯也忍不住要倒抽一口氣了。三十八歲的他當了很久的警察，卻第一次看到死得這麼悽慘的屍體。

「啊，瑪莉！」克勞斯忍不住低聲呼喚瑪莉的名字，並且蹲在瑪莉的前面。莫妮卡調到風化組才兩個星期，克勞斯卻已經在風化組待了相當長的時間，認識瑪莉許久，平日也有一些交情。

他撫摸瑪莉的臉頰，覺得皮膚上還有些餘溫。微微的死亡痙攣透過臉頰，兩度傳到克勞斯的手指上，這表示兇手幹下這瘋狂殺人的時間並不久。克勞斯更靠近去看，血和內臟好像也還溫溫的，在冰冷的石板上冒著水氣。這水氣和霧混在一起了。

5

我在黑暗中醒來，腦子裡還想著艾兒桂·索瑪。別人或許會認為我是在作夢，但我不以為我在作夢，因為我是在「思考」。

索瑪心血來潮時會和我一起睡覺、一起起床，在這個屋子裡待上好幾天。我們兩個人會像細菌一樣地結合在一起。

艾兒桂·索瑪是一個全身都是舌頭般的女人，她的巨大舌頭舔過我房間的每一個角落，不論是地板還是床、牆壁、門等等，她都一一舔過了，所以我整天都生活在她的唾液所散發出來的獨特味道中。大概是我已經習慣她的味道了，覺得那樣還滿好的，感覺彷彿回到抱著膝蓋，蜷縮在羊水中的胎兒時期。在黏黏、潮濕的被窩裡緊緊抱著她的裸體時，我和她都變成了在體液之中蠢蠢蠕動的內臟器官。兩個內臟器官糾纏在一起，緩緩移動地探索著彼此。

當她把我的生殖器含在口中時，既柔軟又有力的舌頭有時吸吮、有時舔繞、有時輕柔、有時用力。最後兩個內臟器官化成了一個環，一個器官緩緩地深入另外一個器官。而肛門則是一個黑洞，所有的一切在不久之後都會消失在那個異次元之中。

沒錯，艾兒桂·索瑪就是這樣地充滿了性的吸引力。她可以把一切都收縮在夢裡，像會膨脹、收縮的心臟肌肉，也像我從後面進入她的身體時，在我眼前收縮、膨脹的肛門，讓我的皮膚變得如同總是帶著濕氣的兩棲類動物表皮，改變了我的世界的面貌。就這樣，我遺忘了自己在這個世界裡所犯的罪。那樣的誘惑，存在於名為艾兒桂的肉塊之中。

欲望像被手術刀切下來，放在注滿生理食鹽水的寬口燒杯中，反覆地做著收縮運動，彷彿永遠在痙攣的一立方公分正方體兔子心臟肌肉般，在漆黑的宇宙中無止盡地徘徊，直到乙烯基純白的妖冶光澤圍繞著我。

一用兩手抱住艾兒桂・索瑪的肉塊，年輕女性特有、魅惑毒藥般的青澀氣味，不斷地從肉塊的眼睛、鼻子、耳朵、嘴巴、性器、尿道、肛門等等地方，緩緩地散發出來。

但是，她已經離開了，這間原本總是充滿濕氣的房間門上，出現了白色的乾燥裂痕，牆壁也變得像沙漠的岩鹽一般起毛了。無論如何我都要讓這個房間回復到那種濕潤的感覺才行，否則我就活不下去了。明白嗎？

6

天亮的時候，莫妮卡・封費頓終於回到林克街的家裡。用鑰匙打開門後，就聽到從臥室裡傳來的卡爾睡眠中的呼吸聲。他是用拷貝給他的鑰匙進來的吧！一定是在署內聽到命案的消息，因為擔心而特地趕來的。

臥室裡很溫暖，莫妮卡嗅著情人的頭髮上微微的陽光氣息，一直很緊繃的心情終於鬆懈了，不斷發著抖的膝蓋，也不再抖個不停了。

她脫掉衣服，走進浴室，一邊用肥皂搓洗已經在署裡不知洗過多少次的手，一邊擰轉淋浴的開關。

血的腥味不斷從身體冒出來。她覺得現在還聞到了內臟的臭味，與廉價酒精的酒臭。因為剛到風化組不久，所以今天發生的事對她來說是很大的震撼。熱水從蓮蓬頭淋到了身上，她雙手抱著自己裸露的乳房，眼淚嘩啦嘩啦地從眼眶裡流出來。她的身體又開始不停地像痙攣般地發抖，最後終於忍不住蹲在瓷磚地板上，咬著牙哭泣。

細心地擦拭身體並把毛巾料做的浴袍披在肩上後，她就直接走到金絲雀的鳥籠面前，並且把食指伸進籠子裡。鳥被吵醒，開始啁啾地啼叫起來。莫妮卡一邊聽著鳥叫聲，一邊等待身上的水分乾掉。

接著，她把手伸進鳥籠，讓金絲雀站在她的手指上，把金絲雀帶到鳥籠邊，還輕輕地親吻了一下鳥嘴，才把鳥放回籠子裡，然後雙手伸進浴袍的袖子裡，走進臥室，輕輕地躺在卡爾的身邊。

年輕男子的髮香與魁梧的背部，在在讓人感到愉快。她從背後抱住他，他因此醒了。

「妳回來了？」卡爾以沙啞的聲音輕聲地說著。他把手臂伸到莫妮卡的脖子下，讓莫妮卡的頭部稍微仰起，接著更一把緊緊地抱著莫妮卡。

「妳好像碰到非常可怕的事了。」他溫柔地說，並且輕輕地吻了莫妮卡的額頭。

「嗯。好不容易才完成無聊的報告。」莫妮卡以撒嬌的語氣說著，但是一說完這句話，她的身體又開始發抖了。因為她想起了在命案現場看到的情景。

「好像開膛手傑克。」卡爾喃喃地說。「那種慘死的模樣，連我也沒見過。」

「當個警察，有些事情想避也避不了。」莫妮卡回答。她一邊說、一邊拉起卡爾的右手輕輕地親吻著。她從來沒有像今天晚上這樣，覺得有一個情人是多麼讓人安心的事。有一個情人在身邊真的是太好了。如果卡爾沒有來，那麼現在房間裡一定冷冷清清的只有自己一個人，明天自己是否還能繼續執行警察的工作呢？老實說，她沒有信心。

她突然想早點結婚了。結了婚，就可以讓父母早日安心，因為一個人的生活太讓人擔心了。

就在這個時候，莫妮卡的動作突然僵硬起來。她看到卡爾的手指頭上，有一塊她以前沒有見過，像痣一樣的藍色印記。

好像是藍色的墨水印。她把卡爾的手拿到眼前仔仔細細地看了好幾次。沒錯，是墨水印。

「怎麼了？」卡爾發出愛睏的聲音問。

「這個，是怎麼一回事？」莫妮卡以拇指的指甲輕輕碰觸斑痕的附近。

「沒什麼，休特羅哲克的鋼筆太舊了。」他有點不開心地說。

莫妮卡不再發問了，但是她的內心裡卻波濤洶湧，情緒非常高漲。

她的身體在棉被下面扭動，脫下了毛巾質料的浴袍，一邊在卡爾的耳朵旁邊吐氣，一邊引導卡爾大大的右手撫摸自己的乳房，她想藉此解除自己心中的恐懼與不安。

「莫妮卡，妳不讓我睡覺嗎？今天晚上我想睡覺。」卡爾馬上這麼說，並且轉動身體，讓寬闊的背部再度對著莫妮卡。男人巨大的背後像絕壁一般，聳立在她的眼前。

莫妮卡心中的波濤裡，攙雜了一些火花。原本的一點點睡意，一下子全消失了。

7

九月二十五日凌晨四點，雜誌社記者麥茲・貝卡在霧茫茫中吐著白色的熱氣，匆匆忙忙地趕路回家。他住在波茨坦路後兩條巷的庫格爾街。

雜誌社的工作時間原本就沒有規則性，不過搞到這麼晚才回家的情形也不是常有的事。天快亮了吧！真想早點鑽進被窩裡。今天雖然是星期天，卻還必須在中午以前到辦公室。

麥茲走進通往庫格爾街的小巷，穿過小巷就到家了，他不自覺地加快了腳步。經常有妓女站在這裡拉客，今天卻不見人影，大概是已經回去了。他這麼想著，邁出穿著長統靴的步伐，快步走在石板路上。

心情煩悶的時候，麥茲總會喝點小酒，今天他就喝了不少廉價的酒，所以現在很想睡覺。

因為酒精的關係，他的腳步有點不聽使喚。就在這個時候，他突然聞到微微的異樣氣味。那個氣味相當獨特，有點像魚內臟的臭味，也像是污泥臭水溝的氣味，但又混合了酒精的酒臭味。

他停下腳步，低頭看到像睡著一樣倒在路邊的妓女時，三十三歲的麥茲忍不住驚聲尖叫了起來。

仰倒在地上的妓女有點胖，她雙手高舉過頭，那個姿勢好像在高呼萬歲，脖子邊上有一道像弦月形狀般的傷口。傷口血跡現在已經乾了，但是看得出之前有大量的血液從那個傷口裡流出來。

不過，讓麥茲驚嚇得發出尖叫的原因，並不是脖子上的傷口，而是她的腹部。

她身上的毛皮短外套是敞開的。

外套下面的襯衫及襯衫下的皮膚被利刃切開，腹部裡的內臟裸露出來了。

襯衫好像是被強力拉扯開的一樣，上面的鈕釦彈掉了，但是胸罩卻完好無損地還穿在身上，只是被血污染了。下半身的裙子的上半部也被切開，不過褲襪還留在腿上。

內臟就放在那上面。在附近的水銀燈光的照射下，內臟發出濕潤的光澤。內臟撒在石板路上了，所以散發出強烈的臭味。

橫臥在黑暗巷弄裡的物體，好像還寄宿著生命。女人的身體已經不動了，可是從她的身體裡溢出來的柔軟內臟，讓人產生錯覺，覺得那些內臟是還在微微地呼吸，反覆蠕動的某種軟體動物。麥茲呆呆地站著看了好一陣子。

醒來張開眼睛後，瞄了一下起居室的方向。從開著的房門縫隙可以看到卡爾的部分背影。他好像正在看電視。電視裡正在播報新聞，聽得到女性播音員的聲音，播報的內容就是昨天晚上發生的瑪莉・威克達命案。莫妮卡躺在床上聽著新聞。

令人吃驚的是，被殺死的妓女除了瑪莉外，竟然還有別人。以波茨坦街為中心，半徑兩百公尺，還有兩個妓女被殺死了。也就是說在同一個時間裡，發生了三件離奇的命案。莫妮卡忍不住張大了雙眼。

莫妮卡搖搖睡眠不足的腦袋後，慢慢地坐起身體，披上袍子、穿了拖鞋才往起居的方向走去。

「啊，莫妮卡，不得了了！我必須馬上去署裡才行。」卡爾急急忙忙地說。

「咖啡已經煮好了，麵包和乳酪都在原來的地方。我先走了，晚上見。」卡爾邊說邊站起來，忙著準備出門。

「等一下。」莫妮卡叫住他。「你沒有忘記說什麼嗎？」

「剛才很對不起。我愛妳。」他頭也不回地說，然後拿起上衣，抱在手上，出門去了。

莫妮卡坐在沙發上，繼續看電視。

被殺死的妓女的名字是安妮・萊斯卡和瑪格麗特・巴庫斯塔，兩個都是英國名字。還有瑪莉・威克達也像是英國人的名字。主播說：命案或許是仇恨英國人的偏執狂所幹的。

每一個死者的頸動脈都被割斷，並且是像寫「1」一樣，一刀從胸口往下劃開到小腹。兇手俐落的手法宛如外科醫生。

三件命案都發生在少有人經過的偏僻地區，兇手殺人後還把死者的內臟掏出來拋在石板路面上。有些露出來的內臟上有好幾個用刀子切割出來的傷口，被切斷的腸子還掛在死者的肩膀上。怎麼看都像是精神不正常的變態所犯的殺人事件。

這三個命案還有一個共同的特徵，那就是三名死者的臉上都有藍色墨水的痕跡。不知兇手的理由為何，總之是先以藍色墨水畫在臉上後，再用尖銳的刀子割斷喉嚨、切開腹部。只能用不可理喻來形容這個連續發生的命案事件。主播繼續說道，柏林警署今天將會成立處理這個案件的特別搜查本部。

莫妮卡關掉電視，因為想再睡一陣子，便回到床上。

8

二十五日星期日，下午開始下雨，雨勢在入夜以後轉強，到了十點、十一點的時候，幾乎已經變成傾盆大雨了。

警署佈下了幾乎是前所未有的大搜查網，除了重案組的人員外，還動員了風化組與交通組的人員到波茨坦路一帶巡邏。可是變態的殺人魔出現的地點未必是波茨坦路，或許下次揮刀殺人的地點，可能是動物園前車站，或庫丹大道的後巷、羅蘭德爾廣場車站附近等等，路邊拉客妓女較多的地區，所以擴大了巡邏的範圍，整個西柏林都有警車在巡邏，只要發現異狀，立刻就以無線電聯絡，可以馬上封鎖重要的聯外道路。

莫妮卡・封費頓和卡爾・史旺這個晚上也被動員到動物園前車站的附近巡邏。不論是刑警還是穿著制服的警察，都穿上塑膠雨衣，張大眼睛進入警戒的狀態。

不要以為下雨天的時候，妓女不會上街來拉客，其實這種天氣才是她們做生意的好日子。在雨中進入客人的車子裡時，比晴天的晚上更不會引人注意。所以，即使莫妮卡命令撐著傘站在路邊的妓女們回家，她們也只是暫時離開一下，過不了多久又回到原來的地方，移到警察不易發現的地點繼續站。

過了午夜零時，就是九月二十六日星期一的凌晨了。兩點左右，卡爾和同伴佩達・休特羅哲克站在老舊發黑的大樓牆壁前，努力地想在雨中點燃香菸時，莫妮卡・封費頓獨自來了。她已經到了下班的時間，打算回家了。

卡爾告訴她路上小心，因為不敢保證殺人魔不會對警察下手。放心吧！我有手槍。莫妮卡如此說著，然後對著卡爾和佩達揮揮手後，就離開了。

卡爾他們在大樓街區又站十五分鐘左右，突然聽到雨中的石板街道上有什麼東西倒下的聲音，及微弱的慘叫聲。

卡爾和佩達互看了一眼後，馬上一起拔腿往聲音來源的方向跑去。可是，他們並沒有看到發出慘叫的人。

「我們分頭找。我找這邊，你找那邊。」卡爾對佩達說，兩人開始分別跑往不同的方向。

大概跑了十公尺左右，卡爾在柏林銀行的牆壁上看到了奇怪的東西，那是用白色的粉筆寫的一段塗鴉文字。

「猶太人不能接受不合理的責難。」

那是用德語寫的文字，卡爾一眼就看完了這段文字。

而佩達・休特羅哲克這邊，則是看到非常可怕的畫面。他在被雨水敲打的石板路面上，看到了女人白皙的腳。穿著絲襪的腳裸露到大腿的部分，腿上有怪怪的黑色物體。在雨水的沖洗下，黑色的物體順著腿的曲線往下流。那是血！

佩達跑到女人的身邊，並且蹲下來。當他想要抱起那個女人的時候，似乎是受到了極大的打擊，因此發出了慘叫聲。他立刻大聲呼叫同伴的名字。「卡爾、卡爾！快叫救護車！」這名被害者穿著塑膠雨衣，裙子的前面好像被利刃劃破了，流了很多的血，看不出傷勢的嚴重性。還有，這名被害者穿著警察的制服，她是莫妮卡。

卡爾・史旺聽到佩達的聲音跑過來，立刻發出絕望般的叫聲。他抱起情人的身體，檢查傷勢。佩達則從卡爾的手中搶下警用對講機，大聲喊著叫救護車。他一邊叫、一邊看著莫妮卡的臉。莫妮卡緊閉雙眼，眨也沒眨一下。

對講機裡出現了另外的叫喊聲。「有人遇害了！庫洛迪爾巷，十四號。有妓女被殺了！腹部被剖開，內臟露出來了。請求支援。」

電話裡同時傳出在雨中奔跑的腳步聲。庫洛迪爾巷就在附近。可是，又聽到別的聲音了。

「這邊也發現了。這裡是東普森巷。天呀！血淋淋的！東普森巷五十七號請求支援，請快點過來！」

東普森小巷離莫妮卡出事的地方更近，就在這裡的後面。

摩根巡警叉開雙腳，站在大雨中的庫洛迪爾巷，朝對講機大聲吼著：「請大家動作快一點！太可怕！這實在太可怕了！」

往巷子裡走進去，有一塊堆積著木箱子的大樓後面空地。往大樓後門的石階陰暗處裡，露出了一截白色的女人腿部，穿著絲襪的大腿因為落在石階上雨水的反彈而變髒了。

大腿的旁邊有一條像紅黑色大蛇般的東西纏捲著內臟。好像是小腸或胃的消化器官，被人用手拖出來了。大腸被割斷，大腸的前端掛死者的左肩上。腸上有不少刀子切戳過的痕跡。雨水持續沖刷暴露在石板地面上的紅黑色的血液，與身體的體液、腸內的內容物。

摩根皺著眉頭站在雨中，低頭一直看著被害者。這是讓人不敢直視的可怕畫面，還好因為雨水沖刷的關係，臭味沒有那麼強烈，所以鼻子聞到的是潮濕馬路氣息，嘴裡也不斷嚐到雨水的味道。

莫妮卡雖然沒有死，但是受了重傷，二十六日是度過生死關頭的重要關卡。她的腹部和大腿的肉被剜掉了一大塊，流了很多的血。如果發現得晚一點或者救護車慢點到，可能就會沒命了吧！在情人卡爾同樣血型的大量輸血下，目前已經沒有生命危險了。

看來是殺害了兩名妓女的殺人魔，也對路過的女警揮刀。莫妮卡雖然還不能說話，但是她應該看到兇手的臉，因此警方熱切的期盼莫妮卡的身體能早點復原。

但是，終究還是讓兇手給逃走了。雖然佈下了那麼大的搜查網，還是除了莫妮卡外，沒有任何人看到可能是兇手的人物，也就是說：根本找不到目擊者。而交通崗方面的盤查，也是一點收穫也沒有，這實在讓人無法理解。

離莫妮卡被刺倒臥十公尺遠的路面上，有一把被認為是兇器的大型刀刃。那是西德亞洛伊格爾公司製造的軍用刀。用來砍殺了三名女性的兇器上，應該蘸滿了血跡才對，但是在大雨的沖洗下，刀刃上已經看不到血跡了。

九月二十六日星期一，凌晨兩點左右的遇害者，除了女警莫妮卡外還有兩名妓女。

兩名妓女之一是四十四歲的茱莉安•卡斯帝。她是英裔的德國人，被發現的地點是庫洛迪爾巷。

另一名遇害者是三十七歲的凱薩琳•貝克。她是美國人，被發現的地點是東普森巷。

這兩名妓女遇害的狀況雖然和前一天的三名被害者差不多，但是凱薩琳・貝克和其他四名妓女遇害的狀況比較不一樣。她和其他四名妓女一樣被割斷了頸動脈，但是腹部上並沒有足以讓內臟露出來的大傷口。她的傷口情況比較像莫妮卡。不過，雖然沒有大傷口，但她的胸部、腹部、大腿上有不少被刀子深深刺入的傷口，那樣的傷口大大小小加起來有十幾個。這種殺人的手法當然是很殘酷的，但是對照其他四人遇害的狀況，凱薩琳的案子只能說是小巫見大巫了。

發生在雨中的這兩起命案地點，都是在離庫丹大道只有兩條街的小巷，而兩條小巷之間相距只有五十公尺左右，可以說是非常接近。而東普森巷凱薩琳・貝克遇害的地點，距離莫妮卡・封費頓遇襲的地方也只有二十公尺。從這三者的位置看來，或許能說這是發生在半徑三十五公尺內的三個案件。

不過茱莉安和凱薩琳被殺害的地點，和前一天晚上發生的三起命案——瑪莉・威克達、安妮・萊斯卡和瑪格麗特・巴庫斯塔三人被殺——的地點波茨坦路，相距大約三公里。雨夜中的殺人事件幸好只發生了兩起就打住了，而震驚整個柏林的妓女連續被殺離奇事件，也在死了五名妓女後就戛然而止。總括這五起命案的發生地點，三件發生在波茨坦路附近，兩件發生在動物園前，似乎不會再發生第六件了。

上面的結論當然是後來才明白的，但是在發生了上述事件的一個月內，整個柏林陷入恐慌之中，柏林居民人人自危，大家都在擔心什麼時候會發生第六起命案，是今天晚上？還是明天？因為警方佈下的大搜查網完全捕捉不到兇嫌的影子，威信受到嚴重的打擊，警署總長不得不考慮是否應該舉行向社會致歉的記者會。

受到了重傷的莫妮卡·封費頓雖然在二十六日的晚上度過的死亡關卡，撿回了一條命，身體也逐漸地康復，卻仍然無法描述當時的情形。她不僅身體受創，精神也受到了嚴重的打擊。根據醫生的判斷，莫妮卡很可能出現心靈創傷的後遺症，右腳也有可能跛了。醫生的這個報告對卡爾來說當然是極大的衝擊，從故鄉來探望女兒的莫妮卡父母，也因此深受打擊。

9

九月二十六日，因為電視、收音機和報紙對這樁連續殺人事件的報導，柏林市進入歇斯底里般的驚恐之中，市區內到處有人召開臨時會議，電視一整天都在做事件的相關特別報導。

從教育委員會到妓女們，眾多婦女團體分別向警方或媒體控訴，不能在夜晚的柏林街頭行走了。柏林警察署的郵政信箱塞滿了投書信件，警方的電話更是響個不停。

然而，那麼多的投書信件裡，對逮捕兇手有助的信件卻一封也沒有。沒有屬於目擊者的情報信件，大部分都是訴說附近有變態的失業男，請警方去調查的中傷性投書，還有就是抗議警方無能的抱怨信件。

歇斯底里症狀最明顯的，就是教導婦女防身術的電視節目突然狂熱了起來，分析容易對婦女抱持仇恨心態的男性性格，與解說面相的節目，也頻頻出現在螢光幕上。

更離譜的是，因為某位人士在特別節目的座談會裡發言，懷疑兇手可能是失業醫生，結果造成連續幾年沒有通過醫生國家檢定的青年，受到當街攻擊的情形。

防身催淚瓦斯大賣，販售軍用刀的業績突飛猛進，一下子增加了好幾倍。想學空手道或柔道的人暴增，街上的空手道或柔道教室門口甚至貼出「名額已滿」的紙條。

白天，波茨坦路和動物園前車站附近的殺人現場，湧入了許多好奇、看熱鬧的民眾，但是一入夜，人潮就散去，到了深夜那裡就變成了鬼城，冷冷清清的完全不見人影。街頭上完全見不到拉客的妓女了，她們應該是乖乖地待在家裡不敢出來了吧！不過，不久之後，她們還是為了生計而發出抱怨之聲。

熬夜製作出來事件特集或專刊的雜誌或報紙，一定創下很好的銷售紀錄吧！

西柏林因為這個可怕的連續殺人事件，人們飽嘗了前所未有的某種興奮情緒。不論是大人還是小孩，女人還是男人，都在那個興奮的情緒中忘了自己。興奮情緒的由來是因為恐懼殺人魔，還是對事件的好奇心？恐怕連他們自己也搞不清楚。

卡爾・史旺一走進搜查本部的會議室，就趕快先對已經入座的夥伴佩達・休特羅哲克使了個眼色。搜查主任里奧納多・賓達惡狠狠地瞪了他一眼。不管是在座的人還是主任，都是一臉嚴肅。

「嗯，」里奧納多主任語氣緩慢地開口了。「我不曉得你們究竟有多少能耐，不過，你們大概也都聽習慣人家數落你們柏林警署重案組有多無能了吧！事件發生到現在已經過了三天，現在是九月二十八日的上午十點了。我當了三十年的警察，從來也沒有經歷過這麼殘酷、令人髮指的事件。我在這裡待了這麼久都是如此，想必這個事件對你們來說是前所未有的經驗，柏林的市民當然也和你們一樣。柏林署的信箱馬上就會被批評的信件塞爆，在我們面前的是以前都沒經歷過的大案件。

「然而，截至目前為止，我們還沒有找到任何可疑的嫌犯。二十三個大男人聚集在這裡唯一知道的事情，就是新聞記者們以有趣又可笑的筆法所寫出來的事件報導。我的自尊心受到了嚴重的打擊，希望你們也有同樣的感受。好了，希望今天你們可以讓我高興一點。有誰可以提出任何有意義的發現，或者有建設性的推理嗎？請踴躍發言。」

里奧納多主任說完了，可是回報他的卻是一片沉默。突然被那麼期待，大概沒有人能夠開得了口吧！持續的沉默逼得主任似乎忍不住要發火了。就在這個時候，佩達・休特羅哲克開口了。

「這麼大的事件，卻沒有任何人目擊到可能的嫌疑犯，我認為這是非常不可思議的事情。五個命案集中發生在兩個晚上，第二天晚上我們雖然加強了警戒，可是我們的運氣非常不好，當晚下著大雨非常有利於兇手行動。但已經又過了兩個晚上的現在，仍然是除了風化組的克勞斯・安克摩亞巡警和莫妮卡・封費頓巡警外，沒有出現可以說是目擊者的人了。

「發生命案的第一個晚上，是一個少見的起霧夜晚，地點是幾乎沒有人走動的街道，誰也沒有想到那時、那裡會發生兇殺的事件。第二個晚上雖然下著大雨，但我們已經提高了的警戒，可是兇手卻仍然殺人得手，而且沒有留下任何證據，也沒有目擊者。

「兇手在馬路上行兇，是一個手段殘酷的路過殺人狂。實在太厲害了。如果行兇的現場是室內的話就比較容易尋找到證據，但是行兇的地點在室外，那就比較難……」

「佩達・休特羅哲克，那又怎樣？你說的事情大家都知道了，問題是要怎麼辦？」主任不耐煩地打斷佩達的話。

「所以我想是不是應該更加徹底調查那一帶。遺留在現場的東西非常有限，很難靠那些東西尋找到兇手，或許應該調查居住在命案現場附近的可疑人物，例如被壓榨的低收入者、長期失業的無業人士、對妓女心懷仇恨的人或精神狀態有問題的人。盤查那些人，說不定能得到什麼蛛絲馬跡的線索。想要找到嫌犯，除了這個方法以外，大概很難找到別的辦法了吧！」

「這個問題我也想過，已經讓風化組負責這方面的調查了。今天風化組送來數十個十字山區流浪漢或流氓的資料。從今天晚上開始，臨時拘留所大概就會被腦袋有問題的窮人擠爆了。從腦袋有問題的人當中尋找可疑的傢伙，這實在是讓人頭痛的工作。

「不過還好風化組的克勞斯・安克摩亞曾經追過那個殺人狂，跑了將近五百公尺左右。

雖然只看到兇手的背後，但警方確實有人看到那個殺人狂了。這算得上是警方運氣好吧！如果這位巡察能夠提供給我們特定的嫌疑人物，那就太好了……」

「沒有看到兇嫌的臉嗎？」一位刑警如此問道。

「只有在距離五十公尺的地方看到兇嫌的背後。兇嫌不胖，身材也不算高，頭頂的頭髮直豎著；他上半身穿著黑色的皮運動夾克，下半身好像是牛仔褲，跑步的速度相當快。這就我們對兇嫌的了解只有這些。」

「經常在十字山區流連的龐克族，大都是那樣的裝扮。」主任苦笑地點點頭說：「沒錯。可是我們總不能什麼都不做，只等莫妮卡・封費頓巡警能夠說話吧？所以我說我們一定要努力。風化組已經動起來了，我們重案組能做什麼呢？各位，這就是我今天想問的問題。」

「因為兇手剖開受害人腹部的手法非常俐落，因此我認為絕對不能忽視兇手可能是落魄醫生的可能性。」另一位刑警說。

「兇手可能是熟悉解剖工作的人嗎？這個想法不錯。用刀子割斷活人咽喉這種殘酷的手段，不是一般人做得出來的事情；所以經常處理動物肉類的工作者，也是我們不能忽略的對象，畢竟他們工作時也必須捨棄感情。可是，除了這兩者之外，就沒有別的可能性了嗎？這種推論，一般人也想得出來，我們重案組是專門對付這種事的人，有這方面的專業，應該有更多不一樣的想法，所以我想聽聽各位的想法。」

「有一點我覺得很奇怪。」一位叫漢茲‧狄克曼的刑警首先開口了。

「哪一點？」主任問他。

「藍色墨水。」

「藍色墨水？」

「對。九月二十五日波茨坦路上所發生的三起案件，三名受害者的臉上都有被藍色墨水潑過的痕跡。被潑了墨水受驚嚇之時，兇手就用刀子加以襲擊。

「不過，發生在庫丹大道後巷的命案，就稍微有點不同了。兩名受害的女子和女警莫妮卡的臉上，都沒有藍色墨水的痕跡。」

「嗯，是那樣嗎？原來是藍色墨水啊。」

「或許有人認為因為下大雨的關係，藍色墨水可能被沖洗掉了。可是，就算臉上的墨水被沖洗掉了，墨水一旦沾上了衣物，無論如何都會留下痕跡，這是不會改變的事實。所以我認為這一點或許是一個關鍵性的線索。」

「藍色墨水嗎？我差點忘了這一點。還有別的什麼疑點嗎？」

「還有其他很多特徵性的疑點。」卡爾‧史旺一邊看記事手冊一邊說：「那是和外傷有關的疑點。除了女警莫妮卡‧封費頓以外，五件妓女命案有著共通的情形。詳細的內容以後再做說明，今天先說大概的情況。首先要說的是，這五件命案的手法和像使用外科手術刀般，在身體上造成傷口的方法及順序，都相當的模式化。

「兇手先是在受害人的脖子——也就是頸動脈的地方給予一擊。此時兇手可能是從受害人的背後進行攻擊，以手掩住受害人的嘴巴。五個命案一樣，這一擊就是致命傷。

「第三個被發現的死者是安妮・萊斯卡，她連氣管都被切斷了，所以根本連求救的聲音也發不出來。由此推論的話，兇手是應該是相當有臂力的年輕男子。

「兇手的第二擊則是拉開受害人的衣服，或是直接從衣服上面就一刀砍下，刀子深深刺入心窩口，然後用力往下劃到大腸部位的恥骨一帶。這也是需要相當花力氣的工作，不是一般人做得到的事情。

「接下來就是用手把受害人的內臟從腹部裡掏出來。這裡有一點特別的情形，那就是受害人的大腸部分都被切斷了，內臟還有被刀刃刺傷的痕跡。除了第五個受害人凱薩琳・貝卡外，前面四名受害人遇害的情況幾乎是一樣的。

「為什麼凱薩琳・貝卡和其他四個受害者不一樣呢？我認為是兇手在殺害她的時候，正好被莫妮卡・封費頓女警撞見了。兇手和突然闖來的莫妮卡・封費頓女警發生了扭鬥的情形，並且在刺傷女警後逃逸。當然，這只是我的推測。

「兇手在殺害凱薩琳・貝卡的時候，因為遇到了外力的阻攔，所以中斷了行兇的順序。如果不是那樣的話，可想所知凱薩琳・貝卡也會和其他四名死者一樣，受到宛如外科手術般的殘酷殺害手段。

「另外，四個人中的第一個遇害者瑪莉・威克達與第三個遇害者瑪格麗特・巴庫斯塔、第四個遇害者茱莉安·卡斯帝這三個人的死狀又有一個共同點。那就是好像在進行某種儀式般，她們的左肩上都掛著被切斷的大腸前段。為什麼會這樣呢？我覺得很奇怪。有什麼理由要那麼做呢？

「這五個命案中的四個命案，有著非常一致性的殺人手法。我認為在推測這個事件的理由時，這是非常重要、必須考慮的一點。」

「是呀！那麼，各位對這一點有什麼想法嗎？」主任問。

卡爾稍微考慮後，開口道：「雖然我無法明確的說出到底是什麼理由，但是我認為兇手在殺害妓女之前，腦子裡已經想好殺人的手法了。這一點應該是沒有疑問的，由此可見兇手並不是一般的良民老百姓。

「從已經發生的事實看來，如果現在就說兇手是醫生或是有解剖學知識的人，或許是太武斷了，但是至少能說兇手懂得切剖的技術，也有可能當過軍人，這樣的想法應該是可以被允許的吧？」

「不，也有人會覺得這樣的想法太輕率吧？」別的刑警如此反駁。

「因為行兇的地點是路邊，就會有路過的行人。另外警方為了追捕兇手，也在二十六日的凌晨派出了大量的警力和警車到處巡邏。兇手應該知道這種狀況，所以一定要用模式化的殺人手法，才能在最短的時間內完成殺人的，否則就會被發現。不是嗎？」

「嗯，模式化確實能夠提高效能。反過來說，這個兇手有必要在明知有很多警察、又下著雨的時候殺死妓女，並且剖開她們的身體嗎？」主任說。

「唔？慢著、慢著，這一點不是很重要嗎？」

「是的，這一點很重要。」卡爾・史旺回答，並且接著說：「這就是這個連續殺人事件最讓人不解之處了。雖然說二十六日凌晨的雨，對兇手來說不算是不好的條件，可是有那麼多警察在注意，他應該知道這一點，大可等幾天後再下手不是嗎？可是他完全沒有等待，固執地連續兩個晚上行兇，所以才會遇到女警莫妮卡・封費頓。」

「沒錯。還有，兇手為什麼一定要在路上行兇呢？不是也可以在她們的家裡殺害她們嗎？在路上行兇的話，動手的時間就變得很緊迫了。」

「因為那些妓女好像不會把客人帶回自己住的地方。她們通常會和客人去旅館，或者是在客人的車子裡進行肉體的交易。」一個刑警說。

又有另外一位刑警舉手發言了。

「除了剛才提到的命案共同點外，這五名遇害的妓女還有一個共同之處。她們五個人都是英國裔的妓女。如果進一步細分的話，五個人中有兩個是大不列顛的英國人，三個是愛爾蘭的英國人。她們都不是德國人。」

「明白了。還有呢？」

「還有這五個受害者互相認識，她們住的地方都很接近，平常都以英語溝通，好像也常常一起行動。」

「她們住在哪裡？」

「克勞茲堡的貧民區。」

「嗯。」

「調查出她們五個人各別的經歷嗎？」

「大致上已經調查清楚了。

「九月二十五日凌晨發現的第一個受害者是瑪莉・威克達，現年四十三歲，一九四五年出生於愛爾蘭的科克市，父親是一個愛喝酒的船員，經常喝醉後和人打架，在她十一歲的時候落水死了。她曾經結過婚，對象是現在在畢勒費爾德市（Bielefeld）當圖書館員的布魯諾。不過，她在和布魯諾結婚前，也在英國的利物浦結過婚，並且好像有小孩子。但她和布魯諾並沒有生孩子。

「離婚的原因好像是遺傳了父親愛喝酒的習性。除了這一點外，她似乎沒有別的不良習性了。同行的妓女對她的評語不壞，朋友都暱稱她『瑪莉朵』或『開朗的瑪莉』。她對朋友很照顧，和認識的人都有不錯的交情。

「這個女人身上的傷痕數目只比凱薩琳・貝卡少，是傷口第二多的受害者。咽喉和腹部上的傷和其他四個命案一樣，傷口相當大，但是她腹部的表皮上有不少比較淺的刀傷，每一道傷痕的方向都是由上往下走。那種傷痕應該是右手反握著刀子切劃造成的。刀子是亞洛伊格爾社製造的軍用刀。殺害五名受害人的兇器，應該是一樣的。

「發現屍體的時間是凌晨兩點二十六分，發現者是克勞斯・安克摩亞和莫妮卡・封費頓兩位巡警。當時屍體的旁邊有一瓶小瓶琴酒，和掉落在地上的死者包包。包包裡面有若干金錢和化妝品，都不是什麼貴重、值錢的物品，不像是因為錢財被殺害的。這就是第一個被發現的死者——瑪莉・威克達的經歷及命案現場的大致狀況。

「第二個被發現的遇害者是安妮・萊斯卡。她也是愛爾蘭人，出生地是馬恩島，今年四十二歲，來自漁夫的家庭。她好像有兄弟姊妹，但是父母離婚後家人四散，已經和家人失去聯絡了。

「她曾經住在倫敦，二十幾歲時好像當過女傭，不過，關於她那個時期的經歷，我們的資料並不齊全。另外，她好像也沒有結過婚。無法從十字山區的鄰居們口中知道更多她的事情。

「安妮・萊斯卡的屍體被發現的時間是凌晨四點多，比發現瑪莉・威克達屍體的時間晚了兩個小時，而發現屍體的地點是波茨坦路後面的庫格爾街。發現安妮・萊斯卡屍體的人是住在那附近的一位雜誌社記者，名叫麥茲・貝卡的男子。根據推斷，安妮・萊斯卡是在屍體被發現前三十分鐘被殺死的。

「她死後的狀況與其他人一樣，致命的原因是左耳下面的頸動脈被割斷了。兇手切開了她的腹部，用手把她的內臟從腹部裡掏出來，還用刀子在臟器上切割。不過，並沒有把她的腸子掛在她的左肩上。

「還有，安妮・萊斯卡的屍體除了咽喉與腹部的傷以外，身上外表的皮膚上沒有別的傷痕。這應該可以說是安妮・萊斯卡屍體的特徵吧！屍體附近的地上有她的小型包包，裡面的物品完整，沒有被偷竊的跡象。以上就是關於安妮・萊斯卡的情形。

「第三個受害人是瑪格麗特・巴庫斯塔。瑪格麗特・巴庫斯塔四十一歲，英國伯恩茅斯人。不清楚她住在英國時雙親的職業和她的家人情況，也不知道她有沒有結過婚。她來到德國以後，也沒有結婚的紀錄。

「她的屍體被發現的時間與安妮・萊斯卡差不多，是凌晨四點半左右，地點是波茨坦路後面的黑森林巷。發現她的屍體的人是她的同業——一位叫哈妮洛妮・布希的妓女。

「她受害的情況和前面的安妮・萊斯卡相似，外傷只有咽喉和腹部，身體外表的其他部位都不見傷痕。不過，被兇手拉出來的內臟部分，有一點明顯與其他人不一樣。她的大腸部分約被切去了二十公分，而且『被帶走了』，這是非常大的特徵。」

會議室裡響起輕微的驚呼聲。

「這個情況和其他命案中的受害人明顯不一樣，只發生在第三起命案的瑪格麗特・巴庫斯塔身上。被切去的大腸至今還不知去向，剩餘的大腸部分則和瑪莉・威克達的情形相同，掛在死者的肩膀上。

「以上就是九月二十五日凌晨發生的三起妓女遇害命案的詳細情形。接著要說明的是隔天——也就是二十六日凌晨發生的另外兩起妓女遇害命案。

「第四個被發現的受害者是四十四歲的茱莉安‧卡斯帝。她是愛爾蘭都柏林人。被發現的時間是凌晨兩點十五分，地點是庫丹大道後面，靠近動物園前車站的庫洛迪爾巷十四號，發現者是風化組的摩根巡警。

「茱莉安‧卡斯帝屍體損壞的情況與前三件命案大致相同。致命傷是咽喉被割斷了，腹部也有一個很大的傷口。她也是除了咽喉與腹部的傷之外，身體上幾乎不見其他外傷了。內臟從被剖開的腹部裡露出來，腸子被切斷，並且掛在左肩上。

「茱莉安‧卡斯帝或許是內臟受損情況最嚴重的人。除了消化器官受到嚴重的破壞外，肝臟也被刀子刺穿，腎臟幾乎完全被切成兩半，腹部被切開部分的最上面，像被刀子亂刺過一樣，甚至有深刺到背部的痕跡，完全是一種瘋狂的行為。

「關於茱莉安‧卡斯帝的生平，我們也不是很清楚，只聽說她從都柏林到倫敦後，十幾歲到二十幾歲時曾經做過女傭及超級市場的店員。不過，關於這一點並沒有確切的證明。

「她好像是三十歲左右才到柏林，經歷了種種工作後才成為妓女的。茱莉安開始在街上拉客的時間已經有四年之久，應該比其他四個人還要長。第五位受害者是凱薩琳‧貝克，她是五個受害者中最年輕的一位，才三十七歲。她的身高比較高，朋友們都叫她高個子的黑凱薩琳。

「她的屍體被發現的時間與茱莉安‧卡斯帝差不多，是凌晨兩點十五分。被發現的地點是從庫丹大道過去，接近動物園前車站的東普森巷五十七號。發現者是風化組的歐肯巡警。

「她是五個受害者當中唯一沒有被剖開腹部的人。可是除了咽喉被割斷的致命傷外，她的腹部、腳上還有十幾個刀傷。推測她和其他四個人不一樣的原因，可能是兇手要進行剖腹的行動時，被正好經過那裡的莫妮卡．封費頓巡警阻擋了。

「凱薩琳．貝克是倫敦人，不過，她並不是純種的大不列顛人，而是巴西移民與印度移民的混血兒，所以皮膚的顏色是淡黑色的。她好像也沒有結過婚，並且很早就來德國，在漢堡的情色店裡工作了很久。年輕時的她似乎相當受歡迎，後來因為和同伴發生了一些爭執，所以離開情色店，據說是兩年前才來柏林的。

「到了柏林以後，她就住在十字山區，被殺當天的白天起床後，好像還和住在附近的人開玩笑，說『或許下一個就輪到我了』。以上就是這五個命案中受害人的背景資料。不過，這裡還有一點讓人感到奇怪的事情要報告。那就是離凱薩琳．貝克遇害的東普森巷大約五十公尺距離的牆壁上，有著奇怪的塗鴉文字『猶太人不能接受不合理的責難』。

「這段文字是以德文寫的，而不是用英文。可是，在凌晨一點與一點半時，牆壁上還沒有那段文字。關於這一點，當時在那裡巡邏的警察可以做證明，所以我認為那段文字可能是兇手寫的。」

「猶太人不能接受不合理的責難？唔──難以置信的時代錯誤塗鴉。」主任如此說。

「那樣的一段文字如果出現在希特勒時代，那是合理的。但是現在是一九八八年了，猶太人還有理由在柏林的馬路上，寫下那樣的文字嗎？你的意思是幹下這一連串殺人行為的兇手是猶太人？太愚蠢了！」

「一定是有人在惡作劇。」有一位刑警說。

「那樣的塗鴉可以不用理會吧！不是什麼大不了的問題。」主任說：「我希望聽到別的論點。」

「不，主任，請等一下。」佩達・休特羅哲克舉起右手，反對主任地說：「有人投書認為那段塗鴉非常重要。要唸出投書的內容嗎？是用英文寫的。」

休特羅哲克拿出藍色的信封，但是主任不耐煩地揮揮手，說：「不用了，沒有那麼多時間唸投書。不過，如果你認為真的有必要的話，那就把投書的大致內容說一下吧！」

「還是請主任判斷吧！我覺得這封投書是某種專家寄來的。」

「某種專家？」

「主任剛才說過，這五個妓女連續被殺事件是以前看也沒有看過、聽也沒有聽過的事件。可是，這位投書者並這麼認為，他說或許是某種奇怪的因緣吧！百年前的一八八八年，國外也發生過和這次事件幾乎完全相同的連續殺人事件。」

「國外？哪裡？」

「倫敦。」

「倫敦？……啊！」

「沒錯，就是『開膛手傑克』。那個赫赫有名的事件和這次我們遇到的難題，可以說是像攣生子般的神似。」

「說得也是。那也是殺害妓女的……那個事件裡有幾件命案？」

「五件。」

「五件？」

「對，和我們遇到的一樣。而且那個連續殺人事件裡，被殺死的也是站街拉客的妓女，她們都被銳利的刀刃割斷咽喉、腹部被剖開、內臟被抓出體外，完全一模一樣。」

「原來如此。那封投書裡提到這些了嗎？」

「投書者好像是英國的『開膛手傑克』研究者，他認為研究英國的『開膛手傑克』事件，對解決這次柏林發生的開膛殺人鬼之謎，將會有幫助。」

「原來如此。可是……」

「在堆積如山的投書中，這封投書讓我感到興趣的原因並不只是這一點。百年前發生的『開膛手傑克』事件也和這次的事件一樣，出現了『猶太人不能接受不合理的責難』的塗鴉文字。」

「什麼？」主任的臉色大變了。

一八八八年・倫敦

1

在世界犯罪史裡，找不到像一八八八年發生在倫敦的開膛手傑克事件那樣殘酷、血腥的案子了。不過，對喜愛推理的人而言，那個事件格外地令人玩味。雖然是那麼血腥及悲慘的事件，但現在回頭看那個事件，手裡捧著那些資料時，誰都會從字裡行間裡感受到類似鄉愁的難得滋味。這種感覺很像是世界最苦的酒在經歷了百年的時光後，醞釀出最豐潤的甘美之味。

在沒有汽車與科學蒐證的時代所發生的血腥犯罪，讓身在一九八八年的我們有著略微苦澀的心情。

如同以下的描寫：

「灰色的九月早上，我混在看熱鬧的起鬨人群之中，看著蓋著防水布的安妮奇怪的屍體，在擔架車喀啦喀啦的響聲裡通過漢伯利街。我的伯父在漢伯利街上經營一家咖啡店，媽媽經常一早就會去店裡幫忙。自從發生了傑克的殺人事件後，媽媽把我當成保鏢，去咖啡店時就會帶著我一起去。為了禦寒，我全身裹著毛毯。我不覺得我保護得了媽媽，因為我只是一個十一歲的孩子。

「總之這天早上，我看到兩個警察抬著擔架，從二十九號的屋子裡出來。擔架經過時，淡淡的血從擔架車垂落到地面上。媽媽雖然趕我回家，可是那天正好是星期六，不用去上學，所以我假裝回家，其實是追著擔架跑，一直跑到老蒙塔古街的臨時停屍間。那些事好像昨天才發生的一樣，我記得非常清楚。」

這是湯姆‧卡連寫的《恐怖之秋》小說中一位叫亞夫勒德‧亨利‧雷因的人物的證詞。事件發生的當時他才十一歲，但因為《恐怖之秋》而被訪問時，他已經八十歲了。

倫敦是十九世紀末的世界中心。但這個被認為是世界最富有的城市裡，卻非常矛盾的擁有全世界最貧窮的地區。

倫敦是世界上最早完成地下鐵的城市，很多人都想著開膛手傑克是搭著那個最新的交通工具去到殺人現場的。

不過，那個時代還沒有快速把屍體從好事者的眼前運走的汽車，即使是蘇格蘭場的倫敦警察，辦案的時候使用的也只是行動緩慢的馬車；而照明夜晚馬路的，是朦朧的瓦斯街燈，使用電力照明的房子非常罕見。

因為是那麼朦朧的世界，所以福爾摩斯也能在晚上時扮成老婆婆的模樣而不被發現，更何況是在連瓦斯街燈都很少，而且是有霧東區貧民窟的夜晚。那樣的夜裡，即使街上有什麼怪物在徘徊，不論誰都是一點辦法也沒有，就是那樣的時代所發生的案件。

一八八八年的八月三十一日凌晨，面對白教堂路的地下鐵車站——白教堂車站後面的屯貨區小路。即使是現在，屯貨區也是一條冷清的街道，更何況是十九世紀末的那個時候。到了晚上，白教堂的燈光只能照到屯貨區的小路前端，小路後面根本是一片漆黑。

小路的一邊是成排的艾塞克斯倉庫，另一邊則並列著商人的房子。小路的前面有學校的宿舍，隔著一條馬路的溫士洛普街有廢馬處理場。

凌晨三點四十分，搬運蔬果的搬運工查理．克洛斯經過屯貨區，在馬棚門前的水溝旁，看到一個蓋著防水布的東西。

防水布是當時這個地區用來包裹供食用的解體馬匹的物品。查理．克洛斯心想那大概是從某一輛運貨的馬車上掉下來的，便靠近水溝邊，想把那個東西撿起來。可是當他靠近看後，才發現那不是防水布，而是有一個人倒臥在水溝裡。因為四周很暗，倒臥在水溝裡的人身上的衣物看起來像防水布。

此時正好有另一個搬運工約翰．保羅經過，他們兩個人便站在一起，看著倒臥在水溝裡的人。

他們再靠近看，發現水溝裡的是一個女人。女人的左手伸向馬棚，黑色的麥稈帽掉落在旁邊的地上。因為她身上的裙子綴巴巴的，所以兩位搬運工都認為女人是喝醉了，或者是遇到暴行了。

「先把她叫起來再說吧！」克洛斯說著便蹲下去，用手摸了一下女人的臉。女人的臉還有一點點的餘溫，但是試著舉起女人的手時，發現她的手完全沒有力量，一放開她的手，她的手就頹然掉落。

「她死了。」克洛斯把手縮回來後顫抖地說。

他們兩個人都感覺到背脊發涼，想要立刻逃離現場。就在這個時候，他們同時聽到黑暗中傳來的腳步聲，便快速地往布萊迪街的方向跑去。

靠近的腳步聲主人是約翰・尼爾巡警。他每三十分鐘會到這個地方來巡邏一次。

凌晨三點四十五分，臥倒在馬棚門前的女性臉部，浮現在巡邏警察手中燈籠光芒中。巡警高舉著燈籠靠近臥倒的女人身邊，倒臥在水溝裡的女人的眼睛睜得老大。

巡警蹲下去，利用燈籠的光仔細照著女人的身體。女人的咽喉上有一道很大的傷口，看得出已經有大量的血液從那個傷口噴出來過了。除了血液的腥臭外，空氣裡還有琴酒的味道。琴酒的氣味是從被割裂的咽喉裡飄散出來的。

尼爾巡警先想到這女人可能是自殺的，所以在四周尋找用來自殺的刀子。可是根本找不到那樣的東西。

另外，剛才跑走的那兩個搬運工，則被在附近巡邏的亞瑟・何恩巡警逮到帶回了現場。尼爾巡警已經了解到這是一樁殺人事件了，便立刻找來了在附近開業的拉魯夫・勒威林醫生。

醫生到達的時候已經是凌晨四點多了。死者從左耳下面到咽喉的中心，有一道四英寸的刀傷，和從咽喉下面到右耳的八英寸長刀傷。她的頸動脈被割斷，湧出來的大量血液則滲入厚厚的衣服中。

醫生大致檢驗過屍體後，立刻要求把屍體送到舊蒙塔古街的濟貧院屍體暫放場。

此時醫生和巡警都只注意到咽喉的傷口，因此推定女人死亡的時間還沒有超過三十分鐘。

尼爾巡警在凌晨三點十五分時，也曾經巡邏過現場，當時並沒有看到屍體；三點四十分尼爾巡警再到現場巡邏，就看到屍體了。因此可以認為兇手犯罪的時間點應該在三點十五分到四十分之間。

天亮後，臨時停屍間進行了解剖的工作。一脫掉受害人的衣服，才看到隱藏在衣服下面大大小小的傷口多到令人吃驚。

除了咽喉的傷口以外，刀子還兩次深深刺進下腹部。第一刀從右鼠蹊部刺下，並且拉割到左臀部。第二刀從下腹部刺下，往身體的中央切割，到達胸骨的地方。此外，腹部的表面上還有幾道淺淺的傷口。

醫生依他所看到的情況做判斷，認為從兇手的方向看過去的話，所有的傷口走向都是從右到左，所以兇手可能是左撇子。這就是後來造成轟動的「開膛手傑克」事件的開始。

根據看到報紙的報導，跑到臨時停屍間的女人們的證詞，才知道死者是住在史比特區斯洛爾街（Thawl Street）十八號的出租公寓，被稱為「波莉」的妓女。

不久後，她的前夫接受警方的查詢，終於清楚「波莉」的本名與經歷。

「波莉」本名瑪莉•安•尼古拉斯，四十二歲，出生地是倫敦南部的坎伯威爾，父親是一位鐵匠。二十二歲時和印刷工人威廉•尼古拉斯結婚。但是天生懶惰與愛喝酒的毛病，促使她在一八八一年時離婚。她有五個孩子，死時長子已經二十一歲。

她的前夫有完整的不在場證明。而警方在附近進行了偵查之後，並沒有找到任何的目擊者。

離現場只有數碼遠的地方，有一棟名叫「新小別墅」的分層住宅。當天晚上那棟住宅裡有一位住戶整夜沒有睡覺的在看書，他說那晚沒有聽到任何慘叫或打鬥的聲音，整個晚上都非常安靜。根據這位住戶的證詞，警方內部有人提出「死者被害之後才被馬車運到現場」的看法。

除了這位住戶外，在現場附近的鐵道調度場或廢馬處理場徹夜工作的男人們也說，沒有聽到任何可疑的聲音。

從死者死亡的狀況看來，被殺的時候應該流了很多血才對，但卻除了發現屍體的現場以外，附近沒有發現血跡，或任何落下來的一滴血。依這個條件看來，行兇的地點只可能是發現屍體的現場。

這個命案讓屯貨區在英國聲名大噪。送信件的郵差稱那裡是「殺人路」，讓當地的居民相當不愉快。百年後的今日那個事件仍然餘波盪漾，屯貨區已經改名為達沃德街。

2

第二件命案被發現的時間，是一八八八年九月七日瑪莉・安・尼古拉斯舉行喪禮後的翌日早上。

距離第一個殺人現場屯貨區西邊大約半哩遠的地方，有一條叫做漢伯利街的馬路，那是一條比較寬且長的路。至於那裡的街道景象又是如何呢？引用一下昭和初期（指西元一九二五年起）曾經去那裡做過實地調查的作家牧逸馬❶所寫的文章吧！

「衣著襤褸、赤著腳的小孩從早到晚在馬路上亂跑。這個代表性貧民窟的街上，還住著許多以勞動者或以外國低級船員為對象的妓女。」

這就是那條街的部分景象。

漢伯利街上有一排廉價的出租房屋。漢伯利街二十九號的後院，就是發現這個命案的起點。

這是一棟三層樓建的磚造排屋❷，面對馬路的門經常是關閉著的，住在這裡的人總是從院子裡通往後門的柵門出入。如果不是這樣的話，大白天就會看到妓女或醉漢、流浪漢出出入入。

九月八日上午六點過後，淡淡的朝陽開始射入排屋的後院，住在三樓的史比特區果菜市場的搬運工約翰・戴維斯因為要上工了，所以下樓到後院。

就在他從石階上下來，要走到後院時候，看到一個女人躺在和鄰居交界的牆壁牆腳處。他原以為那是一個喝醉的女人，但是一走近那個女人，便看到女人全身是血。

他嚇得立刻狂奔到附近白教堂路的警察局。

屍體的手掌朝內、手臂伸直且兩腳張開，像在朝拜似的雙膝著地。死者的手上、臉上都是血，身上的黑色長外套與裙子往上翻起，露出被切割得亂七八糟的腹部。不過，死者的死因並不是腹部上的傷口，而是咽喉上的刀傷。

那時通往後門的柵門外已經圍滿了好事者，附近的窗口也擠滿了一臉好奇表情的住戶面孔。

臨時驗屍工作一結束，屍體就被抬上擔架、蓋上防水布，送往附近的舊蒙塔古街臨時停屍間。上個星期的瑪莉・安・尼古拉斯的屍體，也曾經被收容在那裡。

屍體的腳邊有兩枚黃銅戒指、數枚硬幣和染血的信封紙片。另外，附近的自來水水龍頭下面，有一件浸濕的皮圍裙。這件圍裙之後還引發了別的事件。

八日下午兩點後，巴克斯達・菲利浦醫生開始進行解剖屍體的調查工作。因為受害者沒

編註❶：日本小說家，本名長谷川海太郎，一九〇〇年～一九三五年。以林不忘、牧逸馬、谷讓次三個筆名分別做不同類型的創作。以筆名牧逸馬的創作則以犯罪實錄小說為主。

編註❷：始於十七世紀後期的歐洲，概念是相互對稱，共用側邊牆壁，彼此相連的並排建築。

有發出慘叫看來，兇手應該是從死者的背後掩住了受害者的嘴巴，然後刀子從受害者的右耳下面刺入，一口氣切割到左耳下面，一刀殺死了受害者。兇手似乎有砍下受害者頭部的想法，但是後來不知怎的改變了想法，還把手帕繫在脖子上。

另外，死者的腹部被剖開，腸子被切斷拉出體外，掛在死者的「右肩」；子宮、陰道的上部、膀胱的三分之二也完全被切除了。菲利浦醫生看到這種情形後，非常有自信地說：

「這是學過解剖學，熟悉解剖工作的人所做的犯罪行為。」

因為看熱鬧的好事者之中，有人認識受害者，所以很快就查出受害者的身分了。她是被人稱為「黑安妮」，在白教堂一帶頗為出名的妓女。

「黑安妮」的本名是安妮・查布曼，有人說她四十五歲，但也有人說她是四十七歲。她來自中產階級，是開膛手傑克事件的受害人中唯一的知識分子，因此自視甚高，同行的妓女們對她的評語並不好。

她曾經和一位有獸醫資格的男人結婚，還生了孩子，但是嗜酒的毛病招來離婚的命運。離婚後她輾轉來到東區，落腳在漢伯利街以南約三百三十碼的地方，住在多塞特街三十五號。

她的身高雖然不足五尺，但是身材豐滿、比例均勻，藍色的眼睛，高高的鼻子、深褐色的頭髮。可惜有酒精中毒的毛病和肺結核，看起來比實際年齡老了八歲。遇害前的四個月，她才搬到多塞特街的廉價公寓，每次攬到客人後，就立刻把客人帶回家裡，賺取生活費和酒錢。

發生了兩個命案後，一入夜，白教堂一帶就變成了鬼域，沒有人敢在那附近走動，只有朦朧的瓦斯街燈佇立在霧裡的空氣中。不過，因為報紙的熱烈報導，星期六或星期日的白天時，就會有不少人因為好奇心，而跑去看命案的現場。白天的白教堂好像倫敦的新名勝區。這是相當嚴重的情況，因為太受到矚目，所以直接或間接地傳來了許多號稱與命案有關的訊息，造成了不少的困擾。

那個時代還沒有所謂的基本人權，窮人經常因為黑函或謠言，遭受了不恰當的對待。但警方因為焦慮或許還會發生第三起命案，所以有一點點的風吹草動就小題大作。

然而兇手到底在哪裡？仍然一點頭緒也沒有。

不管是蘇格蘭警場的警探，還是一般的老百姓，都生活在不安之中，批評警方無能的聲音四起。國會的地方議員沙米歐爾・蒙塔古因為看不下這種情況，公開宣布懸賞一百英鎊來追捕兇手。

在賞金的鼓勵下，更多捕風捉影的訊息和密告黑函湧入了警方的信箱。可是，那些訊息或黑函都對警方沒有什麼幫助，反而讓整個英國社會陷入歇斯底里的恐慌之中。

「魔女狩獵」的現象就這樣出現了。每次蘇格蘭警場一有情報，通過媒體的報導後，就會引發民眾歇斯底里的情緒，一窩蜂地去追捕不明確情報中的代罪羔羊。

因為瑪莉・安・尼古拉斯被殺的現場是廢馬處理場附近，所以首先就有廢馬的解體業者很可疑的說法。

接著流傳出來還有一說，就是：因為兇手使用的是寬刃的刀子，那是鞋匠或家具師傅所用的刀子，所以鞋匠和家具師傅也被視為可能嫌犯的說法。

但是，這些捕風捉影的說法還不算嚴重。第二個命案的被害者是安妮・查布曼，她被殺死的現場附近有一條濕漉漉的「皮圍裙」。

蘇格蘭警場扣押了這條皮圍裙，認為這條皮圍裙是足以逮捕兇手的最大證據，當初並沒有對媒體透露這件事情。可是，神通廣大的新聞記者們嗅覺靈敏，還是探聽到這個訊息，製作了特別報導，讓「穿皮圍裙的人就是可恨的開膛手傑克」的感覺，強加到大眾的印象裡。

一時之間「皮圍裙」之名一傳十十傳百，倫敦東區於是陷入「皮圍裙歇斯底里症」的風暴中。因為那個時候赫赫有名的「開膛手傑克」這個字眼，還沒有出現在世人之前，所以一般大眾覺得有必要給這個殺人魔一個「通稱」，才方便流傳這個可怕事件。

每個人都很害怕這個只有「綽號」，卻不知道真面目為何，會在黑夜的霧街裡徘徊的可怕殺人魔。「皮圍裙」這個名稱，在唸起來很順口又讓人感到戰慄的「開膛手傑克」名稱出現以前，就是倫敦東區發生的連續命案的兇手代名詞。

「警察在搞什麼鬼，動作慢慢吞吞的！快點把可怕的兇手『皮圍裙』捉起來呀！」

蘇格蘭警場的信箱被這樣的投書給擠爆了。民眾開始相信，只要能捉到那個沒有面目只有皮圍裙、宛如幻影般的兇手，就可以一掃內心的恐懼。

不過，第二樁命案發生沒有多久，還在進行驗屍的檢查工作時，就已經查出那件皮圍裙的主人了。

那件皮圍裙的所有者叫約翰・理察德生，他住在出租排屋裡，總是穿著皮圍裙幫忙母親做紙盒子的副業。那件皮圍裙因為已經舊了，所以被他母親丟掉了。不過，在這樣的情形查明清楚之前，「皮圍裙」之名已經傳遍世間，收不回來了。

奇怪的是蘇格蘭警場的警方態度，他們對「皮圍裙」就是兇手的謠言保持沉默，完全沒有出面澄清。大概是怕在澄清的時候被問「那麼兇手到底是誰的問題」，所以乾脆不聞不問吧！不過，警方倒是公布了搜查之後所認為的「兇手肖像」。

警方說兇手大約三十七歲、身高五尺七寸，臉上有鬍子、穿黑色系的衣服，是個講話有外國腔的男人。

公布了所謂的「兇手肖像」後，從外國流亡到英國，住在白教堂的外國移民、流亡者人人自危，英國人的反猶太人情緒也被挑動，猶太裔人成了大家反感的對象。

當時白教堂一帶住著很多猶太人，而公布的相關資料裡又說兇手有「外國腔」，所以白教堂附近的居民便群集到警察署前面，高喊：「是猶太人幹的！英國人不會做出那麼殘酷的事情。把猶太人抓起來！」

民眾反猶太的情緒非常強烈。

民眾在那樣的情緒下，終於找到了一個被害者。因為蘇格蘭警場公布的資料裡沒有皮圍裙的名字，於是民眾從公布的資料提到的外在特徵「外國腔的猶太人」和「皮圍裙」，找到了一個符合那些特徵的人物。不管什麼時代都有倒楣鬼，而這位符合上述特徵的人物住在馬爾貝利街二十二號，名叫約翰．派查的鞋匠。

約翰．派查三十三歲，身高五尺四寸，膚色微黑、個子不高，黑色的長髮遮掩了大半張臉，薄薄的嘴唇看起來很無情，臉頰和嘴巴的四周蓄著黑色的鬍子，極度的蘿蔔腿，說著外國腔很重的英語。

因為是鞋匠，所以他經常穿著皮圍裙，屋子裡有好幾把尖銳寬刃的刀子。還沒有結婚的約翰．派查常在晚上到街上遊蕩，也認識好幾個拉客的妓女，附近的人一直以「皮圍裙」來稱呼他，所以只要說到馬爾貝利街的「皮圍裙」，大家就知道指的是誰。

當人們開始追捕「皮圍裙」後，他就為了自身的安危深居簡出，把自己關在屋子裡。可是，蘇格蘭警場的警探還是找到了他，將他逮捕起來。

「逮捕到皮圍裙」的新聞，變成了報紙的頭條報導，有人還為這件事做了打油詩，白教堂附近的居民和妓女們都認為自己已經擺脫生命的威脅了。

為了避免歇斯底里的民眾做出對嫌犯動私刑的行為，派查在警方嚴密的保護下進入法庭。可是他很快就被釋放了，因為他有完整的不在場證明，這表示他是無辜的。派查當庭被釋放了，緊接著他便對民事法院提出控告各大報社損害名譽的訴訟。

新聞界雖然因此出醜、丟洋相了，卻絲毫不反省，很快就把責任推卸給蘇格蘭警場的警探，攻擊蘇格蘭警場的無能。

皮圍裙歇斯底里症冷卻了，蘇格蘭警場的聲譽也一落千丈，嘲笑焦躁的警方及各種追捕兇手的方案，成了最熱門的話題。

有人提出把所有的妓女都關起來的方法，因為與其被殺死，還不如關在監獄裡比較安全。可是，這個方法根本行不通，因為在還沒有人權問題的年代，倫敦當時的妓女有數萬人，哪裡有可以容納數萬妓女的監獄呢？

還有人提出全體妓女都必須隨身攜帶哨子的方案，報紙也報導了妓女穿女警制服等等千奇百怪的點子。可是，那些方法或點子都因為經費或其他原因，而不能實現。就這樣，第二個命案發生後，又過了二十天。

3

倫敦的秋意越來越濃的九月三十日星期日凌晨，接近午夜一點的時候。

路易・狄姆修斯坐在矮馬拉的馬車上，進入白教堂區的巴納街。這個男人白天到處販賣廉價的裝飾品，晚上就到位於巴納街的國際工人教育俱樂部當旅館部的雜役。

那時他正好離開位於泰晤士河南邊、錫德南姆山的水晶宮，走在回家的路上。

前一天晚上是星期六的夜晚，很多倫敦市民去水晶宮看夜景。星期六晚上的水晶宮前人來人往，路邊有很多做生意的流動攤子，有賣各種寶石仿造品的攤子，也有賣別針、音樂盒、襯衫、鈕釦、刀子等等物品的攤子。

國際工人教育俱樂部是由俄國、波蘭、德國等地來的猶太人組織，而成立的聚會場所，每個星期六晚上會員們會帶著家人來此聚會，議論時事。

這個晚上的聚會在零時三十分左右就結束了。狄姆修斯進入巴納街時，正好聽到白教堂的聖瑪麗教會凌晨一點的鐘響聲。靠著俱樂部會館窗戶流洩出來的微弱燈光，狄姆修斯準備把馬車駛入會館的中庭。

面對巴納街的大柵門敞開著，狄姆修斯聽到黑暗的深處裡，傳出好像人聲的聲音。大概是流浪漢躲在裡面吧，狄姆修斯不以為意。

可是，他所駕馭的矮馬卻突然暴動起來，似乎想把他摔落。因為周圍很暗，所以他以為是腳下的地方有什麼障礙物，讓馬受到驚嚇。於是他拿著馬鞭探觸腳下。果然，馬鞭碰觸到一個有點柔軟的物體。

狄姆修斯跳下馬車，點燃手中的火柴。夜裡風大，點燃的火柴很快就被風吹熄。可是，在火柴還沒有完全熄滅前所看到的景象，已經烙印在他的視網膜上了。

牆腳蹲著一個女人，看不清楚她是喝醉了，還是已經死了。

狄姆修斯馬上跑進俱樂部裡，和兩個正在裡面的會員拿著蠟燭，一起回到現場。

一個穿著陳舊黑色衣服的中年女子出現在蠟燭的光線下，她的腳彎曲，身體往中庭的方向傾倒，看樣子已經氣絕身亡了。

女人的脖子上有一道很深的傷痕，大量的血液染濕了石板地面，血跡延伸到俱樂部的入口處。這個死亡的女人很瘦，身上的衣服也很整齊。

因為很快就報警了，不久之後警方的人員便擠滿了俱樂部的狹小中庭，巴納街被封鎖，閒雜人等不得進入俱樂部的中庭。

依據屍體的狀況與體溫看來，死者的死亡時間應是狄姆修斯駕著馬車進入中庭前數分鐘。

留在俱樂部會館裡的猶太人被徹底地盤查，住在附近的居民也被從睡夢中叫醒，不僅得接受警方的詢問，有些人的屋子還被警方人員搜索。可是即使如此，仍然找不到嫌犯，甚至找不到目擊者。

奇怪的是，這次的命案仍然沒有人聽到任何慘叫或爭吵的聲音。俱樂部的聚會結束後，會員們在零時三十分時離開俱樂部，經過陳屍的現場；有人則是到了零時四十分的時候才經過現場，可是那時他們都沒有看到屍體。

但凌晨一點，駕著馬車進入俱樂部中庭的狄姆修斯發現屍體了。因此，死者遭到殺害的時間，應是零時四十分至一點的二十分鐘內。

不過，現代的人大概無法深切理解零時四十分經過現場的人所說的，那時什麼也沒有發現的情況吧！

「周圍很暗，為了不跌倒，離開中庭的時候必須扶著牆壁走。那時如果牆角下有屍體，一定會被絆倒或踢到吧！」

這就是零時四十分經過現場的人的證詞。十九世紀末的倫敦貧民窟，一般來說就是這樣。

根據醫生在現場的驗屍報告，發現屍體身上的傷口從左下巴下面二點四英寸開始，到左頸動脈與聲帶的地方被割斷，死者沒有慘叫的機會，大約一到兩分鐘的時間就斷氣了。除了這個致命傷以外，這名死者沒有其他嚴重的傷口了。大概是狄姆修斯正好駕馬車經過，所以兇手沒有時間對屍體進行做外科手術般的傷害，就逃之夭夭了。

現場的搜查行動一直持續到上午五點左右，一時之間還是不知道兇手是誰，也不清楚死者的身分。

那時，因為沒有從上一個殺人行為裡得到滿足感的兇手，又下手殺死了一個人。這個命案的現場是從巴納街的現場往西約〇・六哩，徒步大概十五分鐘的主教廣場。

那是同樣的九月三十日，凌晨一點四十五分，離狄姆修斯發現被傑克殺害的第二個被害者之後，才過了四十五分鐘，艾德華・瓦特金斯巡警來到主教廣場，進行巡邏的工作。

主教廣場其實並不像名字那樣的寬敞。主教街的中間地段有一塊稍微有彎曲的小空地，那裡就是主教廣場。

當巡警手中的燈籠光照到廣場東南角，一團黑漆漆的物體出現在燈籠的光亮之中。那個物體的周圍都是血。

於是他立刻向在附近做夜晚巡邏的退職警察請求協助，吹哨子召集同伴。

受害者是一位中年婦女。她身上穿著仿毛皮衣領的黑色外套，腳上穿的是像男鞋般有鞋帶的鞋子，左腳稍微張開，右腳彎曲，她臉部朝左地趴在地上。

警官們小心翼翼地翻動屍體，仰起屍體的頭部。一看到屍體的臉，大家都皺眉頭了。屍體的右臉上有一道很嚴重的傷口，傷痕從鼻子開始，眼睛被割破，右耳甚至被切掉了一部分。喉嚨上也有一個大傷口，血還在繼續往外流，可見是剛剛才被殺死的。

凌晨一點半的時候瓦特金斯巡警才巡邏過主教廣場，當時主教廣場一點異樣也沒有。然而才過了十五分鐘，兇手已經完成了殺人的行為。

巴納街的受害者是本名伊莉莎白・古斯達夫斯多達的妓女，因為個子高的關係，大家便暱稱她為「長莉斯」。她是瑞典人，被殺時四十四歲，是開膛手傑克命案的被害者中，唯一的外國女性。

伊莉莎白二十三歲時隻身來到英國，曾經做過女僕的工作，二十六歲時和做船隻的木匠約翰・史泰德結婚，所以名字從伊莉莎白・古斯達夫斯多達，變成伊莉莎白・史泰德。她生了兩個孩子。

但是一八八四年時，六十五歲的約翰・史泰德因為心臟麻痺死於濟貧院。而伊莉莎白卻從三年前開始，就和一個叫麥克・奇德尼的愛爾蘭男子，在狄恩街的廉價旅館同居。麥克是碼頭裝卸工人，伊莉莎白和他同居的同時，也開始妓女的生涯。

至於主教廣場的被害者，則是一位化名為凱特・凱利，非常愛喝酒的妓女。

凱特・凱利的本名是凱薩琳・艾道斯，一八四五年出生於英國中部地方的白鐵皮屋裡，死時四十三歲。

凱薩琳十九歲的時候與一位叫做湯瑪士・康威的流氓軍人相戀，並且與他私奔，一起生活了十二年，並且生了三個孩子。不過，他們一直沒有正式結婚。

後來她拋棄了丈夫與小孩，成為夜生活工作的女人，並且與市場的搬運工人約翰・凱利同居。

當約翰・凱利沒有工作的時候，她就站在街上出賣肉體。

伊莉莎白除了咽喉的致命傷之外，只有被拉倒時肩膀和腹部的跌碰傷。和伊莉莎白相較，凱薩琳・艾道斯受到的外傷，就嚴重得多了。因為前一個殺人行動受挫，凱薩琳成為兇手滿足殘酷殺人欲望的工具。

凱薩琳的腹部從胸口到肚臍下面被剖開，露出來的內臟中，首先是腸子被拉出來割斷，割斷的切口處被掛在右肩上。還有就是被尖銳的刀子刺戳過的肝臟，左邊的肝臟還被垂直地切掉了。最讓人感到奇怪的是，左邊的腎臟完全被切除，並且不見了。

兇器是刀刃長六英寸的銳利刀子，解剖作業的時間大約是十分鐘，所以兇手應該是相當熟悉解剖工作的人。這是負責驗屍的巴克斯達・菲利浦醫生的私人看法。

十月一日的各大報紙都以「雙重殺人事件」為題，大肆報導了這兩樁命案。

兩個女人在死前與客人交談的情形，不僅有路人看到，也有巡警看到。但是，和她們交談的男人的相貌如何，卻眾說紛紜，無法統一。

不過，兇手殺害了凱薩琳・艾道斯，逃走時在現場留下了重大的線索。

兇手留下來的線索有兩個，其中一個「又是」圍裙，但這次的圍裙是真正的圍裙。兇手好像把凱薩琳身上的圍裙切扯下來，並在多塞特街附近的公共自來水水龍頭下洗去手上的血跡，並用那條圍裙擦手。

公共自來水水龍頭下有被血染紅的水窪，沾著血的凱薩琳的圍裙則出現在高斯頓街。地點是離主教廣場約五百五十碼的地方。

發現沾血圍裙的是負責夜間巡邏的亞夫勒德・隆格巡警，時間是三十日凌晨兩點五十五分。亞夫勒德・隆格凌晨兩點二十分巡邏該處時，並沒有發現那條圍裙。

兇手留下來的另外一個線索，是後來才突然被重視的，以白色粉筆寫出來的一段塗鴉文字。那段文字出現在被丟棄在地上的圍裙上面的牆壁。牆壁的黑色壁板上，胡亂地寫著「猶太人不能接受不合理的責難」的文字。

如果這段文字是兇手留下來的，那麼這就是唯一的，並且是實實在在的筆跡。牆腳下還有粉筆的粉末，可以確定是剛寫沒有多久的東西。

可是，此時竟然發生了讓人難以相信的事情。

接到隆格巡警的報告後，親自到現場視察的蘇格蘭警場高層——瓦倫警視總長，竟然阻止想要拍下那段塗鴉文字照片的調查人員，還當場命令立即清除那段文字。

這個令人難以相信的錯誤決定，後來變成了世人指責的話柄。因為塗鴉文字的內容顯然是在為猶太人辯護，一般民眾如果看到那樣的文字，可能會認為這一連串的命案是猶太人所為，進而引發強烈的反猶太活動而造成暴動。

瓦倫總長就是擔心事情會演變成那樣，才會下令清除那段塗鴉文字。然而，他所擔心的事情應該有別的方法可以解決，而證據是無論如何都要保存下來才行的。

只能說瓦倫總長做了一個非常錯誤的判斷。大概是過度的焦慮，讓他失去冷靜的關係吧！

不管是什麼時代，再了不起的人在面對危機時，都可能做出失誤的決定或判斷吧！至此，「開膛手傑克」一連續殺人命案的真相，便如墜入五里迷霧之中，讓人越發無法理解。

4

至於後來赫赫有名的「開膛手傑克」（Jack the Ripper）這個名號，是打從什麼時候開始的呢？是誰命名的呢？答案其實很清楚。是從「傑克本人」開始的。

發生「雙重殺人事件」的前兩天，也就是發生第二起命案經過正好二十天的九月二十八日，位於菲利德街的中央新聞社收到了一封信。信內簽署的日期是九月二十五日，另外從信封上的郵戳，可以知道那是東倫敦郵局發送出來的信件。

獻給親愛的老闆：

警察說什麼要逮捕到我，卻根本不知道我是誰。聽到他們鎖定目標的說法，我就想大笑。說什麼皮圍裙就是兇手，根本是個大笑話。

我恨妓女。在我的脖子被套上繩索之前，我不會停止殺害她們的行為。我的殺人手法很了不起吧！被我殺死的妓女連高聲喊叫救命的機會也沒有，就被我幹掉了。警方有本事就來抓我吧！我是為了殺人而殺人的人，也會繼續殺人，你們很快就會再聽到與我有關的有趣事情了。

紅色的血最適合用來書寫我之前做過的事情，所以我把紅色的血裝在薑汁汽水瓶裡。

可是血像牛皮膠一樣黏糊糊的，非常難用。還是用紅色墨水來寫比較方便。哈哈哈！

我會把下一個被我殺死的女人的耳朵，送給諸位警察大人。這封信是我下一次行動的預告，敬請期待吧！我的刀子非常銳利，只要一有機會，就會立刻採取行動。

再見了！

您親愛的開膛手傑克敬上

P.S.就讓我用這個綽號吧！很抱歉，我用沾了紅色墨水的手把信投入信箱。不過，有人說我是醫生，我覺得真是太可笑了。

這就是「開膛手傑克」之名第一次出現的情形。

收到這封信的報社起初認為是一封惡作劇的信，本想一笑置之，但是基於謹慎的心態，後來還是將信轉交給蘇格蘭警場，並沒有認真看待這件事情。而蘇格蘭警場也沒有特別重視這封信。但是，發生了「雙重殺人事件」，接連兩名妓女被殺死之後，這封信終於獲得重視，被重新拿出來檢視。

十月一日的星報在報導「雙重殺人事件」的同時，全文刊載了這封信，引起了世人的注意，大眾開始以「開膛手傑克」之名，來稱呼這個可怕的兇手。好像要持續這個新聞事件般，傑克再度寄信到中央新聞社，信封上的郵戳日期是九月三十日。雙重殺人事件發生的時間是九月三十日，所以一般人直到十月一日的早上，才能從報紙上得知這個事件。九月三十日就知道這個事件的人，只有住在命案現場附近的居民。

我不是在向老闆預告啦，因為不管老闆喜不喜歡，明天都會聽到我這個小小傑克所做的事情的消息。這次是雙重殺人唷！第一個傢伙有點麻煩，所以不能照我想的去做，沒有切下我說的要送給警察大人的耳朵。謝謝你在我結束這個工作前，替我保留了前面那封信。

開膛手傑克

在第二封信裡，傑克提到了前一封信，因此兩封信出自同一個人的可能性非常高。可是，奇怪的是兩封信的筆跡並不相同。蘇格蘭警場複製了這兩封，做成了海報，希望認得這兩封信筆跡的人能夠通報警方。事情發展到這個地步，「開膛手傑克」之名，便這樣定調了。但是，開膛手傑克事件之所以能夠持續地刺激著全世界推理迷的理由，其實還在後頭。署名傑克的信件並非到此就結束了，這個事件未來的發展，完全超乎了平庸推理作家的想像。

十月十六日，傑克發出來的第三個訊息，被送到白教堂警委會會長喬治・盧斯科的家裡。這次送到的不是一個信封，而是一個小包裹。包裹裡面除了有信件外，還有一塊好像肉片般的東西。

包裹裡面的信件內容如下：

來自地獄的信

給盧斯科先生：

送你從某個女人身上切取下來的半個腎臟。這是特別為你切取的腎臟。剩下的半個腎臟，我已經油炸吃掉了。味道相當不錯。再過一陣子，我會送上用來切取這腎臟的血刀。敬請期待！

署名　有本事就來抓我呀！盧斯科先生。

這張紙上的文字筆跡相當潦草，而且有故意寫錯字與漏寫的情況，不易判斷原意。此外，筆跡也和前兩封信不一樣。

盧斯科先生在不安與疑惑的心情下，把收到的東西送到警署。經過警醫的檢驗後，確定那塊肉片果然是人類腎臟的一部分。為了做更精密的檢查，驚慌的警方又把那塊肉片送到倫敦醫院病理學部，請那裡的部長湯瑪士·歐普休博士做進一步的化驗。博士證明了那是一塊經常喝琴酒、有酒精中毒現象，並且患有布賴特氏病（即腎小球腎炎）的腎臟肉片。

理所當然地，這塊腎臟肉片被認為是來自左邊的腎臟被取走的凱薩琳·艾道斯的屍體。

凱薩琳・艾道斯有布賴特氏病，並且也有酒精中毒的現象。可是，她的屍體在十月八日時已經下葬在市立墓園了，當時蘇格蘭警場的檢察官裡，沒有人有把凱薩琳・艾道斯的屍體挖出來做確認的熱誠，所以，被寄送到盧斯科家的腎臟肉片，是不是確實是凱薩琳・艾道斯的腎臟肉片，至今無法清楚的證實。這個結果公布出來後，接下來收到署名傑克的信的人，變成是歐普休博士了。信件上的郵戳日期是十月二十九日。

嗨，老闆。直截了當地說吧！那就是左邊的腎臟。有一次差點也在你醫院附近做了相同的事——把刀子刺進可愛女人的咽喉，因為警察的打擾，所以那次的遊戲便落空了。不過，我很快就會有下一個活動了。到時候再送你別的東西。

開膛手傑克

喂，你看過惡魔嗎？
用顯微鏡和手術刀吧！
要檢查腎臟唷！
動一動顯微鏡的載玻片吧！

因為信末還附了這四行詩，所以在報紙上看到這封信的內容時，只會讓人覺得這封信是一個惡作劇。那個時候蘇格蘭警場、城市警署和報社，確實收到了許多假傑克之名的惡作劇信件。大部分的信件都以「老闆」當開頭，那是當時英國社會不太會使用的美國式英語，多是模仿第一封信的寫法。匿名信的投書越來越多以短詩的形式出現，逐漸變成一種流行。當時光是這些後巷詩人的作品，大概就可以集結成冊了吧，所以就此打住，不再贅述了。

總之是第一封信上出現的「開膛手傑克」這個名字太受歡迎了，所以後來的仿冒之作，也都使用這個名字，這個名字便被世人確定下來。到底最開始的那三封信，是否真的是兇手寄出來的呢？這一點雖然很重要，但是很遺憾的，就算現在能夠推理、導出結論，也是為時已晚。畢竟那已經是一百年前的往事了。

不知道是不是為了抗拒這個可怕的血腥事件所帶來的恐懼感，民眾漸漸衍生出以開玩笑的心情來看待這個事件的心理。在這個風潮下，有一個人不幸地被小丑化了。這個人便是蘇格蘭警場的瓦倫總長。因為追查開膛手傑克的行動一直沒有斬獲，心情有如熱鍋螞蟻的瓦倫總長親自出馬到雙重殺人事件的現場，並且命令手下擦去稱得上是重大證據的牆壁塗鴉文字。關於這一點，之前已經敘述過了。之後，他還利用偵察犬，進行了非正式的緝兇行動。因為有報紙報導應該利用嗅覺敏銳的偵察犬，來追查兇嫌的下落，所以瓦倫總長便試著進行了那樣的實驗。

實驗的時間和地點是十月八日在麗晶公園，內容是先讓兩隻狗嗅聞模擬兇手的氣味，然後追蹤一哩左右，結果獲得了很好的成果。可是，當天晚上在海德公園進行的另一場實驗，卻不是那麼順利。瓦倫總長自己扮演兇手的角色，但是狗找到的卻是別人。狗的嗅覺應該是很敏銳的，所以他只好以天氣惡劣為由來解釋這一次的失敗。因為實驗有時成功，有時失敗，所以瓦倫總長也很迷惑，不知道是不是要採用這個方法來找到兇手。於是他又在倫敦的圖庭區，又進行了一次實驗。這次的實驗結果，就如十月十九日的《泰晤士報》所報導的。

「查理士・瓦倫總長的偵察犬昨天在進行追捕兇手的實驗時走失了。如果有人看到那隻狗的話，請立即聯絡蘇格蘭警場。」

狗在濃霧裡迷路了。而瓦倫總長則被這樣報導：「已經無計可施的瓦倫只好依賴狗了。要知道兇手是誰，就去問狗吧！」

瓦倫總長對媒體說長道短的刻薄言辭也十分感冒，便投稿《難題雜誌》，發表批評媒體的言論：「在海峽的那邊，警察是秩序的支配者，報導媒體不要對警察的活動妄加評論。」

然而，現職的總長並不適合在雜誌上發表這種內容的文章。他的行為造成問題，被議會拿來討論，內政部還因此發公文指責他的言行。

瓦倫總長於是因此提出辭呈，也被接受了。至此瓦倫總長可以說是弓折矢盡，無計可施了，只好在十一月九日辭去總長之職。瓦倫總長的去職，不管在誰眼中，都可以說是他對傑克舉白旗的投降宣言。諷刺的是，就在瓦倫去職的那一天——十一月九日，出現了第五個開膛手傑克的被害者。

5

進入商業街，往西的方向走一點路，就會碰到一條小路。這條小路就是多塞特街。多塞特街二十六號附近又有一條幽暗的狹窄巷弄，米拉茲中庭就在這條巷弄裡。中庭的兩邊是出租公寓，一樓左邊角落的十三號室，就是瑪莉·珍·凱莉的房間。瑪莉·珍·凱莉是妓女。

以東區為據點的妓女大都是年紀比較大，或相貌比較差的女人。在那樣的女人之間，瑪莉·珍·凱莉是一個異類，她才二十五歲，臉蛋和身材都很不錯。雖然她的個性懶散，卻相當受顧客喜歡。她曾經對巡邏的警官開玩笑地說：「或許下一個就是我了。」

瑪莉·珍·凱莉住的房子的房東是約翰·麥卡錫，他是多塞特街的一名雜貨商人，他對瑪莉慢了六個星期還不繳房租的行為，感到非常不高興。

十一月九日的上午十點，約翰·麥卡錫叫來店裡的員工湯瑪士·鮑爾，命令他去找瑪莉，向瑪莉索取房租，並且告訴瑪莉，如果她還是不繳房租的話，就要訴諸法律了。

鮑爾到達米拉茲中庭的時間是十點四十五分。他一再敲著瑪莉的房門，但是一直得不到回應。於是他試著轉動門把，但是門從裡面上鎖了。他又想從鑰匙縫裡窺視屋內的情形，可是門栓好像被堵住了，什麼也看不到。

鮑爾懷疑瑪莉可能是為了逃避房租，所以連夜跑掉了，便繞到中庭的窗戶那邊。窗戶的玻璃上有一道裂縫，從裂縫可以看到窗內的平紋薄毛呢窗簾。

鮑爾小心翼翼地把手指頭伸進那個裂縫，掀開一點點的窗簾，看看室內的情形。不看還好，一看立刻發出尖叫並馬上縮回手。十一英尺十英寸四方的房間中間深處是暖爐，右邊是床鋪，床鋪上是瑪莉・珍・凱莉慘死的屍體。

瑪莉・珍・凱莉全身赤裸地仰躺著，她的手在腹部上，兩腳張開，已經死了。若問為什麼知道她已經死了呢？因為她的樣子不像還活著。

她的咽喉被人從左耳切割到右耳，只剩下一層皮膚連接著頭部和身體。她的耳朵和鼻子被切掉了，臉上也有許多刀痕，並且就像之前被殺死的妓女一樣，她的腹部被剖開，內臟和乳房也被切除了。被切下來的內臟大部分被堆放在房間中央的桌子上，剩下來的一部分則被吊掛在牆壁上的版畫──「漁夫的寡婦」的釘子上。

「這不是人的行為，是惡魔的勾當！」得到鮑爾的通報，立刻趕到現場的房東約翰・麥卡錫之後如此說。

商業街的警察署得到消息，趕到現場的警官馬上打電報給蘇格蘭警場。那絕對不是一般的命案，任何人看了都會認為那一定是「開膛手傑克」的作為。

亞諾德警視和法醫菲利浦也到達現場後，應該就立刻進行驗屍的工作，但是他們卻只從窗戶看了裡面的情形，然後就站在門前進退維谷。這是因為那位可愛的瓦倫總長在即將離職之前，下了一道命令。瓦倫總長雖然對於利用偵察犬尋兇之事仍然有所疑慮，卻還是決定萬一再次發生開膛手傑克造成的命案時，要使用偵察犬。所以在偵察犬還沒有到達現場前，嚴格禁止任何人碰觸屍體。因為偵察犬遲遲未被帶到，負責搜查的警官只好在屋外呆立了兩個小時。這種情形可以說是前所未見的奇事。

亞諾德警視和菲利浦警醫都還不知道瓦倫總長在那一天提出辭呈了。因為聯絡不到總長，也不知道誰會帶狗來，警官們只得繼續在門外等。但是這個可怕的事件卻以極快的速度傳了出去，現場附近很快就聚集了許多看熱鬧的人群。

下午一點半，焦急的亞諾德警視再也忍不住，終於決定進入屋內。他先是拆了窗框，然後命令鑑識人員從窗戶進入室內拍攝現場的情形。一拍攝完畢，再用斧頭破壞房門，請五位醫師進入屋內驗屍。接著又為了要做更進一步的精密檢查，還叫來馬車，把屍體載到溝岸（Shoreditch）的臨時停屍間。因為看熱鬧的人太多了的關係，嚴重地影響了靈柩馬車的行動。

屍體被運到臨時停屍間後，與其說是在那位進行屍體的解剖工作，還不多說是把被兇手切下來的肝臟、子宮等內臟縫合到被剖開的腹部裡。這個工作動員了六名醫生，耗時六個半小時。縫合的工作結束後，發現並沒有遺失任何臟器。

根據驗屍的結果，推定瑪莉死亡的時間應該是九日凌晨三點或四點左右。第五個命案發生的地點是室內，時間離天亮的時刻相當久，所以傑克一定有很長的時間，來享受他殘酷的殺人樂趣。

暖爐裡有燃燒過的痕跡，看樣子沾了血的衣物或證據類的東西，都已經被燒掉了。如果昨天晚上有人發覺奇怪，像湯瑪士·鮑爾一樣地從玻璃窗的裂縫窺視室內的話，必定會在暖爐的火燄光芒下，看到開膛手傑克讓人血液結凍的瘋狂行動吧！警方推定，像瑪莉那樣的死狀，應該需要兩個小時的解剖時間。

檢驗瑪莉·珍·凱莉的屍體時，雖然進度特別緩慢，但是她的情況有一點和其他四人不同，那就是有人看見可能是開膛手傑克的男人了。現在先就她這個人的一生，和十一月九日天亮前的情形，簡單地做一下說明。

一八六三年，瑪莉·珍·凱莉出生於愛爾蘭西南的利麥立克郡，父親是鐵工廠的工頭，十六歲時和礦工戴維斯結婚。但是婚後沒多久，戴維斯就因為礦坑內的氣爆而喪生。她沒有生孩子，卻因戴維斯的撫恤金晚了十八個月才發放，所以淪為妓女。

瑪莉到了倫敦後，當然是住在東區貧民窟。她有一雙藍色的眼睛，及腰的長髮，五官端正，氣質也很優雅，唯一的缺點就是皮膚黑了一點，所以有「黑瑪莉」之稱。她在東區時經常搬家，也和好幾個男人同居過。

從被殺死的前兩年開始，她和一個叫約瑟夫·巴尼特的漁獲搬運工人同居。巴尼特對開膛手傑克的事件很感興趣，經常買報紙回家看。和巴尼特同居時，兩人經常為了錢吵架，那種時候瑪莉就會狂喝酒。一八八八年三月，他們兩個人向麥卡錫租了米拉茲中庭的房子，當時巴尼特沒有固定的工作，只有偶爾在史比特的果菜市場做做搬運工之類的臨時工作。巴尼特有工作的時候，瑪莉就不會站在街上拉客。

十月底的時候，兩個人還大吵了一場。原因是瑪莉帶同樣做妓女的朋友回家，想分一半房間租給朋友。巴尼特強烈地反對這件事，當時兩人大吵一架，還打破了玻璃窗。鮑爾就是從那個破裂的玻璃窗，看到瑪莉被殺害的屍體。

巴尼特在那次的吵架後，搬出米拉茲中庭的房間，搬到畢夏普蓋特街的廉價旅館住。這時瑪莉已經懷孕三個月，但這個孩子也可能不是巴尼特的孩子。

瑪莉一喝醉酒，就會經常對巴尼特或身旁的友人吹噓，說她在西區的高級妓女院時，曾經遇到年輕、有教養又英俊的法國人，那個人帶她去巴黎，她做了那個人的情婦，並且過著奢侈豪華的生活。這些話當然都是吹牛的，因為從來沒聽她說過一句法語。那是淪落到東區，又有酒精中毒毛病的妓女們經常說的話。

十一月八日晚上十一點四十五分左右，同樣住在米拉茲中庭的妓女瑪莉•安•科庫斯，遇到剛從附近的布利坦尼亞酒吧出來的瑪莉•珍•凱莉。瑪莉和一個大約三十八歲左右的男子在一起。那個男子矮小精壯，臉上長了許多小膿皰，嘴邊蓄著一圈紅鬍子，頭上戴著一頂折疊帽，手裡拿著一大杯啤酒。安•科庫斯以前從沒有見過這名男子。

安•科庫斯便和瑪莉與那位紅鬍子的男人一起回到米拉茲中庭，便對他們兩個人道「晚安」說再見。瑪莉先對她說了再見後，再對那個男人說：

「來聽我唱歌吧！」說著，兩個人便一起進入十三號室。安・科庫斯說沒多久後，就聽到凱莉的歌聲從房間裡傳出來。

「摘下來獻給媽媽的墳墓，這是唯一的一朵紫花丁地。」

那是一首感傷的愛爾蘭民謠。過了十五分鐘後，科庫斯外出時，瑪莉的歌聲還持續著。

「吉拉，我的愛人，摘朵花兒送給你。」

瑪莉房間的燈亮著，不知何時外面已經下起雨了。

但是，科庫斯凌晨三點回來時，瑪莉房間的燈已經熄了，並且非常的安靜。

瑪莉所說的紅鬍子男人，是否就是開膛手傑克呢？這是一個謎。因為事件之後從沒有聽過這個男人姓名，而且，或許這個男人之後，凱莉還接了別的客人。

以上就是開膛手傑克所犯下的五件殺人事件的說明，並沒有發生第六件開膛手傑克的事件。說這是謎的話，為什麼沒有第六件？也是令人感到非常奇怪的重大謎團。雖然後來也發生了類似連續殺人的事件，例如約克郡開膛手事件、波士頓絞殺手殺人事件等等，那些案件的兇手都是精神異常者，他們在被捕之前，接二連三地殺害了許多人。因此很多人認為傑克也是一個瘋子，他沒有被逮到的原因，應該是發瘋或自殺了。

很久以後，人們才敢認定開膛手傑克的事件在第五個命案之後就結束了。一八八八年的那個時候，大家都還很擔心會發生第六個命案，倫敦市民一到天黑就人人自危。「開膛手傑克」之名對婦女而言，竟在不知不覺中成為凶惡事件的代名詞。

開膛手傑克在十九世紀末的倫敦留下恐怖的陰影後，就突然消失了。眾說紛紜，有人說他自殺了，也有人說他發瘋了，當然還有人說他離開英國，逃亡到異國了。總之，開膛手傑克殺人之謎的真相，至今還沒有人能解開。

傑克讓高高在上的瓦倫總長必須親自到現場了解命案的狀況，最後還逼得總長不得不提出辭呈。他與總長之戰，可以說是大獲全勝。當時連維多利亞女王都很關心這個事件，要求首相盡速解決。

女王親自致電當時的首相索爾茲伯利侯爵，請他努力解決開膛手傑克的問題。惶恐的首相馬上召開內閣會議，討論解決之道。當時的大英帝國是世界最強的國家；一個站在世界頂端的國家，竟然為了一名罪犯召開內閣會議，這可說是前所未聞的事情。開膛手傑克的事件，儼然變成了國家大事。

這個事件至今未獲解決，兇手已經隱藏了百年之久，到現在還是沒有人知道開膛手傑克的真正面目。

一九八八年・柏林

1

十月的柏林出現了和百年前的倫敦相似的現象。「柏林的開膛手傑克」的相貌特徵是穿著黑色的皮夾克，黑色牛仔褲，剪著一頭直豎起來髮型的龐克風男孩。這個訊息一在報章雜誌和電視發表後，龐克裝扮的年輕人在街上行走時，就會引來周圍人群的注目與竊竊私語。還有，龐克男孩們經常聚集的迪斯可舞廳和酒吧也因此暫停營業。為此，憤怒的經營者與龐克男孩們經常起衝突，三不五時還會上演鬥毆的戲碼。

穿皮夾克走在路上的男子，被從車子裡下來、頭髮梳得油光的龐克男孩攻擊，有時連穿皮夾克的女性也會受到無理的暴行。

有人作了嘲諷這種現象的歌曲，並且被人到處演唱，錄製了唱片後還相當受到歡迎。專門寫奇怪變態的犯罪小說變得熱門起來，討論奇怪犯罪的專輯雜誌紛紛出版，並且像長了翅膀一樣地銷售數字一直往上飛。其中討論「柏林開膛手」的號外雜誌裡，還介紹了百年前發生的「開膛手傑克」事件的書，更有人出版了比較這兩個事件的單行本，賣出的本數好到刷新紀錄。

這個事件在外國也引起相當的注意，不少心理學者、精神病病理專家、研究犯罪心理學的學者還是民間的犯罪研究者，紛紛從瑞士的日內瓦、英國、法國，甚至遠從美國來到柏林。他們之中有些是受柏林大學之邀而去的，但是更多人相信自己一生研究的成果，將可以在此發揚光大。

這些人在報紙、電視或收音機裡大展身手。每次他們自信滿滿地陳述自己的想法時，都抱持著一般大眾會接受自己推論的自信，進而把那些推論化為文字，記錄在白紙上。

他們把那些推論做了分類整理，像保護自己的財產一樣地帶在身邊，逐一的披露世界各地發生過的類似精神病患的犯罪案例，以深具說服力的口才，解說那些犯罪案例的原由。

不僅西柏林會邀請他們去演講，東柏林及德國各地都競相爭取他們去演說。以前他們不被重視的著作，也被大量地翻譯成德語，而且大賣。有學者在一九八八年的柏林，賺到一筆為數不少的財產。

他們之中也有人被柏林的警察邀請去演講，刑警們都說受益匪淺，但是，那恐怕不是真心話。因為那些犯罪學者所披露的許多案例，和這次的柏林開膛手事件，有著微妙的區隔之處。

最顯著的不同之處就是是犯罪的件數，這外行人也可以一眼就看出來。精神異常者行事高調，會不斷犯下類似的案件直到引起犯罪學者關注；行兇殺人者，在遭逮捕前便持續這樣的樂趣。

接著就是受害人的腹部，像進行了外科手術一樣被完整地剖開了，腹部內的內臟還被胡亂地掏出到體外。那些犯罪學者們所披露的案例裡，找不到這樣的犯罪行為。而且，這麼令人膽戰心驚的犯罪行為，竟然一連發生了五起，確實是讓人睜大眼睛說不出話來的案例。

除了倫敦的「開膛手傑克」的案例外，老實說找不到可以作為柏林開膛手事件的參考案例了。

那些研究異常犯罪的專家們都說，如果經過一個星期後，沒有再發生相同的案件，那麼很可能是兇手已經自殺了，或者被家人發現他的異常行為，把他送到精神醫院了。這種言論和百年前倫敦發生開膛手傑克事件時，當時的專家們的說法一樣。

十月六日，柏林署的交通管制中心收到一件小包裹。打開包裹看，赫然發現是一片裝在透明塑膠袋裡的暗紅色肉片，不知道那是什麼東西的肉。肉的腥臭味從塑膠袋上面的縫隙，微微地洩出來。

管制中心的人雖然受到驚嚇，大都認為那是被取締的交通違規犯的報復行為，所以決定把那塊肉片丟到垃圾桶。但是，就在要丟掉肉片的時候，有人認為這塊肉片或許和目前發生的「柏林開膛手事件」有關。於是這塊令人噁心的肉片便被送到了重案組，接著又轉送到鑑識組。那個小包裹裡除了肉片外，沒有其他紙條之類的東西。

把紅色肉片扯平放在鑑識課的搪瓷大盤子裡時，肉片呈現出長十公分寬二十公分左右的長方形形狀。再用小鉗子到處戳戳看後，很快就了解到那是某種筒狀物體的一部分。

接著馬上就查明那是大約二十公分長、從人類的身體切除下來的大腸的一部分。了解到這一點後，馬上就有人想到：那會不會是九月二十五日被殺死的瑪格麗特•巴庫斯塔的大腸的一部分？

慘遭殺害的五名英國裔女性之中，只有第三個被害者瑪格麗特・巴庫斯塔的大腸遭到切除的命運。而且，被切掉的那一部分從現場消失後，一直沒被尋獲。

五名被害者還未埋葬，她們的屍體在經過解剖與精密檢查之後，被冷凍起來，安置在停屍間裡。這塊肉片被發現後，瑪格麗特・巴庫斯塔的屍體被拿出來重新檢查，把被送來的肉片試著與她的大腸拼湊在一起。果然，像拼圖遊戲一樣，大腸的拼圖填滿了。

小包裹是從柏林市區裡寄出來的，雖然找到可能是寄出包裹的郵局了，但是負責郵寄小包的窗口人員，卻完全想不起來寄件者的模樣。那個郵局位處熱鬧的市區，郵寄小包的窗口幾乎每天都大排長龍。

重案組立刻召開緊急會議，里奧納多・賓達搜查主任發言詢問大家，對被寄送到交通管制中心的大腸的一部分，有什麼看法。

「主任想問的是：那是不是兇手寄的？」漢茲・狄克曼刑警反問。

「這一點當然也是我想問的。」

「應該是兇手寄的吧！」佩達・休特羅哲克說。

「百年前倫敦發生的那個事件中，第四個被殺死的凱薩琳・艾道斯的腎臟被切掉、拿走了，後來兇手也是用郵寄的方式，把腎臟的肉片寄出去。」

「百年前的那個郵件也一樣，不一定是兇手寄的吧！」別的刑警對休特羅哲克說。

「不，一定是兇手寄的。因為那確實是人類的腎臟，而且是有布賴特氏病的人的腎臟，艾道斯有布賴特氏病。如果那是艾道斯的腎臟，那麼，除了兇手以外，還有誰拿得到她的腎臟？」

「不，一八八八年的倫敦，和我們現在生活的世界不一樣。那幾乎不是貧民就是酒精中毒者的時代，而且其中還有很多人患了布賴特氏病。所以窮人路死街頭的情形，在那時可以說是家常便飯。從酒精中毒者或有病的路死屍體取走臟器那種事，容易到現在的我們無法想像。」狄克曼說。

「沒錯。那個腎臟確實沒有做過確認的工作，不能肯定一定是艾道斯本人的。因為那時屍體已經埋葬了。」

別的刑警在一旁附和地說。大家好像都很了解百年前的開膛手傑克事件。

「那麼，那個腎臟是別人的囉？」休特羅哲克反問道。

「確實很有那種可能性。不過，我覺得『開膛手傑克的來信』之事，比腎臟的事更讓人覺得可疑。總覺得那些信太做作了。」

「狄克曼，你的想法和蘇格蘭警場的高層一樣。不管是哪裡的警察，想法總是大同小異。」

「因為我們都想了解犯罪者的心理，尤其是殺人兇手的心情。會莫名其妙的殺死人，而且還用那種超乎常理的殘酷手段致人於死的兇手，應該不會寄出那種類似自白的信。」

「一般來說確實是那樣，所以那個事件才會成為史上前所未有的案件。不是嗎？」

「當然不是。看看歷史上的許多先例吧！例如暴君尼祿、吸血鬼德古拉伯爵……總之，我認為所有傑克的來信都是惡作劇。為了增添惡作劇的刺激性，所以選擇像血一樣的紅色墨水來寫信、寄腎臟的一部分、預告下一次行兇……等等。只要有心惡作劇，誰都做得出那些事情。」

「可是，媒體報導過凱薩琳．艾道斯的腎臟被切割、取走的事情嗎？」休特羅哲克不願罷休地說。「我的資料裡沒有提到這一點。」

「媒體應該有報導過這件事。這個星期我們報紙或雜誌等媒體報導非常熱鬧，這點你應該知道吧？只要能變成錢的事情，記者都會緊追不捨。像腎臟不見了這麼好的話題，記者們會放著不做報導嗎？」

休特羅哲克一時語塞了。於是主任張開雙手，制止他們繼續爭辯下去。

「好了，夠了！我知道你們都很清楚倫敦開膛手傑克的事件，事實上我也一樣。柏林的書店書架上，目前有很多討論倫敦的那個事件的出版物。但是請不要搞錯了，我們現在要解決的問題不是倫敦的事件，而是要找出造成一九八八年柏林連續殺人事件的兇手。休特羅哲克，你想要說的是什麼？」

「我的想法和狄克曼刑警有一點點不同。我覺得應該從本質上去探討這個事件，不能單純地認為兇手只是想要殺害妓女。」

「這是你個人的敏感嗎？」

「就某種意義而言，可以說是的。我覺得妓女——或者說是阻街的妓女，是西柏林這個都市的一部分，是西柏林的恥辱。因此如果有人衝動地拿著刀子，想傷害這個城市時，站在街上的妓女無疑就是他的刀子最容易找到的對象。獨自站在黑暗、冷清的夜晚街頭的姿態，好像在說：快來殺我吧！」

「所以呢？」

「我不反對兇手是精神異常者的想法，可是，確實也有很人對這個社會的種種現象，抱持著強烈的不滿。不管是站在街頭的妓女，還是我們警察機構、交通管制中心、政府單位等等，都是人們不滿的對象。對兇手來說，這些都是讓人深惡痛絕的重大病瘤不是嗎？所以，他殺死了妓女，把從妓女身上切下來的肉片，寄給交通管制中心。一般人或許會認為兇手寄錯單位了，可是對兇手來說，把肉片寄給交通管制中心，並不是不合理的事情。這是我的想法。」

「所以你的意思是：小包裹是兇手寄的？」

「是的。兇手寄小包裹的用意，或許就是要傳達『今後還有事』的訊息。」

「我覺得這消息最好先不要讓媒體知道，否則又會引起一陣騷動。」卡爾・史旺說。

「我也很想這麼做。」主任說：「但是交通管制中心可以說是媒體記者的窩，那裡就像電視台或廣播電台的工作站一樣。這個消息恐怕已經洩漏出去了。」

「就是因為這樣，所以兇手才把小包寄到交通管制中心的吧！」

「或許吧！他的這個判斷可真是煞費苦心呀！」

「看來馬上就會有一波大騷動，我們恐怕又得召開記者會了。所以我要請各位發表看法。」

「偏偏在這個時候。真是讓人心情沉重。」

「要怎麼回答記者們的發問呢？」

「就是『不便回答』。因為還沒有偵查到可以回答的階段。對了，休特羅哲克，關於牆壁上潦草塗鴉文字，有什麼後續發展嗎？」

「什麼也沒有。因為這件事完全沒有人去調查。大雨之中根本沒有人目擊到誰寫了那段文字。

「凌晨一點和一點半時，在柏林銀行前面巡邏的巡警，都說那個時間牆壁上沒有那段塗鴉文字。而史旺發現那段文字的時間是凌晨兩點十五分，因此一定是某一個人在那四十五分鐘內，將那段文字寫在銀行牆壁上的。」

「你認為那是兇手寫的嗎？休特羅哲克。是割斷了茱莉安・卡斯帝與凱薩琳・貝克的咽喉，並且嚴重殺傷了莫妮卡・封費頓的人寫的嗎？」主任目不轉睛地看著休特羅哲克的臉說。那是一種接近哀求的眼神。刑警們看到主任的樣子，忍不住心裡暗喊吃不消。

「我不敢確定。」休特羅哲克慢慢地說：「但應該是吧！」

「為什麼？」主任加強語氣地說：「如果是一八八八年的倫敦東區，那麼我還能了解為什麼會有那樣的塗鴉文字。當時那一帶住著許多猶太人，就像現在住著很多印度人一樣。那些猶太人搶走許多英國人的工作機會，所以當時的英國人與猶太人之間有很嚴重的對立關係，一旦發生什麼大事件，經常會被說成是猶太人做的。在那樣的背景下出現那樣的塗鴉文字是可以想像的事情。但是，那段文字雖然可能是兇手為了替自己辯解而寫的，但也有可能是想嫁禍給猶太人而寫的，不是嗎？總之，那段文字必須是出現在住著猶太人很多的地方才有意義。

「可是，為什麼這裡也會出現那樣的文字呢？這裡幾乎沒有猶太人。東柏林確實有一些猶太人，但西柏林這邊根本沒有猶太人聚集居住的地區。誰也不知道將來會如何，但是現在的西柏林或許是全世界猶太人最少的城市。這要歸功四十幾年前了不起的先人吧！他們徹底地趕走了這個城市的猶太人。在這個城市裡留下那樣的塗鴉，有意義嗎？唔？史旺，你覺得呢？」

「那段文字好像是在宣告：我知道百年前的『開膛手傑克事件』。如果那是兇手寫的，那表示兇手了解開膛手傑克的事件，並且故意做了和傑克相同的殺人行為。我覺得兇手在展示他的學習成果。」

「什麼學習成果？」里奧納多・賓達主任不以為然地冒出這句話，「那種學習是吃大便！根本是混蛋。休特羅哲克，你認為呢？」

「我不知道。但是確實有很多的民眾在投書裡指出，塗鴉文字和百年前倫敦的事件裡的塗鴉文字是一樣的，兩個事件像隔了一百年的實像與鏡像。」

「實像與鏡像？」

「對。以百年的時間為鏡子，站在鏡子前面的開膛手傑克是實像，鏡子裡面的鏡像是柏林的開膛手。所有的受害人都是妓女。出現了五個人被害者後，兇手就住手了。都是咽喉被割斷，腹部被剖開，內臟被掏出腹外，殺人手法完全一樣。還有，五個被害者中有四個人年齡比較大，而且其貌不揚，另外一個則比較年輕。另外，五個被害者住的地方非常接近。有這麼多的相同情形，所以很難讓人認為這是偶然的事情。或者說是神的意旨……」

「什麼？」主任突然抬頭說：「你剛才說什麼？她們住的地方很接近？這點值得注意。你說清楚！」

「先說正宗的『開膛手傑克』裡的五個被害者。她們都住在史比特區的廉價旅館或公寓。瑪莉・安・尼古拉斯住在斯洛爾街十八號，安妮・布查曼住在多塞特街三十五號，伊莉莎白・史泰德住在狄恩街，凱薩琳・艾斯頓住在時裝街十六號，瑪莉・珍・凱莉住多塞特街二十六號。她們五個人住在半徑五十公尺的圓圈之內，所以說她們住的地方很接近。」

「原來如此。」

「這次的受害者也一樣，五個人都住在克勞茲堡的貧民區，五個人的住處也在半徑五十公尺的範圍之內。」

「唔……那又如何呢？這代表什麼意思？」

「投書裡只指出這樣的事實，並沒有說這代表什麼意思。投書裡還說百年前的事件之謎和這次的事件之謎，有可能是『共通因子』的雙胞胎。」

「他的意思是叫我們要研究開膛手傑克嗎？哼！我們已經研究了，可是還是什麼也搞不懂。」

「投書者叫我們去找他，那樣他就可以直接說明給我們聽。」

「不像話！」主任把手舉到眼前搖動著。「又一個想成名的現實主義者，想靠著成名大撈一筆。現在的柏林已經成為文化人或學者們發橫財的地方了。我再怎麼笨，也不會大把鈔票，送給那些吹噓自己的推理有多厲害的傢伙。各位都聽過名人的演講吧？你們得到什麼幫助了嗎？所謂的專家不過是那樣而已，更何況是打著名偵探名號的外行人的意見。聽他們的說明只是在浪費時間。」

「可是，主任。這個自稱為『開膛手傑克』研究者的英國人，在媒體還沒有報導這個事情時，就寫出塗鴉的問題了喲！」

「那又怎樣？那個塗鴉文字的地點在庫丹大道上，那裡是西柏林最熱鬧的場所。傳聞一定很快就在發生事情的翌日早上蔓延開了，哪裡需要媒體的報導。他一定一早就聽說了。」

「或許是那樣……」

「我們是專業的警察，應該要有專業的自尊心，不是嗎？各位，現在我們沒有時間聽門外漢的想法。當柏林署面臨有史以來最大的事件時，我們不該用我們的手、我們的智慧來解決這個事件嗎？」里奧納多・賓達主任這麼說著，他的食指用力地按著自己的桌子。

2

柏林本身就是一座不正常的城市。自從一九六一年的八月，將城市劃分為東西兩邊的圍牆被砌起來以後，不知有多少德國人因為想從東邊搬遷到西邊而死亡。明明是同一個國家的人，卻必須違背心意地互相敵視。

住在圍牆的那邊的人，是住著牆壁這邊的人的階級敵人，他們都很可怕。孩子們每天都被這樣教導、灌輸這樣的想法，並且被告知：國家給你們讀幼稚園、小學、中學、高中、大學，你們已經得到最大的幸福，不再需要任何東西了。可是，如果得到「被給」的東西，就能讓人得到全部的滿足，那麼人類就不會從原始時代進化到現代了。

為什麼要這樣呢？大家都明白這種情形是被迫的吧！現在已經上了年紀的老爺爺們年輕的時候，明明還是同一個國家人民，為什麼突然有一半的人變成了階級敵人呢？這絕對是沒有道理的事情。

圍牆的那邊每次出事情，就會有反政府的示威遊行，而東德這邊就會有人被捕入獄。幾乎每次有示威活動，就有成打成打的人被列為思想犯。

西德政府花了大筆錢買了很多思想犯，讓他們進入西方的社會，讓他們在自由競爭的大海裡生活。這就是所謂的「購買自由」。

至於花了多少錢呢？除了德國人以外，應該都知道吧？大部分的德國人都不知道那個數字。

但直到目前為止，人們知道西德購買一個人的價格平均是四萬馬克（約一百萬台幣）。不過這是從前的數字，一九八八年的現在，聽說購買一個人要花六萬到八萬的馬克（合新台幣約一百五十～兩百萬元）。

在東德，有人因為堅持思想與信念應該受到自由的保障，他們因而被政府抓起來當作罪犯。但是西方政府認為他們是無罪的，應該還給他們自由。雖然有人認為西方的自由只是理想主義，只是好看的東西而已，但也有激烈的示威分子想要得到西方的自由。西方政府因此有時被迫購買那樣的天生犯罪者。

去年的十一月十二日，法蘭克福的歌劇院發生了縱火案。縱火的人是二十六歲的男子米哈耶爾·鮑達，他是藉由「購買自由」的管道，而進入西德的東德人。

可是，在有如溫水的東邊世界長大的他，實在無法適應西邊的自由競爭世界，不斷換工作的結果，最後淪為無法填飽自己肚子的人。

因為餓了想吃東西，便偷偷地潛入歌劇院，但在歌劇院裡也一樣找不到食物吃，一怒之下便縱火燒了劇院，造成了大約一億馬克（合新台幣約二十五億元）的損失。

這是十分可笑的鬧劇。明明是同一個國家的人民，卻需要付大筆的錢來購買。而東邊的政府則利用那些錢，來購買西邊世界的物資與食物。到了現在還在支付希特勒欠下的帳單。乾脆一把火燒掉了最省事。

西邊世界的情況老實說和東邊差不多。藉著購買自由，只穿著身上的衣服就來到西邊世界的人，最初確實因為得到自由而感到欣喜，但是，在西邊的世界沒有房子的話，就找不到工作。

在東邊的世界的話，因為有政府的保障，不會沒有房子住，也不會沒有工作做吧！一邊是不管怎麼認真工作，拿到的工資都一樣；一邊是不管怎麼工作，做磚塊的工人永遠是做磚塊的工人。所以東邊和西邊結果是一樣的。這個世界沒有善待窮人的地方。

在自由競爭的社會裡，要嘛就要比別人出色很多，成為著名人士；不然就要出生在有錢的人家，才能成為有錢人。窮人再怎麼努力都是窮人，像垃圾堆裡的老鼠一樣。

平庸的人反而能在東邊的共產型態世界裡過好日子。認真工作的人和工作態度懶散的人拿到的是同樣薪水，所以馬馬虎虎的工作就可以了，其他的時間可以拿來聽音樂。或許聽的也都是垃圾音樂。

只要有貝多芬和巴哈的音樂可以聽，就能夠忍耐過日子了，更何況還有房子可以住呢。而且年紀大了以後，還有養老金可以領，沒有生活的問題。不管怎麼說，至少東邊的世界不會發生「開膛手傑克」那樣的事件。

3

重案組的電話響了。

不會又是一般的電話吧？

歐拉夫・奧斯特來希刑警如此想著，並且拿起電話聽筒。一般電話是不會馬上就打進重案組的，只有內容被判斷是重要的，才會轉到這裡來。

「這裡是市民課，剛接到一通懷疑某個人是兇手的電話。打電話來的人沒有自報姓名，但是所說的內容可信度相當高。要不要接聽？」

「好，請轉過來。」奧斯特來希回答。

電話很快就轉接過來了。

「你是負責柏林開膛手的刑警先生嗎？我不想報自己的名字，但是請你們務必要調查住在十字山區倉庫街區的雷恩・何爾查，他是動物園前車站的『斯吉Q』酒店的服務生。這個男人非常討厭妓女，經常說總有一天要殺死妓女，把她們統統關到毒氣室裡，這些話幾乎是他的口頭禪。生活在奧地利時代的希特勒，大概也是這樣吧！

「還有，九月二十日那天，他在庫丹大道買了日本製的大型水槍。他說要在水槍裡裝墨水，拿那樣的水槍去射妓女。這是我偶然看到的情形。不敢說他一定是兇手，但是他的可能性非常高。柏林沒有比他更奇怪的男人了。」

莫妮卡・封費頓的健康狀況逐漸好轉，這是十月七日去醫院探望過莫妮卡的卡爾・史旺刑警帶出來的訊息。

上午陽光下的莫妮卡或許是沒有化妝的關係吧，臉色像是倫敦杜莎夫人蠟像館裡的蠟像一般蒼白。卡爾以前曾經和同事一起去參觀過倫敦的那個著名景點。話說回來，那裡也有重現「開膛手傑克」事件的場景。

酒醉客人的笑聲和音樂的聲音，從寫著「天・貝茲」的酒吧裡流出來，酒吧附近的暗處地面上，倒臥著腹部被剖開、內臟被掏出拋在石頭地面上的開膛手傑克被害者。

很奇怪吶！卡爾這麼想著。實際目睹悽慘的屍體時，完全沒有連想起倫敦的那個蠟像館，一直到看到莫妮卡的臉色，才想起曾經去過那個蠟像館的事。

「卡爾。」

坐在床上的莫妮卡叫喚情人的名字。她的聲音非常微弱。卡爾關上病房的門，很快地靠近床邊。他小心地注意著莫妮卡手上注射點滴的針頭，接著親吻了莫妮卡的嘴唇。

「精神比較好了呢！」卡爾說。

「幫我餵我房間裡的金絲雀。」莫妮卡說。「今天是幾號了？」

「十月七日。」他回答。

「啊！糟了，卡爾，金絲雀一定餓死了。」莫妮卡說著，眼眶裡立刻浮出淚水。

卡爾忍不住笑了。「放心吧！莫妮卡，我每天都去妳家餵牠們的。」他一邊說，一邊握緊沒有注射點滴的莫妮卡右手。

「我愛你，卡爾。太好了，謝謝你。」

「不用擔心金絲雀的事情。比起金絲雀，妳快點好起來更重要。」史旺溫和地說。這個時候還不在乎自己，只知道擔心金絲雀，真是個溫柔的女子。史旺這麼想著。

搜查會議這邊有些進展了。被殺死的五名妓女的來歷，與至今的生平資料，比以前更詳盡了。但是，更加詳盡的資料對了解案情並沒有什麼助益。

歐拉夫・奧斯特來希刑警的發言，果然引起大家的注意。因為有人在十字山區，看到拿著裝了藍色墨水水槍在街上走動的男子。

「這是剛才接到一通匿名電話的內容。匿名者說那個男人的名字叫做雷恩・何爾查，他住在十字山區的倉庫建築裡——他和同伴非法佔住在那裡，年紀大約二十歲左右，剪著龐克男孩般的髮型，常穿皮夾克，樣子和身材都很像風化組的克勞斯・安克摩亞形容的一樣。」

「只是拿裝著墨水的水槍到處走的話，還無法構成逮捕的條件。他拿著手槍被看到的時間是什麼時候？」主任說。

「說是九月二十四日。瑪莉・威克達、安妮・萊卡斯、瑪格麗特・巴庫斯塔遇害的前幾個小時。」

「唔。」

「還有，那時他就在被殺死的五個女人住的地方附近。走路大約只要五分鐘的地方。」

「唔。」

「另外，那個男人工作的地點是動物園前站的酒吧『斯吉Q』，他是一個服務生。他的同事說他一向很痛恨妓女，好幾個同事都聽他說過詛咒妓女的話。他們說他像希特勒一樣，說總有一天要殺光她們。」

「嗯。」

「住在十字山區的一個妓女說了，九月二十五日那天的凌晨，她看到雷恩・何爾查獨自一個人在波茨坦路上行走。她還說當時自己正好藏身在某個東西的後面，所以沒有被他看到；如果被他看到的話，一定會被他殺死吧！」

「知道那個妓女的名字嗎？」

「當然知道。」

「可以傳她來當證人嗎？」

「可以。」

「很好。那麼，馬上去十字山區，以重要知情者的身分，將那個叫做雷恩・何爾查的男人帶過來。」

卡爾・史旺和佩達・休特羅哲克，再加上歐拉夫・奧斯特來希與漢茲・狄克曼，四個人到達何爾查住的十字山區的倉庫時，只見那間倉庫的入口處附近堆滿了桌子與椅子。

不過，好像把身體彎曲下來後，就可以從最下面的桌子下，鑽進倉庫裡面。除了那個入口外，看不到別的入口了。住在這座倉庫裡面的人，似乎都是從那裡出入倉庫的。

於是四個刑警也從那個入口進入倉庫裡。

倉庫裡沒有人，雷恩・何爾查出去了嗎？現在雖然已經是上午十一點了，但也有可能他還在睡覺。

倉庫內很髒，有很多以下流字眼寫出來的塗鴉文句，更有一股尿騷味撲鼻而來。

雷恩・何爾查的房間在三樓。樓梯像瓦礫堆一樣，被埋在瓦礫和破爛物品之間，只能隱約地從凹凸階梯的模樣，知道那裡是樓梯。避開石頭與磚塊，又跳又閃地，好不容易才來到三樓的走廊上。

走廊的牆壁上，有一大幅猥褻的圖案。張開兩腳的女性陰部，正好變成採光的窗戶。

走廊上排列著許多生鏽的汽車零件，說不一定那些東西還是藝術品呢！不受社會習俗規範的龐克男孩之中，偶爾也會有一、兩個藝術家。不過，那些藝術作品裡也發出陣陣的尿騷味。

四位刑警走過像令人難以理解的前衛畫廊般的走廊，站在雷恩‧何爾查住的房間門前。他們能夠馬上就知道這裡的原因，是因為門上有黑色的噴漆書寫出來的名字，字體十分花稍。

刑警敲了門。剛開始時，敲了兩次都沒有回應；又敲了兩次之後，才聽到愛睏的回應聲。

「誰？」一個充滿睡意的聲音問道。但是刑警在還沒有報出名號前，就推開了門。門沒有上鎖。

門內的空氣和門外沒有什麼差別。這是一間塗著花稍刺眼的粉紅色的房間。粉紅色的地板上又用黑色的噴漆噴上像塗鴉一樣，意義不明的圖案與文字。

衣物亂七八糟地堆放在地板上。黑色的鋼管床擺在房間的角落，床的旁邊是堆積如山的內衣褲，床上是深綠色的毯子。躺在毯子下面的瘦瘦年輕男子正好坐起上半身。

男子臉頰瘦削，下巴和鼻子都很尖，中間的頭髮朝天豎起，雖然剛剛睡醒，卻有著異常大的眼睛。

眼睛下面的黑眼圈一層層地十分明顯，喉結像折斷了的骨頭般凸起。他身上的毯子稍稍垂下，露出有點髒的運動衫。他的手臂也很細，讓人覺得青筋浮現，肘關節的骨頭很明顯。總之，他好像全身到處都是「尖」的。

「你們是誰？」雷恩張大充血的眼睛，又問了一次。

「你是雷恩‧何爾查嗎？」

男子一直張著大眼睛，沒有什麼反應。

「我們是警察。」歐拉夫‧奧斯特來希亮出警徽。

雷恩突然跳起來，把手伸到床下去。

四名刑警同時展開行動，把男子壓制在床上。男子雖然被壓住了，但還是扣動武器的扳機。

佩達‧休特羅哲克雖然迅速地奪下男子的武器，但是武器已經快一步地發射出某種東西，並且命中卡爾‧史旺的臉。那是藍色墨水。被佩達‧休特羅哲克奪下來的武器，是日本製的水槍。

「放開我！」雷恩的臉雖然被按在床上，卻仍然大聲叫嚷著。

「你們以為我是『柏林開膛手』嗎？開什麼玩笑！喂！快來人呀！」

卡爾‧史旺以右手掩住雷恩的嘴巴。如果把住在這個倉庫裡的其他人叫來，那就麻煩了。

「把他的手銬起來！這支水槍就是證據。搜查看看還有沒有其他兇器。」

漢茲‧狄克曼開始翻動地面上的那一堆衣物，大略地搜索了一遍。

「好像沒有了。」

「嗯。好吧，反正已經有一支兇器了。」歐拉夫‧奧斯特來希說。

卡爾‧史旺把掩住雷恩嘴巴的工作交給狄克曼後，從口袋裡掏出手帕，擦拭臉上的墨水。

4

消息不知道是怎麼傳出去的，當天的晚報都以「柏林開膛手已經落網」的字樣作為頭版的標題。

電視台和廣播電台紛紛製作特集，整個西德都在大喊「不亦快哉」。可是，被逮捕的雷恩・何爾查到了偵察室後，卻一直在行使他的緘默權。他除了否認殺人，更沒有寄什麼切下來的受害人大腸給交通管制中心外，對其他的事情一概不予回應。

風化組的克勞斯・安克摩亞巡警看過雷恩・何爾查後，就一口認定當時他看到的男人就是雷恩・何爾查。因為雷恩沒有從九月二十四日晚上到九月二十六早上的不在場證明，所以被認為嫌疑重大。大概見過雷恩的人，都會覺得雷恩這個龐克男孩，確實很符合兇手的形象。

經過八日、九日兩天，媒體越發覺得雷恩・何爾查就是柏林開膛手，開始大量地報導，而警方也沒有出面否定媒體的報導，因為警方也確信他就是兇手。

雷恩・何爾查的照片不只在柏林或西德到處可見，還遍佈了全歐洲，人們一看到這個龐克男子的照片，就會害怕得全身發抖。為此，各國的青少年委員會緊張起來，認真地想要對付品行不良的青少年。

各國開始製作把雷恩當成兇手的電視節目。雷恩・何爾查被逮捕才一個星期，他就是兇手的說法已經變成了不能更動的事實。這樣的印象已經深植在歐洲大眾的想法裡了。喜歡做龐克打扮的人也因此感受到自身的危險，為了躲避危險，他們開始脫下身上的皮夾克，把頭髮留長起來。

但是，有一件事實與「雷恩・何爾查就是兇手」的說法相違背，那就是他不是猶太人。雷恩明顯是德國人。那麼，寫在柏林銀行牆壁上的塗鴉文字「猶太人不能接受不合理的責難」，要怎麼解釋呢？

關於這一點，雷恩什麼也不想說，只曾經小聲地說過：「不記得寫過那樣的塗鴉。」問他關於英國的開膛手傑克事件時，他也是除了搖頭外，不做別的回應，也不說知道還是不知道那個事件。無法從訊問雷恩的過程中，了解相隔了百年的這兩個事件為何類似的理由。

「各位，剩下證據了。」里奧納多・賓達主任在搜查會議上敲著桌子說。

「依目前的情況來說，要證明他就是兇手還有點困難。」

「是嗎？」卡爾・史旺說。「風化組的克勞斯・安克摩亞和莫妮卡・封費頓兩位巡警曾經在現場看到兇手。莫妮卡現在不能行動，我們讓她看了雷恩的照片，她說那個時候很暗，看不清楚，但很像是這個男人。

「至於克勞斯・安克摩亞巡警，他曾經從現場全力追捕逃走中的雷恩・何爾查一段距離，而且那時受害人瑪莉・威克達才剛剛受害。不管怎麼看，都看不出這個事件是雷恩・何爾查以外的人幹的。」

「話是這麼說沒錯。但是……」主任說：「莫妮卡並沒有肯定就是他。而且克勞斯能肯定逃走中的那個男人，就是雷恩本人嗎？那時是天色很暗的深夜，又是有霧的晚上，他和逃走中的兇手相距有五十公尺，只看到兇手的背影。因為可能是兇手的那個男人，在逃跑的途中完全沒有回頭過。」

「可是那傢伙有水槍。」歐拉夫・奧斯特來希說：「填裝在水槍裡的是藍色墨水。除了他以外，沒有別人還會把藍色墨水裝進水槍了。還有，從他的水槍射出來的藍色墨水和被殺害的妓女身上的藍色墨水是一樣的。關於這一點，鑑識課已經分析出結果了。」

「是嗎？可是水槍並不是兇器。被水槍的藍色墨水擊中的人是不會死的。」

「很明顯是利用水槍的藍色墨水讓受害人分心，然後乘機割斷受害人的咽喉。」

「這是間接證據，不是確證。」

「二十五日的凌晨，有妓女看到雷恩在波茨坦路附近徘徊。」

「這也是間接證據。因為他被看到的時候，並不是在殺人的現場。」

「那麼，主任的意思是什麼呢？除了雷恩外，您認為兇手另有其人嗎？」

「我當然不是這個意思。我認為兇手一定是雷恩，不會是別人。問題是怎麼去證明他就是兇手呢？現在又不是從前，可以用嚴刑拷打的方式，來逼出兇手的口供。」

「世人現在都認為雷恩是兇手，這已經是既成的事實。如果現在才說他不是兇手，必須釋放他，大概會引起暴動吧！」卡爾・史旺說。

「沒錯。那樣一來，警方的面子就完全掃地了。這個事件這麼大，全世界都在注意，世人的心裡都已經判雷恩死刑，大家都在等待他被行刑。萬一讓這個男人逃過刑罰，柏林的警察就會變成全世界的笑柄。」歐拉夫也說。

「就是因為會變成笑柄，又會造成暴動，所以我才著急啊！我們目前最好的籌碼就是像現在這樣，盡量拖延官司的審理時間。這是一個大事件，是律師成名的好機會。如果對方有非常優秀的律師替他辯護的話，依目前的證據狀況，我們很難不輸。說不定法院宣判這個案件時，會像足球比賽一樣，做世界性的實況轉播。萬一到時我們輸了，那就真的很難看了。」

「可是，主任……」佩達・休特羅哲克說。「我們找到的資料不是只有那些而已。那個叫雷恩・何爾查的年輕人的母親，是漢堡一個妓女；而且他是因為一樁命案而出生的孩子。他的母親不知道因何原因，在自己的房間裡被人殺死了，死狀奇慘無比，和這次五個被殺死的妓女一樣，像進行過外科手術似的，腹部和子宮被剖開，原本還在子宮裡的他被掏出到子宮外，躺在母親屍體的旁邊。他出生時的狀況，想必給他相當強烈的感受，並且對他的思想與行為也會有很大的影響。那很可能是造成這次事件的遠因。」

「我們當然可以在進行審理時應用到這一點，但是，他的辯護律師也一樣可以利用這一點。如果他的律師應用得當，在法庭上發表了令人感傷的演講，他很可能因此博得世人與法官的同情。」

「主任，我了解您為什麼這麼謹慎的心情，但是……」

「想知道我為什麼謹慎嗎？因為藍色墨水。只有二十五日凌晨被殺死的妓女臉上有藍色的墨水，二十六日被殺死的妓女卻只有刀傷。那不是因為下雨的關係。不管下了多大的雨水刷洗過，一旦染上了墨水，還是可以檢驗得出來。二十六日被殺死的妓女臉上，沒有被墨水沾染過的痕跡。」

「不，主任，過了兩天的時間之後，兇手不見得會用完全相同的手法，來進行殺人的動作呀！重點是『殺人』這個事實啊……」

「慢著，歐拉夫，我想說的話不是這樣而已。剛才不是說過了嗎？二十五日的時候，有個妓女看到雷恩‧何爾查，那個妓女並沒有匿名。」

「怎麼了嗎？」歐拉夫‧奧斯特來希說：「那不是很好嗎？目擊者越多越好。」

「並不好。那個妓女的名字叫做克莉絲‧尤恩格爾。她的臉也被雷恩‧何爾查的藍色墨水射中過。」

「被藍色的墨射中過？」

「對。」

「她還活著嗎？」

「她活得好好的。她說只是用水槍射出墨水，然後就跑掉了。」

「雷恩嗎？」

「是的。」

「只是射藍色墨水而已嗎？」

「是的。她說好像還有別的妓女也被藍色墨水擊中過，但都沒有遭到進一步的傷害。這可是一個大問題。他的律師可以就這一點，提出雷恩不是兇手的主張。為什麼饒過了克莉絲・尤恩格爾，而殺死瑪莉・威克達和安・萊斯卡、瑪格麗特・巴庫斯塔呢？這是一個問題。這個事實對幫雷恩辯護的律師而言，是非常有利的一點。」

「因為克莉絲・尤恩格爾是德國名字，不是嗎？而被殺死的那五個人的名字，都是英國名字。」

「或許是這個原因吧！但是，為什麼只殺死英國名字的妓女呢？一定要有能夠說服人的理由才行。」

「除了等當事人自己說明外，沒有別的辦法了嗎？」

「好像只能這樣了。世人或媒體大概能夠耐心等待兇手的自白吧！或許我天生勞碌命，怎麼樣也無法安心等待。」

事態確實不容等待，沒有多久之後，莫妮卡便坐著輪椅來到警署指認雷恩的臉。「就是他。」透過魔術玻璃，莫妮卡不安地如此說。於是雷恩在保持緘默的情況下，被移送法辦。

5

十月十三日，莫妮卡·封費頓被允許出院，回到獨自一個人居住的林克街的公寓。房間乾乾淨淨，大概是卡爾·史旺經常來打掃的關係吧。

把枴杖靠在牆壁上，拉開窗簾，十月午後的柔和陽光立刻灑滿了起居室，金絲雀開始啁啾啼叫，好像在歡迎莫妮卡回來。

兩隻金絲雀都很健康。莫妮卡看看鳥籠裡，確認飼料還很足夠後，便打開籠子口，把左手伸進籠子內拿出飲水盒。接著，她把靠著牆壁的銀色金屬枴杖挾在腋下，慢慢地走著，免得飲水盒內的水溢出來。

從冰箱裡拿出裝著飲用水的塑膠瓶，把飲水盒裡的水倒在水槽裡，然後再把水加進飲水盒。接著換左手拿飲水盒，拄著枴杖回到鳥籠的地方。沒想到光走這幾步路，就是令人難以相信的艱苦事情。想到上個月做這些事時，自己還像一陣風般的輕快，莫妮卡的心中不禁湧起懊惱與悲傷的情緒。

把飲水盒放回籠子裡，然後讓金絲雀站在自己的右手上。金絲雀記得主人，毫不猶豫就跳到莫妮卡的手指上。莫妮卡把自己的嘴唇湊近到小鳥的嘴邊，小鳥便用牠尖尖的鳥嘴，在莫妮卡的嘴唇上啄了兩、三下。

「我不會再跑了。」莫妮卡小聲地喃喃自語。

醫生並沒有這麼說，只說有一隻腳會變得無法行動自如。可是莫妮卡自己很清楚，就算哪一天可以不需要枴杖了，自己也不能像從前那樣跑跑跳跳了。自己身體的事，還是自己最清楚。

一想到這裡，眼眶便逐漸濕潤起來，淚水很快奪眶而出，一顆接一顆的眼淚順著臉頰往下滑。她把金絲雀放回籠子裡，關上籠子口，拿出手帕擦去眼淚，然後走到窗邊，推開玻璃窗，俯視窗戶下面鋪著石板的馬路。

懸鈴木路樹的葉子掉得差不多，風越來越冷，已經是冬天了。落葉亂飄，四處飛舞著。有兩個小孩在路上跑，除了他們外。沒有別人了，這裡是安靜的後巷。黃色牆壁的房子、粉紅色牆壁的房子、磚塊色牆壁的房子，這些建築物牆壁上排列整齊的正方形窗戶玻璃上，映著地面上的落葉。

孩子跑過石板路，轉個彎便不見了。就在孩子跑走的時候，另外一個轉角處走出一位老人家。他穿著灰色厚重的上衣，慢慢地朝這邊走來，然後停下腳步，從內口袋裡拿出信封，把信封塞進畫著喇叭圖案的黃色箱型郵筒。

莫妮卡茫然地看著這一切，眼淚莫名地又湧上來。

她想起情人卡爾•史旺。九月二十五日，附近的波茨坦路發生妓女被殺的那一天黎明，她在黎明的微光中，看到他的右手大拇指上，有藍色墨水的痕跡。

6

十月十四日有一條轟動社會的大新聞。這一天的《日耳曼郵報》早報，以一整版的版面，刊載了自稱是「兇手的投書」的文章。原文是英文，同樣意義的德文也並排刊載在報紙上。

給親愛的老闆：

警方的各位大人好像以為抓到我了。這實在太可笑了。警察大人們的錯，害我整天捧腹大笑，因為我過得好端端的，而且還可以在柏林的馬路上大搖大擺地行走。

快點來抓我呀！否則我還會殺人吶。在被逮捕以前，我是不會停止我的行動的。

那些警察大人真是愚蠢至極。這樣的信件我不知已經寄給警方多少次了，他們卻看也不看。無可奈何之下，我只好寄到報社了。

被我切走的瑪格麗特・巴庫斯塔的一段腸子，你們應該已經看到了吧？還有牆壁上的塗鴉文字也看到了吧！有本事就來抓我呀！我住在紐倫貝葛路的波尼希飯店二〇七號室。

愛你們的柏林開膛手敬上

這個新聞理所當然地把柏林捲入一個大暴風雨之中。赫爾尼希飯店是只有當地人才知道的小飯店，因為這個新聞，原本狹窄的大廳立刻湧入大批的媒體記者、作家、犯罪學者、好事者和觀光客。現在的柏林街頭，已經出現以「柏林開膛手之旅」為目的，從外國來的觀光巴士了。這些觀光客們在遊覽了市區後，都擠進了這間小飯店。

飯店服務台的老先生汗流浹背地應付這些人。而二〇七號室的客人則是昨天就外出了，並沒有在房間裡。在媒體記者固執的發問下，服務台老先生的回答大致如下：住在二〇七號室的客人叫做克林・密斯特利，是一位年輕的英國人，從十月八日起，就住進這個飯店。他的身高大約是一百八十公分，黑頭髮、黑眼珠，膚色比較深，看起來好像有東方人的血統。老先生還說那個客人是自己一個人來住飯店的，而且獨來獨往，不管是進酒吧還是進餐廳，都是獨自行動，沒見過他和什麼人碰面。

把十月十四日的報紙擺在眼前的老先生對記者們表示：那個人不管是走路的方式，還是言談舉止，甚至於眼神，看起來都非常陰沉，有點罪犯的樣子。於是記者們進一步再追問到底是什麼樣子，老先生就說，他好像很鑽牛角尖，但是態度又很果決；還有臉上很少有笑容，好像隨時都在想事情，但動作又很俐落。

老先生的這些說詞很快就被變成文章。記者們用電話把老先生說的話傳回報社，好成為明天早上的頭條報導。就在這個時候，卡爾・史旺、佩達・休特羅哲克和歐拉夫・奧斯特來希也趕到飯店了。老先生只好把剛才對記者們講過的話，對刑警們再說一次。

之後，刑警們在門廳內交談。

「休特羅哲克、史旺，你們覺得如何？二○七室的房客真的是開膛手傑克嗎？」歐拉夫問。

「不可能！」休特羅哲克馬上回答：「殺死五個妓女的兇手，一定是雷恩・何爾查。不管怎麼想，我都覺得除了他以外，不會有別人了。住在這裡的客人一定另有企圖。」

「他有什麼企圖？」

「那就不知道了。或許是想將我們的注意力從雷恩的身上拉開。搞不好他的目的是想救雷恩。」

「沒錯。如果他真的是兇手，怎麼可能特地告訴別人他的藏身之處呢？這是死刑案件啊！」

「有道理。那麼，我們不可以隨著這個可笑的企圖起舞。」

「可是，不能這樣置之不理吧？有必要把二○七室的房客抓起來，好好的調查一番，了解一下他到底在想什麼，為什麼要搞出這樣的鬧劇。」

「現在事情鬧得這麼大，他不會回來這裡了吧？」

「房間的費用怎麼辦？」

「聽說已經付到今天晚上了。」

「看過他的護照或證件之類的東西嗎？」

「這裡是小飯店，所以他登記住房時，並沒有被要求提示證件之類的東西。」

「他是以克林・密斯特利這個名字登記住房的嗎？」

「是的。」

「大概是假名。」

「嗯。」

「他的行李呢？」

「行李箱好像還在房間裡。」

「那麼，今天晚上他或許會悄悄跑回來，然後乘機逃走。」

「這種可能性很高吧！」

「也有可能放棄行李就逃走吧？」

「不，行李箱裡好像有貴重的物品。不過，或許他不會自己回來拿行李，而請別人來拿。」

「不如這樣吧！在他的行李箱上裝置小型的電子追蹤器如何？最近科技搜查研究單位不是開發了一種叫做MW—47的電波發信機嗎？可以放進手掌裡的小型追蹤器。如果把那個東西裝在行李箱上，只要一移動行李箱，我們馬上就可以知道他的動向。那個發信器的發信範圍可達半徑二十公里，如果他想逃的話，我們也可以很快就追捕到他。」

「嗯，可以，就這麼辦吧！那樣就不必部署監視網了。現在就馬上打電話，請署裡送MW—47到這裡來。」此時媒體記者已經蜂擁過來要求採訪了，所以他們立刻解散。電波發信機是百年前的倫敦還沒有的科技產品。

當天晚上十點半左右，電波收信機掌握到MW—47發射出來的信息，在赫爾尼希飯店的行李箱被移動了。電波收信機安裝在兩部警車上，卡爾．史旺與佩達．休特羅哲克，歐拉夫．奧斯特來希與漢茲．狄克曼分坐在兩部警車裡，開始進行追蹤。

因為有兩台收信機，所以可以掌握到電波發信機的位置。因為兩台收信機上顯示出來的方向交集，就是收信機的所在位置。為了讓兩台收信機產生交集，兩部警車之間的距離要盡量拉遠，走不一樣的道路，然後再以無線電聯絡。

行李箱好像通過動物園前站的附近，往郊外的黑色森林前進了。刑警們覺得很奇怪，因為行李箱前進的方向除了了森林外，什麼也沒有了。不是應該往機場或車站的方向，才比較妥當嗎？如果行李箱的主人不想依賴大眾交通工具的話，那就更如袋中的老鼠一樣了。西柏林是被周長兩百公里的牆壁包圍起來，是牆壁中的城市。行李箱的主人逃不出警方的追捕了。於是四個刑警像在享受追捕的樂趣般，並不急著追上行李箱的主人。反正只要發信機沒有被丟掉，遲早都會追上的。

對方的交通工具是計程車吧？行李箱移動的速度相較之下比較快。重案組試著打電話到赫爾尼希飯店後，得到二〇七室的房客已經退房的消息。到底是誰？有什麼企圖？那個叫克林的英國人在想什麼？四個刑警百思不得其解。這個叫克林的人，真的就是宣稱自己是兇手，寄信到《日耳曼郵報》的人嗎？他的目的是什麼？不過，不管怎麼說，只要逮捕到他，就可以明白這些問題的答案了。

「休特羅哲克，行李箱停下來了！在五公里前方的森林裡。你那邊的收信機也停下來了嗎？請回答！」

歐拉夫的聲音從無線電對講機裡傳出來。

「我這邊的也停止不動了。」佩達‧休特羅哲克回答。

「那一帶有什麼？你知道嗎？」

「有一家老餐廳。餐廳的名字好像『克倪西』。他大概進去餐廳裡了吧！」

「進去幹什麼？」

「吃飯或喝一杯酒吧？」

「我們要在克倪西裡逮捕他嗎？」

「ＯＫ，就這麼辦！」

「了解。」

於是兩部警車各自加速，從不一樣的道路進入黑色的森林。路兩旁民宅的窗戶燈光消失了，四周一片黑暗，車頭燈的光芒又白又長地延伸到黑暗的彼方。

車頭燈的細長光帶裡，有閃閃發亮的東西。「啊！」卡爾‧史旺的心裡才感到疑惑，就看到細細的水滴滴答答地滴到車前窗上。下起濛濛細雨了。

霧氣開始籠罩濃密的森林，先變成霧，再變成雨。汽車前車窗的雨刷開始動了。原本無聲的森林裡，雨水的聲音已經勝過汽車的引擎聲了。道路彎彎曲曲的，一下子往左，一下子往右；白色的前車燈光芒像劍一樣地向前射出，往左往右地揮砍籠罩黑色的霧。

開膛手就在這個森林裡嗎？卡爾．史旺喃喃地自語著。風雨交加的聲音、敲打屋頂的雨滴……和九月二十六日那天凌晨的情形非常相似。

「克倪西」招牌的燈光，出現在黑色的森林裡了。越來越靠近「克倪西」了。歐拉夫他們的車子好像還沒有到。才這麼想著的時候，就看到好像是他們車子的車燈光線，從正面的黑暗處裡射過來，並且逐漸接近。

「這裡沒有計程車。他已經走了嗎？」歐拉夫的聲音傳了過來。

「要立刻闖進去嗎？」

「好。」

於是兩部車間隔五公尺停了下來，四名刑警各自車內衝入雨中，奔向「克倪西」的大門。從嵌入門框的黃色厚玻璃，可以看到店內的燈光。感傷的查爾斯頓曲調，從店內流竄到門外的木廊上。歐拉夫打開門。店內空蕩蕩的，聽不到客人說話的聲音，外面的雨聲填補了室內的空間。一位剛剛步入老年的五十多歲男子拿起桌子上的白桌布，把桌布挾在腋下，然後把椅子翻過來，放在桌子上面。「歡迎你們大老遠跑到這裡來，但是本店今天已經要打烊了。」半老的男人臉上浮著笑容說。

「剛才應該有一個拿著這樣的灰色行李箱的男人來過這裡。」歐拉夫說。

「啊，是有那樣的人。是個有點奇怪的英國人。」半老男人的聲音在空蕩的空間裡迴盪著。

「怎麼知道他是英國人？」

「因為他只說英語，而且是大不列顛英語的口音。我小時候在英國長大，不會聽錯的。那個一定是英國人。」

「他現在在哪裡？」

「他只喝了啤酒就走了。」

「他去哪裡了？」

「這種事我怎麼會知道呢？」

這個時候漢茲・狄克曼跑進來說：「行李箱又開始動了。現在正往市區的方向前進。」

於是四名刑警再度衝入雨中，回到車子裡。

雨勢變大，而且持續地下著。從英國來的開膛手，好像要在雨中回去柏林的市區。他的速度相當快。難道是用錯追蹤的方式了嗎？刑警們忍不住這麼想，並且加快了車速。

「不要追逐得太過分接近，那樣會有危險。萬一發生車禍，媒體就更會找麻煩了。」

「雨中的激烈汽車追逐，讓人不寒而慄。」

歐拉夫和佩達以無線對講機對話。

「盡量在他從車子裡下來的時候逮捕他。小心不要傷害到計程車司機。」

「明白。總之不要太靠近就是了。」

兩部警車在雨勢不斷加強中，回到了柏林市區。

「行李箱停止了！」佩達・休特羅哲克叫道。

「沒錯！我這邊的信號也停下來了。」卡爾說。

「在北邊！接近警署。是修密特街的方向。」

「喂，佩達！」歐拉夫說：「從我這邊看的話，他在東北邊。確實是修密特街的位置。我再往北邊繞，那樣交叉點就會更清楚。」

「了解。我這邊的車子也會減速往北開，慢慢接近他。」

「了解。」

兩部警車像要夾攻停下來的黑點般，先是拉開距離，然後再慢慢接近。就這樣，他們發現了一個奇妙的情形。

「喂，歐拉夫，越來越靠近我們的辦公室了。真奇怪！」

「佩達，你們現在在哪裡？」

「在行李箱的正南方。從這裡直直往北的話，就是柏林署。」

「我們在行李箱的正西方，直直往東的話，就是柏林署。這是怎麼一回事啊？」

「或許是柏林署旁邊的建築物。」

「我們不必行動就可以了嗎？」

「好像是的。」

越靠近柏林署，藏在行李箱裡的發信機的電池就越強。

威風凜凜的柏林署建築物出現在雨中了。休特羅哲克讓車子繼續往北走，經過柏林署後，電波的來源就變成在後面。很明顯的，車子已經超過目標點了。

歐拉夫的車子也發生同樣的現象。他的車子從東往西，一通過柏林署的建築物，電波的來源就變成在車子的後面。也就是說行李箱的地點在包含柏林署在內的南北線的某一點上。

如果根據休特羅哲克這邊的收信機的話，則行李箱在包含柏林署在內的東西線上。將這兩條交叉之後得到的結論只有一個，那就是：行李箱在柏林署裡面。

四位刑警分別乘坐的兩部警車，緊鄰地停在柏林署中庭內的停車場。他們隔著車窗，百思不解地面面相覷。

打開車門，從車子裡下來，站在小雨中時，收信機仍然顯示行李箱在柏林署的建築物內部裡。歐拉夫・奧斯特來希率先走在前面，佩達・休特羅哲克、卡爾・史旺、漢茲・狄克曼隨後，四個人從面對停車場的後門，進入柏林署的內部。通過長長的走廊，來到正面玄關入口的門廳時，四位刑警看到了一個奇特的人物。空曠門廳的長沙發上，坐著一個樣子很滑稽的人。他的頭上戴著黑色的大禮帽，從帽子的邊緣冒出來的頭髮，大多是銀髮。但是，銀髮裡也摻雜著幾許白髮，雖然數量極少，但可以看得出他的頭上應該很勉強地還是有黑頭髮。

這個人的鼻子下面、下巴、臉頰都有鬍子，鬍子的顏色和頭髮一樣。也就是說：他的臉大部分被埋在銀色的頭髮和鬍子裡了，只靠著滑稽的圓眼睛，讓人知道那是一張臉。此時，他瞪著大大的眼睛，看著朝他走去的四位刑警。而灰色的行李箱，就在他的腳邊。

半老的男人一看到四位刑警，身體立刻像裝了彈簧般，從沙發上跳起來，並且一邊伸出右手，一邊走向四位刑警。這個男人的體格不錯，腰圍相當粗。四位刑警好好地打量了這個半老男人的全身，然後不禁張大了眼睛。不知道是不是為了搭配大禮帽，老人穿著像大禮服般的上衣。但是上衣的顏色非常特別，顏色鮮豔到會讓熬夜到幾乎張不開眼睛的人，也不禁會張大眼睛看。上衣的下面是灰色有黑色條紋的長褲。比較起來褐色鞋子的顏色顯得老實多了。鞋子雖然擦得很乾淨了，但是他全身上下仍然都有雨水的水滴。

「嗨，歡迎。」穿紅色大禮服的老人精神飽滿地說。

佩達•休特羅哲克因為一時被老人的裝扮嚇得有點恍神，不自覺地也伸出右手，要和他握手。老人便發出大到天上都可以聽到的聲音，以英語大聲地說了上面的話。這時說「歡迎」這兩字固然沒錯，但不該是老人說的話，因為這是刑警的辦公室，並不是老人的地方。

「我知道你的名字，久仰大名了。你一定是柏林署重案組裡，精明能幹的刑警歐拉夫•奧斯特來希先生。」

「我是佩達•休特羅哲克。」休特羅哲克簡單地自我介紹。

「啊，對不起。那麼你，你是奧斯特來希先生。」

「我是卡爾•史旺。」

「哎呀！真抱歉。那麼是……」

「我們叫什麼名字都可以吧！」真正的奧斯特來希忍不住焦躁地開口了。這個穿著與言行都異於常規的英國人，一點也沒有因為叫錯別人名字，而露出沮喪的模樣。

「名字這種東西，實際上並沒有太大的意義，真正重要的，是每個人為自己的人生做了什麼事。幸好各位的英語都非常好，讓我得到很大的方便。因為我雖然能看、能寫德文，但是要說德語的話，就完全不行了。好像把狗放進猴子籠裡一樣，不管狗怎麼狂吠，周圍的猴子還是完全不懂牠的意思。」奇怪的老人這麼說著，然後就哈哈大笑。

「如你所說的，我們也很想知道你為你的人生做了什麼事。而你有沒有在上個月底殺死了五個妓女，則是我們最想知道的事情。」歐拉夫．奧斯特來希以帶著濃濃德國腔的英語說道。

怎麼會這樣呢？老人嚇了一跳似的，睜大了眼睛，說：「你說……我殺死了五個妓女？」

「沒錯，我想知道你是不是殺死了她們。柏林署精明能幹的刑警，想知道你是不是兇手，是不是柏林開膛手。說吧！是不是？」

結果老人尷尬地低著頭，說：「你問我是不是這次開膛手殺人事件的兇手……是嗎？」

「我就是這個意思。希望你快點回答。」歐拉夫不耐煩地說。

「你的說法有點不夠嚴謹。」

「什麼事情不夠嚴謹？」歐拉夫幾乎是跺著腳說的。

「我是不是殺死妓女的兇手……」

「寄信到《日耳曼郵報》，說自己是柏林開膛手的人，不是你嗎？」佩達．休特羅哲克也忍不住焦急地吼叫了。

「叫我們不要懷疑那封信的內容的人，不是你嗎？」

「我沒有殺死五個妓女。」英國人說。

「你說什麼？」

「那麼你為什麼要寄那樣的信給報社？惡作劇嗎？」

「我不是兇手。不過，我雖然不是兇手，卻可以告訴你們誰是兇手。這樣就夠了吧？對你們來說，我沒有必要是兇手吧？只要知道兇手是誰，能夠把他抓起來，那樣就好了。不是嗎？」

「我們沒有必要讓你告訴我們誰是兇手。因為我們已經知道誰是兇手了。」

於是老人「嘖」了一聲，然後伸出食指，在白色的嘴邊鬍子前左右搖晃。

「嘖、嘖、嘖，那是錯的。你們說的兇手的名字叫雷恩・何爾查。唔？我沒有說錯吧？是你們錯了，而且大錯特錯。如果我沒有來這裡的話，你們就會犯了被全世界人恥笑的錯誤了。我保證不久之後，你們就會為了感謝而親吻我了。不過，我要先拒絕你們的親吻，因為我最怕被吻了。」

「就算你拜託，我們也不會吻你。」

歐拉夫・奧斯特來希終於生氣了，說：「你也是為了推銷自己的推理，所以要手段來這裡，想要成名的傢伙吧？為了和我們見面，就謊稱自己是兇手，投書給報社，這是欺騙社會大眾的行為，不是嗎？」

「這也是沒有辦法的事。因為不管我怎麼寄信給你們，說要告訴你們事件的真相，你們都置之不理。我也來這裡好幾次，每次都被擋在門外。所以我只好這麼做了。」

「啊哈！」卡爾想到了。「你就是那個英國人嗎？研究開膛手傑克的專家！」
「答對了！可喜可賀，還有人記得我。所以說，各位都看過我的信了吧？」
「看過了。不過，並不覺得有見你的必要。」歐拉夫狠狠地說。「因為你想和我們見面的原因，只是為了推銷你的推理……」
「不是推理，是事實。」
「對我們來說都一樣，沒有什麼差別。總之就是為了想讓我們聽你說明事件之謎，所以打扮得像聖誕老人一樣，跑到這裡來。把我們耍得團團轉……」
「聖誕老人？」老人嚇了一跳似地說，然後低頭慢慢打量自己全身。
「你的話太過分了！」老人好像生氣了。
「為了和你們見面，所以選擇了正式的禮服，沒想到受到這樣的侮辱！我覺得我受到傷害了。我想回飯店休息了。」
「請便。」歐拉夫冷冷地說。「正面玄關的門已經關了，請走後門吧！你早點回去，我們也可以休息了。」
「不，不、不，我不會這麼容易就被打發走。今天晚上我一定要讓你們聽完我的想法。為了這個目的，我已經花了很多計程車費了。」
簡直受不了了！
歐拉夫不耐煩地說：「好吧！那麼你就坐在那邊說。喂，佩達、卡爾，大家都坐下吧。

好了，現在我們已經在聽了，要說什麼請你快點。不讓你趕快把話說完的話，我們的麻煩更大。這幾天忙得無法入睡，早就睡眠不足了，所以拜託你長話短說。」

於是四位刑警分坐在兩張長沙發上。那個半老男人也緩緩地坐下來。可是，他一邊坐、一邊卻開口說：「是這樣的，各位，我想先看到里奧內多‧賓達搜查主任再說。」

歐拉夫發火了，他忍不住站起來說道：「喂，你的意思是我們的層級不夠高，所以不能對我們說嗎？」

「不是、不是，不是這個意思，請不要生氣。我只是想節省你們的時間。你們聽了我說的話後，一定會把我的話轉告給你們的主任聽，所以這不是花兩倍的時間嗎？我是在幫你們節省時間呀。」

「你說的話值得我們轉告給主任嗎？」歐拉夫發脾氣了。

「沒錯。我保證。」老人認真地說：「因為我說的是真相。」

本以為歐拉夫會對老人的提議有所猶豫，沒想到他已經站起來，大步離開座位了。但是，他好像想到什麼似的，突然停下腳步，回頭對半老的男人說：「沒有名字的話，不能向主任通報。你叫什麼名字？」

「克林（CLEAN）。」老人回答。

「清潔（CLEAN）？清潔的姓什麼？」

「密斯特利（MYSTERY，意指謎團）。好名字吧？我的頭銜是倫敦開膛手傑克研究會名譽顧問。」

歐拉夫瞪著那個半老的男人，一副想說什麼的樣子，但最後還是什麼也沒有說，轉身走了。而克林在他背後，很小心翼翼地說：「那個……刑警先生，還有一件事情。」

於是歐拉夫翻翻白眼，瞪了一眼天花板，才慢慢轉過身體，面對那個半老的男人，一副咬牙切齒的表情：「什麼事？」

「這個……有點難以啟齒。我是說我餓了。剛才雖然去了餐廳，但是餐廳的廚房已經休息了，所以我在那裡只喝了啤酒。空肚子喝啤酒，老實說非常痛快。我現在的心情非常想唱一首歌。你知道是什麼歌嗎？蘇格蘭的古老民謠〈馬呀！捲起棕色的尾巴〉。」

「你到底有什麼事？」

「那我就直接講結論了。現在有什麼東西可以吃的話，那就太感激不盡了。可以的話，最好不要是漢堡，因為那種東西我在倫敦已經吃膩了。德國香腸就可以了。我每次來德國就吃那個，都會覺得很開心。」

「我們也還沒有吃晚餐，這完全是託你的福。好吧！我去找找看有什麼吃的。這裡的警署和貴國的警署一樣，不會有什麼令人滿意的食物。」

歐拉夫拋下這句話後，便踩著大步走了。他的腳步聲隨著他的身影，一起從走廊消失後，只聽得到微微的下雨聲。

7

「我是搜查主任里奧納多・賓達。」主任一邊撫弄頭頂上豎起來的頭髮，一邊冷淡地說著。他原本在值班室裡假寐，卻被歐拉夫叫到這裡來。因為門廳有點冷，所以一群人便移動到會議室。「來，請那邊坐。」

但是克林好像沒有聽到似的，沒有要坐下的樣子，還向前走了幾步，直奔到主任的面前，緊緊握住主任的右手。

「啊，終於見到主任了。里奧納多・賓達主任，我一直很仰慕你，想和你見面。終於等到和你見面的時候了。」

「好像我讓你等了一百年似的。你是……」

「我叫克林。」

「是。克林先生，請坐吧！」

「主任，沒想到你的感覺這麼敏銳，簡直就是詩人。沒錯，如你所說的，我好像已經等了一百年了。十九世紀末倫敦發生的慘絕人寰事件的真相，就像抱著膝蓋，蹲在時光宇宙角落的小孩子一樣，一直在等待可以被陽光照射到的時刻。這樣長久的等待，就像那位南美作家的文句一樣，那是『百年的孤寂』呀！這句話最適合形容我的心情了。」

「我剛才沒有請你坐嗎？克林先生，謝謝你這麼率直的奉承，但是，我的心情並不好。我已經為了這個事件煩惱了好幾天，處於極度缺乏睡眠的狀況，剛剛才好不容易能夠假寐一下。如果你要說的都是這些無聊內容的話，那麼我想回值班室睡覺了。」

「不好意思。那麼我就先坐下了。」

「克林先生，我先想告訴你一件事。你投書給報社的胡說八道內容，相當擾亂人心。依我國的法律，是不容許那種惡作劇的。」

「啊，是嗎？」

「那是一種犯罪行為。貴國或許允許那種玩笑的存在，在我國可不行。」

「哎呀！不必想得那麼嚴重吧？就是因為那一封信，我才能這樣和你見面的呀！」

「真的這麼想見我們的話，可以直接寫信給我們，不是嗎？」

「我寫過七封信給你們，但是都沒有下文，所以才把第八封信寄到報社。」

「總之你的做法很麻煩。事情鬧得這麼大，到時候會很難處理。」

「解決掉就好了，不是嗎？」

「怎麼解決？」

「哎呀！這個世界上到處都有那樣的惡作劇。要怎麼解決？我就再寫一封信，說那個是惡作劇呀！」

「你應該直接來柏林警署就好了。」

「我來過四次，每次都被擋在門外。」

「那是因為你讓我們工作人員忙得到處團團轉的關係……」

「這個發報機還給你們吧！總之，現在抱怨什麼都不重要，先解決這個事件最重要。我必須先脫掉我的帽子……」

「沒錯，抱怨的話以後再說，就請你先說和事件有關係的事情吧！奉勸你好好地說，我們會洗耳恭聽，否則你會有麻煩。」

「啊，在我開始說以前，請讓我先和風化組的克勞斯‧安克摩亞說話。」

賓達主任啞口無言地瞪著克林，說：「要和克勞斯說話？為什麼？」

這是打從心底感到不耐煩，所發出來的聲音。主任背脊靠著椅背，雙手下垂。

「沒什麼啦，很快就會結束。我只是想確認兩、三件事情。」

「你呀！我看你根本不知道兇手是誰！我可不是你能隨便糊弄的對象！」

「你放心吧！百年前的開膛手傑克是誰，或許我都知道吶！」克林自信滿滿地保證。

「克勞斯現在在做什麼？」主任問歐拉夫。

「今天晚上他當晚班，所以應該還在……」

「啊，太好了……」

「去叫他過來。」主任這麼一說，歐拉夫立刻往走廊走去。會議室的電話不能使用了。

「好了，已經去請克勞斯來了。克林先生，你到底想怎樣？對了，你說你是研究開膛手傑克的專家。」

「是的。」克林點頭回答。

「那麼，你出過幾本關係開膛手傑克的書？」

「很遺憾，我的研究都還沒有被出版。」

「一本也沒有？」

「是的。一本也沒有。」

「哦！」主任有點輕蔑地哼了一聲。

「你打算問克勞斯什麼？」

「我想要表演個魔術。」穿得像聖誕老人的克林很認真地說。

「魔術？你沒有說錯嗎？」

「我沒說錯。」

主任只好苦笑地繼續問：「是什麼樣的魔術？」

「魔術是用看的，不是能說明的東西。」

「有什麼機關嗎？」

「機關就是這個玻璃珠。」

穿著像聖誕老人、名叫克林的男人從鮮紅色的上衣內口袋裡，拿出一顆約小指尖般大小的玻璃珠。卡爾・史旺和漢茲・狄克曼都無言地看著克林的臉和那顆玻璃珠。

「克勞斯來了。」

半掩著的門被打開，歐拉夫・奧斯特來希回來了。跟著歐拉夫走進會議室的，是身材魁梧的克勞斯・安克摩亞巡警。

「什麼事？」克勞斯・安克摩亞說。

「克勞斯，這位是……」賓達主任正要開口介紹，克林・密斯特利已經站起來，說道：「我是從倫敦來幫助調查這個事件的克林。」

他把右手伸向克勞斯，仍然是一副滑稽的模樣。克勞斯一臉訝異地把手伸出去，和克林握手，然後再以疑惑、要求解釋的眼神，看著里奧納多・賓達主任。

「這個克林・密斯特利先生是倫敦的研究開膛手傑克的專家。不過，很遺憾的，到現在他還沒有發任何著作出版；而我非常才疏學淺地從來沒有聽說過他的大名。他好像是一位名偵探。」主任極盡諷刺地用英語說著。

而這位名偵探——克林先生，則像赫赫有名的真正名偵探白羅一樣，以他那渾圓的背部背對著刑警們。他雙手交叉在背後，低著頭在桌子的旁邊來來回回地走，好像正在努力搜索地板上有什麼東西似的。突然他轉身面對克勞斯，一直看著他舉動的其他刑警，也隨著他的目光，一起把視線投在克勞斯的身上。

「克勞斯先生，剛才我和賓達主任說過了。在這次的瘋狂事件中遇害的那五名女性的遺體，不能一直放在停屍間，所以明天早上要請牧師來，幫她們進行簡單的葬禮吧！」

里奧納多賓達主任張大了眼睛，看著旁邊的歐拉夫．奧斯特來希刑警。不只他們兩個一頭霧水，其他刑警也因為聽到克林的這番話而面面相覷。

「因為停屍間已經像東京的電車那麼擁擠了。克勞斯先生，你明白我的意思嗎？我的德語不行，所以只能用英語說。」

「我明白。」克勞斯點頭說。

「因為牧師明天的行程已經排滿了，只有早上有時間，所以希望我們把那五名女性遇害者的遺體，在明天早上以前移到這個建築物的空房間裡。你明白嗎？」

「明白。」

「可是，又不能把她們的遺體放在空房間裡後，就置之不理……」克林一邊說，一邊持續著把右手中的小玻璃珠往上拋再接住的動作。克勞斯巡警並沒有特別注意那顆玻璃珠。

「我們現在正在尋找可以看顧那五名被害者遺體到明天早上的人。克勞斯巡警，怎麼樣？你可以自願接受這個工作嗎？」

克勞斯刑警露出明顯為難的表情。他看著主任，說：「我不知道為什麼要找我來負責這個工作。但是主任也知道吧！我已經結婚有太太了，我太太現在正在等我回去。而且她剛才才打電話給我，叫我快點回去，所以我現在也很想趕快。如果可以的話……」克勞斯很抱歉似的結結巴巴講著。

「啊！那樣嗎？那就沒辦法了。」穿著紅色大禮服的克林接著又說：「你快回去吧！沒有關係的。」

不僅克勞斯呆住了，會議室裡的其他人也一樣目瞪口呆。克勞斯好像中邪了似的，再看一眼主任的表情後，才戰戰兢兢地退出會議室，慢慢關上會議室的門。

賓達主任抬眼瞪著克林，問：「剛才那個就是魔術？」

克林再把手交叉到背後，又開始來來回回地在室內走來走去，一副聽不到他人說話的樣子。

「發生什麼不可思議的現象了嗎？各位有看到嗎？」主任說。但是刑警們全部搖頭。

「那是什麼魔術！」主任的忍耐好像已經到達極限了。「我很忙，沒有時間玩這種無聊的遊戲！工作忙再加上睡眠不足，我的頭本來就很痛了，又把我叫來見著穿紅色衣服的英國人！我的頭越來越痛了。」

「主任。」穿紅衣服的英國人停下腳步，轉身面向主任。

「幹什麼！」

「雨好像變小了。把那五名女性的遺體從停屍間搬到這裡來的話，大概需要多少時間？」

「你說什麼？」主任的臉已經脹紅了。「要把那五名被害者的遺體搬來這裡？」

「啊，不一定要搬到這個房間也沒有關係。從停車場的後門進來後，就有一間空室，放在那邊也可以。對、對！放在那裡比放在這裡更合適。」

「你在胡說八道什麼！那五個人的遺體還不能夠埋葬，因為那是重要的證物。你是局外人，怎麼可以擅自做這種決定！」

「難道案子解決了以後，還要讓那幾具遺體佔據停屍間的冷凍庫嗎？」

「如果案子解決了，當然就會把她們埋葬了。但是還……」

「今天晚上就可以解決，所以明天就可以出殯了。」

「那……」主任語塞了。「你說什麼？」

「如果按照我說的去做，今天晚上就可以破案了。各位刑警先生，你可以先回去了。剩下的事情由我和賓達主任兩個人來處理就可以了。裝著五位被害者遺體的棺木，今天晚上到明天早上以前，就會安置在停車場中庭後門入口處右邊的空室。明天早上九點時，附近溫戴爾教堂的牧師會來進行葬禮的儀式，請各位明天早上不要遲到，準時到那裡集合。」

「喂，等一下！你要我一個人抬五具棺木嗎？」主任大叫。

「不會的，我也會幫忙。如果有必要的話，署裡應該還有其他人手吧！好了，好了，明天一早就會有事，所以各位早點回去休息，晚安了。對了，卡爾・史旺刑警，別忘了去探望一下你的女朋友。主任，我還有特別的事情要告訴你，請你過來一下。」克林對著主任招手說。

署內的某一座掛鐘，發出凌晨一點的報時聲音。里奧納多・賓達主任和克林・密斯特利把五具棺木放在後門右邊的房間後，又搬了兩張凳子，拿進專門放置打掃工具的小房間裡。

打掃工具間很小，大概只有一平方公尺左右，像衣帽間一樣狹窄。兩個大男人在那樣的空間裡，幾乎無法動彈，而原本放在這個房間的打掃工具，則已經移到隔壁的房間了。外面淅瀝瀝的雨聲又開始了。

「我這是在幹什麼呀？我……」

「頭痛很想睡覺，是不是？我明白啦。可是，再忍耐一下吧！明天你就可以完全解放了。不過，或許還會有別的煩惱。」

「什麼煩惱？」

「啊，沒什麼。對了，我們像熱戀中的情侶一樣靠得這麼近，話說得再小聲也聽得見彼此的聲音。除了外面的雨聲外，現在可以說是一片安靜，這對我們逮捕兇手非常有利。」

「逮捕兇手？」賓達主任小小聲地說。

「當然了。我們就是為了逮捕兇手，所以才這樣忍耐擠在一起的不舒服。」

「我們這樣真的就能逮捕到兇手嗎？」

「我保證。別小看我，我已經累積很多像這樣的經驗了，幫助過某個國家的警方無數次了。不過，見那個國家的搜查主任時，都沒有像這次這麼辛苦。」

「如果一和你見面，就被你要求一起躲進衣帽間裡，我想哪個國家的搜查主任都高興不起來吧！」

「但是如果能這樣就解決問題，這點委屈不算什麼吧？」

「我想要知道原因。我這個人太好說話了，莫名其妙就陪你做了這些事情。現在再想一想，發現自己根本不知道自己做了什麼事情。所以，請你告訴我為什麼要這麼做的原因。」

「之前因為沒有時間，也因為周圍有不想聽我說原因的人，所以我一直不能說出為什麼要這麼做的原因。不過，現在我可以說了。我現在就把這個事件驚人的真相，說給你聽吧！人類的歷史不斷在重複，這次的事件正好可以說是一百年前發生在我國某一個有名事件的投影，兩個事件像雙胞胎一樣相似。你即將看到的這次案件的謎底，恐怕也是百年前發生的那個案件的謎底。一百年來誰也解不開的案件真相，我已經把它呈現在主任您的面前了。」

「真相就是五具排在一起的棺木嗎？」

「是的。兇手將在這個雨中，走過百年的時光，掀開棺木。」

「兇手？……現在這裡只有我們兩個人，制伏得了兇手嗎？」

「一點問題也沒有。」

「兩個人就夠了？」

「恐怕還太多了。」

「我實在不了解你說的話。那麼受害人為什麼都是英國女性呢？你可以解說一下嗎？」

「正因為這一點，所以能證明這次的事件與百年前的倫敦事件有關。」

「哦。」

「我就說明給你聽吧！日本的舊式廁所中，有一種抽吸式的廁所。」

「唔？」

「你不要以為我現在的說明和你想知道的事情無關。恰恰相反，我現在要說的事情非常重要。有一個經營酒店生意的女人，她上廁所的時候，不小心把鑽石戒指從馬桶掉到糞坑裡了。這個女人非常著急。如果是我們的話，雖然會非常生氣自己的愚蠢，但是掉下去就掉下去，也就算了。可是這個女人不像我們，她僱了吸糞車，一點點地把髒東西從糞坑裡掏到地面上，還蹲在糞堆裡一一尋找她的戒指。她從早找到晚，找了整整三天。

「她的行為當然招來附近民眾的抗議。因為掏自己家的廁所也就算了，她掏的是餐廳的廁所呀！從前餐廳也會使用那樣的舊式廁所。可是她可以低頭向周圍的人道歉，卻不願停止掏糞尋找戒指的行動，甚至哭著拜託店主暫停使用廁所，她穿上高到胸部的巨大橡皮靴，整個人走進糞坑裡找戒指，完全不怕髒。她彎著腰在糞坑裡尋找，有時嘴巴和頭髮沾上穢物了，也不在乎，固執地一定要找到戒指才行。」

「啊……」主任佩服似的嘆了一口氣，問：「找到戒指了嗎？」

「沒有，沒有找到。」

「哎呀！真遺憾！……唔？你到底想說什麼？」

「我想說的是：對女性來說，寶石那種小小的石頭，是比什麼都重要的東西。這是一定要最先了解的事情。對女性們而言，那種碳的結晶體，是比生命、比名譽更加重要的東西。你先把這件事情牢牢記在腦子裡，然後我才可以開始敘述主題。」

8

根據我多年的研究了解到：東區的時裝街住著一個名叫瑪麗亞‧可洛納，性情溫和的女孩子。瑪麗亞二十一歲，做事認真，鄰居的婦女們都很喜歡她，也很服氣她。因為她經常幫忙照顧老人家，對誰都很親切和善，還常常把附近的頑皮孩子集中起來，唱歌、說故事給孩子們聽。

她和年老的母親相依為命，住在當時倫敦常見的簡陋出租公寓的一室。至於她的父親，則因為酒精中毒，十年前就死在濟貧院的床上了。她靠在附近的小小洋裁店工作和打一點小零工，維持母女兩個人的生活。實在是一個值得讚揚的女孩子。

因為她的個性那麼的好，人又長得漂亮，所以附近的男子們莫不為她著迷，許多人每天都會送花給她，所以她住的小房子前面，就像花店的店門口。

她家的椅子、桌子、製作到一半的衣服等等物品，經常被鮮花掩埋得看不到影子，每天她都要撥開一束束的鮮花，才找得到自己的裁縫車。雖然追求者眾，但是瑪麗亞卻不為所動。她還年輕，才二十一歲，而且她也不是會為了自己的幸福，而放下年老的母親不顧的女孩。這間租來的房子雖然狹窄，但她的母親好歹已經在這裡住了三十多年，根本不想離開這裡。如果她結婚後，她的丈夫和她一起同住，但這麼狹窄的房子裡，老實說也住不下三個人。就算有人願意為了和她結婚，過著在婚後和老人同居的新婚生活，現實上卻是難以辦到的。因為房子太小，結了婚的話，就勢必搬出去；搬出去就無法照顧年老的母親。因為這樣的緣故，瑪麗亞不能接受男人們的求愛。

因為這樣，瑪麗亞越來越受到附近鄰居們的喜愛。瑪麗亞還經常把每天收到的花，分送給鄰居的婦女們，讓鄰居家裡的花瓶裡都有花，這等於是幫她們減少了買花的費用。所以鄰居們都說她是讓人感動的女孩。

這樣的狀況持續了好長一段時間，追求她的男人們終於死了心。可是，就在周圍的人都以為她會這樣過一生時，卻突然出現了變化的機會。

一八八八年的夏天，有一位非常優秀的猶太人男人出現在瑪麗亞的面前，他的名字叫做羅伯特・治摩曼。羅伯特・治摩曼在歐洲大陸擁有礦山，擁有相當的身分與地位，他不僅衣著考究，錢包當然也很豐厚。不清楚這樣的男人為什麼會住在東區的廉價旅館裡，但是根據登・貝爾滋酒吧傳出來的消息，聽說羅伯特以前曾經住在那附近。

這個男人對瑪麗亞・可洛納一見鍾情。說起來這是理所當然的事，因為在東區那樣的地方裡，瑪麗亞・可洛納確實是像仙鶴般的存在。於是他每天送禮物給瑪麗亞，並且在禮物的卡片上添加華麗的法語，而昂貴的鮮花當然也會送到瑪麗亞的家門口。

羅伯特與瑪麗亞認識的契機，是因為他想訂製西服，於是飯店的人員便介紹他去找瑪麗亞。羅伯特除了送禮物以外，還向瑪麗亞訂製了一打西裝，並且告訴瑪麗亞，如果沒有辦法很快完工的話，剩下的可以到法國以後再繼續做。

他這句話的意思，就是在向瑪麗亞求婚，想帶瑪麗亞一起去法國。他說去法國以後，瑪麗亞可以和他住獨棟的寬闊的房子裡，他還可以幫瑪麗亞在香榭里舍大道開一家店。

他還說瑪麗亞可以不必擔心年邁的母親，想過什麼樣的生活都可以，想享受就享受，想工作的話，也可以給她工作。儘管如此，剛開始的時候瑪麗亞仍然不為所動。但是漸漸的，她也動了想要接受羅伯特求婚的想法。因為她以前從來沒有遇到過羅伯特這樣的人，而且她也逐漸感覺到羅伯特的求婚對她而言是一件好事。她好像以有點驕傲的語氣，對和她非常親近，並且是她所信賴的人，提過羅伯特向她求婚的事情。

這也難怪。因為以前向她求婚的人，都是和她一樣住在東區的男人，其中最有錢的人，了不起只是大雜貨店的小開或住在比較高級一點的出租公寓的人。她沒有馬上答應羅伯特，理由可能是為了說服她的母親吧？藉著母女兩個人日常的對話，她希望母親能夠了解自己的想法而改變心意。

事實上，除非是另有心上人，或是腦筋有問題，否則誰也不會拒絕這麼好的事情。因為這是可以從倫敦東區的貧民窟翻身，到巴黎過著上流社會生活的好機會呀！瑪麗亞不會說法語，雖然也會對到國外的生活感到不安，但是那些算什麼呢？她還年輕，也夠聰明，對她來說那些都不是問題。她的問題只有母親。上了年紀的母親雖然還能應付國內的生活，但是要她到語言不通的國外過日子，不管怎麼說都是一件困難的事情。就在瑪麗亞的心情逐漸產生變化的時候，有一天治摩曼突然來訪。他告訴瑪麗亞，他在法國的礦山發生意外，死了很多工人，其他工人因此暴動起來，他必須馬上親自回去處理才行。

他問瑪麗亞能不能和他一起去法國。瑪麗亞回答他，就算自己想跟他一起去，但是不能拋下年邁的母親，所以不能和他一起去。不過，她也告訴治摩曼，在治摩曼不在倫敦的時候，她會努力說服母親，如果母親同意一起去，那麼她會同意和他去法國。這樣的回答意謂著她答應治摩曼的求婚了。

於是治摩曼便說自己先回去，等處理完事情後，再回來倫敦接她們母女。為了證明自己說的不是謊話，他拿出一只深藍色的天鵝絨小盒子，對瑪麗亞說：「這個先放在妳那邊，因為這個東西早晚都是妳的。」放在小盒子裡的，是一顆小指尖大小般的寶石。

「這是很久以前去法國開採礦山有功，法國王室為了表達謝意而贈送的寶石，是自己最珍貴的寶物。為了證明我對妳的愛，現在就把它放在妳的身邊。」治摩曼對瑪麗亞如此說，還說明道：寶石是一顆一百零八克拉的鑽石，名字叫「埃及之星」，是埃及王室的寶物。他請求瑪麗亞在他回來倫敦之前，替他保管這顆寶石。

瑪麗亞非常感動地點頭答應了。為了證明自己也期待治摩曼能回到身邊，瑪麗亞欣喜地收下寶石，並且緊握著天鵝絨的寶石盒，將寶石盒抱在胸前，送治摩曼出發前往法國。

治摩曼不在倫敦的時候，瑪麗亞比以前更加賣力工作。幸運女神在她的頭上微笑了。因為神已經看到她一直以來的努力。她好像接受了國王的求婚，因為他像國王一樣的富有。如果母親也同意去法國的話，未來一定會過著幸福、美滿的日子。瑪麗亞如此相信著。話說回來，向瑪麗亞訂製衣服的人，很多是住在附近的妓女，因為她的收費比較便宜。在東區的貧民窟裡，貧窮的婦人隨便站在馬路上時，有被誤認為是妓女的危險性；同樣的，雖然是妓女，但也會混入附近的主婦群中。

情人才去法國兩天後的八月三十日黃昏，瑪麗亞．可洛納就被捲入悲劇之中。她依照約定，在那一天完成了某一位客戶訂做好的秋季洋裝，並且要把衣服送到住在同一個街區的客戶家裡。但是，那位客戶不在家，而是去了常去的酒吧喝酒了。於是瑪麗亞只好去登．貝爾滋酒吧找她。

雖說是八月，但那天是一個陰沉沉的陰天，那時又是好像就要下雨的黃昏時刻。瑪麗亞猜測可能要下雨了，所以撐著傘，朝著登．貝爾滋酒吧走去。

街道上也漸漸起霧了。

一八八八年・倫敦

1

登．貝爾滋酒吧裡面的酒客喧嘩聲，已經流洩到外面的馬路上了。除了喧嘩聲外，店內的燈光也映照在石板路上。雖然面對馬路的牆壁鑲嵌的是毛玻璃，仍然阻擋不了店內的燈火。

一八八八年的八月三十日午後六點半，酒吧內已經擠滿了的客人，從外面馬路經過的人，可以透過毛玻璃看到酒吧內客人們的影子。住在東區的男男女女聚集在這裡，似乎想藉著酒吧裡的廉價烈酒，來掃除一整日的鬱悶。攙雜著女人的嬌嗔聲音的酒醉男人喧嘩聲，從酒吧裡流瀉到酒吧外的馬路上。在那樣的喧嘩聲音裡，此時也開始出現雨水敲打在石板路面上的滴答聲音了。

石板的顏色因為雨水而變得暗沉，街道上的空氣也變冷了。這是倫敦有名的驟雨。倫敦的雨經常一天裡下下停停，所以倫敦紳士的手上總是拿著傘。雨的聲音越來越大了。打在石頭牆壁上的雨聲噼哩啪啦，敲在玻璃上的雨聲滴答滴答，落在鋪著石板的馬路上的雨聲嘩啦嘩啦。

大雨的聲音還真的有點嚇人，登．貝爾滋酒吧完全籠罩在雨聲之中了。在雨水的飛濺下，道路的表面泛起了一層白色的水霧。醉客們的喧嘩聲也漸漸被不斷降下的雨聲掩蓋，天空的霧氣也緩緩降下來了。

登・貝爾滋酒吧前的石板路開始積水了。透過毛玻璃，酒吧內的燈火照映在淺淺的積水石板上，雨中的東區各個角落又暗又濕。一把黑色的洋傘在白色的煙雨中慢慢地接近酒吧。拿傘的人右手抓著黑色長裙的裙角，拿著傘的左手上還拿著一個小小的物品。那是一個用紙包裹起來的物品。拿傘的人來到酒吧前了。酒吧內的燈光從牆壁上一排窗戶射出來，照在拿傘的人的側臉上。她有一對藍色的大眼睛、小而嬌翹的鼻子、尖尖的下巴，這是一張相當美麗的臉龐。她在登・貝爾滋酒吧的門前停下腳步，站在屋簷下。然後一邊保護著左手上的物品，一邊慢慢收起雨傘，最後才用肩膀推開酒吧的門，小心翼翼地走進酒吧裡面。

一走進酒吧內，嘈雜的喧嘩聲「轟」地灌入她的耳朵裡。因為客人抽菸的關係，酒吧裡面煙霧彌漫的情況比外面的夜霧更加濃厚。瑪麗亞站在酒吧的門口處，先拍掉長裙上的雨水，然後歪歪頭，把積在帽子上的雨水傾倒下來，再把收起的傘靠牆放好，才走進酒吧內部，尋找向她訂做洋裝的客人。她每走一步，就有水滴從她的裙子上落下來。

靠著吧台而站的酒客幾乎都是男性，他們大聲說著笑話，彼此開著玩笑。但他們身上的衣服都是乾的，可見他們是在下雨以前，就進入酒吧喝酒的客人。

酒吧裡只有兩名女客，但是她們都不是瑪麗亞要找的人。

瑪麗亞從酒吧的這頭走到那頭，確定沒有她要找的人後，便往剛才放雨傘的地方走回去。這間酒吧不大，稍微走一下，就可以看清楚酒吧內的情形了。既然要找的人不在這裡，那麼那個人現在可能正站在雨中的某個角落裡吧！

「喂，Mademoiselle（法語「小姐」之意）。」一個女人的聲音喊道。

那女人坐在吧台邊。是在叫我嗎？瑪麗亞有點疑惑。為了了解那個女人的意思，瑪麗亞稍微駐足了。女人站直身體，離開吧台邊，搖搖晃晃地往瑪麗亞的方向走來。女人好像喝得很醉了，她的腳步非常的不穩定，膚色比一般人黑，但是五官相當好看，也還很年輕。她是人稱「黑瑪莉」，頗受男客歡迎的妓女，全名是瑪莉．珍．凱莉。瑪麗亞也知道她這個人。

「怎麼了？回答呀！用法語說呀！」黑瑪莉的氣息裡滿是酒臭味，她口齒不清地說著。

「別看我這樣，我的法國話說得很好唷！這可和妳不一樣。」

瑪麗亞終於明白她的意圖了。自己被在法國獲得成功的有錢男人求婚的事情已經傳開，這附近的女人都知道了。黑瑪莉一定是因為嫉妒，所以想找她的麻煩了。

了解到是這樣的情況後，瑪麗亞心想還是不要理睬她比較好，便連忙轉身，想趕快走回酒吧外的雨中。但是她才拿起靠著牆壁的雨傘，瑪莉就追到她的背後，並且一把抓住她的肩膀。

「喂，不要太驕傲！說幾句話會死嗎？沒有聽到我說的法語嗎？」

瑪麗亞以求救般的眼神，看著站在吧台旁邊喝酒的男人。但是他們熱中於彼此的喧嘩當中，根本沒有人注意到瑪麗亞這邊的小小爭執。

「對不起。因為我急著找人，所以……」瑪麗亞說，她一心想快點離開酒吧。

「找人？妳要找誰？」瑪莉粗暴地大聲說著。「把名字說出來，我告訴妳那個人在哪裡。」

瑪麗亞原本是不想說的，但是轉念一想，她們是同行，住的地方也很接近，說不定她真的知道訂做衣服的客人在哪裡。

「是凱薩琳．艾道斯小姐。」瑪麗亞回答。

「凱薩琳？妳要找的人是凱薩琳？」黑瑪莉像發出慘叫似的高聲嚷著。

「是的。」瑪麗亞冷靜地回答。

「妳找凱薩琳做什麼？」

「她讓我幫她做洋裝。」

「洋裝？凱薩琳？她還想打扮得漂漂亮亮嗎？那個女人根本不適合打扮嘛！洋裝在哪裡？我看看。是什麼樣式的洋裝？」

「不行啦，會弄濕的。」瑪麗亞轉身背對瑪莉，護著用紙小心包起來的洋裝。

「哼！小氣鬼，又不會少一塊肉！」

「等一下妳再請艾道斯小姐打開來給妳看吧！」

「如果妳現在不讓我看，我就不告訴妳凱薩琳在哪裡。」

「妳知道她在哪裡？」

「我知道。」

「她在哪裡？」

「在主教廣場，她換工作的地方了。我帶妳去找她，反正我也正好要去工作。」

「外面在下雨呢！」

「有什麼關係。讓我和妳一起撐傘就好了！」

和喝醉酒的妓女共撐一把傘，瑪麗亞覺得有些不安。可是，她不太清楚主教廣場的位置，所以只好還是和瑪莉共撐一把傘，走進雨中。

酒吧外的雨勢已經變小，但天色也完全黑了。瑪麗亞和瑪莉共撐一把傘，朝著奧蓋德車站的方向走去。時間雖然還不是很晚，但是因為下雨的關係，路上沒有什麼行人。

一走出登・貝爾滋酒吧，瑪莉就很老實地帶路，可是嘴裡仍然不斷使用法語單字說個沒完。瑪麗亞因為完全不懂法語，所以一句話也回答不出來。

「妳是怎麼了？」黑瑪莉說：「不會法語的話，去法國後不會辛苦嗎？」

「妳認為我會去法國嗎？」瑪麗亞說。

「附近的人都這樣在傳呀！住在多塞特街的女人們，只要一聚在一起，就會談論妳的事情。她們說妳被法國的有錢人說服了，要跟他去法國結婚。我覺得這明明是胡說八道的事情，但是大家卻打從心底相信，從早到晚都在談論這件事，所以我覺得很煩。」

瑪莉竟然認為那不是事實，這讓瑪麗亞有點生氣。但是，她可不能說出自己的不滿。

「妳為什麼會覺得煩？」瑪麗亞問。

「這和妳無關。」瑪莉惡狠狠地回答。瑪麗亞不敢再問了。

接下來兩個女人都沉默不語了。雨勢更小，她們也走到了商業街。車輪轉動聲與馬蹄聲越來越大，一輛馬車與她們擦身而過。她們兩個人穿的衣服非常相似，都是黑色緹花布的短外套和黑色的長裙。兩個女人共撐一把傘，轉彎走過霧與小雨中的商業街，從一條小巷走到另外一條小巷。在暗淡的瓦斯燈光下，終於看到前方有一個地面鋪著小石頭的小小廣場了。那個廣場靜悄悄的，感覺上好像一個人也沒有。

「哎呀！這可不是灰姑娘仙度瑞拉大駕光臨嗎？」

她們兩人一踏入廣場就聽到黑暗中傳出來、夾雜在雨聲中的聲音。廣場對面的小巷裡，因為有外面馬路路燈照射進來，所以還有一點點的光亮，而廣場的四周因為建築物裡的燈光全熄了，所以幾乎是一片漆黑。腳步聲靠近，一條瘦高的人影微微地從霧裡浮現出來。

「啊！聽這聲音，妳是長莉斯吧？」黑瑪莉問。「妳也在這裡呀！」

「嗯。下雨天生意不好。天氣冷，一個人喝酒很沒有意思，所以就來這裡了。」

外面馬路的瓦斯燈光線，照著聲音主人的表情。伊莉莎白•史泰德，人稱「長莉斯」，是住在狄恩街的妓女。時裝街與狄恩街是中間隔著一條路的平行道路。

「妳來做什麼？」長莉斯問瑪莉，她好像也喝醉了。「這裡不是要去法國的小姐該來的地方吧？妳來做什麼？」

「我聽說凱薩琳•艾道斯小姐在這裡，所以送洋裝來給她。」

「洋裝？」

「對了，今天要送洋裝來給我。瑪麗亞，是妳嗎？」

「艾道斯小姐！」

一條人影從黑暗裡走出來。這條人影的後面，好像還有別的人影跟進。

「哎呀！」瑪莉・珍・凱莉驚訝地大聲說道：「還有人耶！今天晚上這裡在開派對嗎？」

「想和男人一樣，一夥人一起喝一杯。」

另一個聲音說。她們的聲音都因為喝了酒的關係而含混不清，所以並不容易區別出誰是誰。不過，從這樣的對話裡，可以明白她們幾個是同行的妓女。

「妳是黑暗安妮？」黑瑪莉在黑暗中張大眼睛說。

一個胖女人從黑暗裡走出來，她的手裡拿著琴酒的酒瓶。這個女人的綽號是黑暗安妮，正式名字是安妮・查布曼。她和瑪莉・珍・凱莉一樣住在多塞特街，是已經步入中年的妓女。

「波莉也在這裡唷。」

「沒錯，我也在這裡。」說話的人因為還站在黑暗裡，所以只聽到聲音，看不到人影。

「波莉？」瑪莉問。

「沒錯，是我。」

「連妳也在這裡！今天晚上好像是妓女的大集會。」

「我們正在進行成立工會的儀式。」波莉說。

波莉的正式名字是瑪莉・安・尼古拉斯，住在斯洛爾街，也是一位中年妓女。

斯洛爾街、狄恩街（Dean Street）、時裝街（Fashion Street）、多塞特街（Dorset Street）都是相互鄰近的街道，所以說這幾個妓女住的地方非常近。她們住得起的地方，都是租金低廉的地區，而她們不僅彼此認識，團結心也很強。

「凱薩琳訂做了新的洋裝嗎？」瑪莉・安・尼古拉斯帶著醉意說。「在哪裡？給我看看！」她一邊說、一邊靠近瑪麗亞。

這些女人對衣服都很感興趣，講話的時候口腔裡都有濃濃的琴酒臭味。

「我看看是不是適合凱薩琳。」她說著，一把搶走那個紙包。雨已經變得很小了，此時的雨是倫敦特有的，像霧一樣的霧雨。聚集在主教廣場的四個妓女都沒有撐傘。

瑪莉・安・尼古拉斯粗魯地撕開紙包裝，在濛濛的霧雨中攤開衣服。瑪莉四十二歲，和四十三歲的凱薩琳的年紀最接近，所以也最在意同伴到底新做了什麼樣的衣服。

那是一件深褐色的天鵝絨洋裝，有著仿毛皮的衣領和大大的金屬釦子當裝飾。在暗淡的光線下，深褐色的洋裝看起來和黑色沒有兩樣，不過，可以猜測那件洋裝的樣式對當時的中年婦女來說，必定是相當華麗的設計。

「哎呀！凱薩琳，這件洋裝很華麗呢！也不想想妳幾歲了。」

「要妳多管閒事！不用妳管。衣服還給我！看，都弄濕了。妳真的是醉得不像話！」凱薩琳邊說邊從同行的手裡搶下自己的洋裝，然後走到瑪麗亞的傘下，小心翼翼地把洋裝重新摺疊起來。

「妳很準時交貨嘛！了不起的小姐。」凱薩琳・艾道斯說。

「衣服已經送到妳的手裡，那麼我要先走了。對了，後天我可以收到訂做這件衣服的錢吧？」瑪麗亞・可洛納說。

「後天？」凱薩琳・艾道斯突然大叫：「我說過後天要付錢嗎？」

「妳說了。妳說如果我能在八月底做好衣服，那麼妳就會在九月的第一天付錢給我。」

「我沒有說過那種話。」凱薩琳叫道。

「妳真的那麼說了。」瑪麗亞堅持地說。

「妳的耳朵有問題，我沒有說過那種話。而且，我現在一毛錢也沒有。」

其他妓女們都哈哈大笑了。

「妳不要著急，我了解妳的心情。輕鬆一點過日子吧！不管多麼努力工作，日子都是一樣的呀！再等四、五天吧？我賺到錢，就會付錢給妳的。」凱薩琳說。

「可是我後天就必須付房租了呀！」瑪麗亞說。

於是凱薩琳瞪大雙眼，說：「真受不了！喂，妳們誰準時付過房租了？」

其他的女人們又哈哈大笑了。

「欠房租有什麼了不起，晚幾個星期給有什麼關係。妳們說是不是？」

沒錯，沒錯。女人們七嘴八舌地說，然後又笑成一堆。

「放心啦，瑪麗亞。房東會讓妳晚點付房租的。」其中一個女人如此說。

「可是我的房東很嚴格！」瑪麗亞越說越激動。

「啊！那裡的房東是李生那個傢伙。」

「唔，他是個貪婪又頑固的老傢伙。」

「他呀！好像隨時都想把別人的皮剝走。」

「瑪麗亞，我教妳這個時候該怎麼做。這個時候只要張開妳的兩腳，隨他高興怎麼做都好就行了。哈哈哈。」

妓女們又哈哈大笑了。

「那樣的話，說不一定妳一整年都可以不必繳房租了。」

「沒錯沒錯，那個老傢伙最喜歡那樣了。」

妓女們又笑翻了。她們好像都做過李生的生意。

「這樣不行啦！」瑪麗亞站在原地說。

「喂！」瘦瘦的長莉斯臉上的笑容消失了，她以恫嚇般低沉的語氣說：「今天晚上非給錢不可嗎？妳啊！不是馬上就會成為有錢的法國人太太了嗎？反正遲早會變成有錢人，這一點點訂做衣服的工錢，何必一定要我們這種窮人付呢？」

「是嘛！不要像猶太人那樣，又貪婪又頑固。」

「被人怨恨的話，是活不久的。還是乖乖的回去學法語，對妳比較有用。」

「妳們不知道吧？她連一句法語也不會呢！」黑瑪莉在一旁插嘴道。

「真的嗎？」

「真的。剛才我已經考過她了。所以我說那是什麼嘛！什麼被法國的有錢人求婚的事，根本就是童話故事。大概是她自己編出來，說給附近的小孩子聽的。」

「那是真的，我沒有說謊。」瑪麗亞不自覺地喊道。

「沒有說謊？那麼為什麼要固執地追討訂做衣服的工錢？而且，那麼有錢的人，為什麼要來住這邊的旅館？有錢人應該是住市區裡的大飯店！」黑瑪莉說著並且很不屑地笑了。

「是真的，我沒有說謊。」

「如果是真的，就拿證據給我們看呀！」瑪莉斬釘截鐵地說。

「證據……沒有。」瑪麗亞說。

事實上瑪麗亞是有證據的，那個證據就是羅伯特．治摩曼拿給瑪麗亞保管，她一直不離身地保護著，貼身藏在胸前口袋裡的「埃及之星」。但是她不想拿給這些女人看，萬一被搶走，就糟糕了。

「哈！看吧！」黑瑪莉譏笑地說：「這位小姐根本就是在說謊，卻還一臉正經的模樣。我早就知道是這樣。為了欺騙愚蠢的男人們，而裝出乖巧的模樣。這種人是不能相信的。」

女人們的嘲笑聲越來越大。

「要嘲笑就盡量嘲笑吧！」瑪麗亞忍不住大叫了，

「這邊，這邊比較亮一點，妳們來這邊呀！然後排好站在那裡不要動。雖然妳們都喝醉了，不知道看得懂還是看不懂，但是我現在就給妳們看一個好東西。這個東西就是我沒有說謊的證據。」瑪麗亞這麼說著。然後把雨傘放在地上，從縫在襯衫鈕釦的胸前口袋裡，拿出一個小盒子。那是一只包著天鵝絨的寶石盒。瑪麗亞慢慢地打開盒蓋。

「看，這是『埃及之星』。是埃及王室代代相傳的鑽石，被拿破崙的軍隊帶回法國後，就變成路易國王的東西。前天我的未婚夫把這顆寶石送給我了。如果用買的話，這顆一百零八克拉的寶石要好幾萬英鎊。他把這顆寶石送給我了，這是我和他的信物。怎麼樣？我沒有說謊吧？」

瑪麗亞高高拿著像小指頭指尖般大小的鑽石。遠處瓦斯燈的燈光照射下，鑽石在霧中散發出刺眼的光芒。妓女們說不出話了。別說是鑽石，即使是貼著天鵝絨的珠寶盒子，也是她們以前沒有見過的高級品。

「喂，妳們在吵什麼？」粗啞的男性聲音從另一個方向傳來。這個聲音有些耳熟，他是威利・哈蒙德，也是五個妓女的客人。

威利的年齡大約是三十五歲上下，臉上有許多紅紅的青春痘，嘴邊有褐色的鬍子，是一個小個子的男人。他總是穿著破舊的衣服，戴著縐巴巴的呢帽，沒有固定的住處與穩定的工作，只知道他住在附近的廉價旅館裡。現在的他因為喝醉了的關係，不僅說話含含糊糊的，步履也搖搖晃晃的。一聽到威利粗啞的嗓音，瑪莉・珍・凱莉的行動像電光石火般的迅速，猛然抓住被威利吸走注意力的瑪麗亞・可洛納。

瑪麗亞因為受到驚嚇，不僅發出慘叫聲，放在天鵝絨寶石盒的「埃及之星」，也掉落到腳邊的石板上。

黑瑪莉和瑪麗亞・可洛納的雙手立刻相互扭打、推擠，動作非常激烈。另外的四個妓女雖然慢了一步，但也馬上加入扭打與推擠之中。伊莉莎白・史泰德——也就是長莉斯的動作最粗暴。她拉掉瑪麗亞的帽子後，右手揪著瑪麗亞的頭髮，左手勒住瑪麗亞的脖子，硬是把瑪麗亞拉扯到自己的腋下。衣服撕裂的聲音和女人們的鞋子在石板上踩踏的聲音劃破了黑夜。夜晚的霧雨又降下來了。瑪麗亞・可洛納悔恨交加地扯著嗓門大叫。但是她的叫聲十分短暫，因為她的嘴巴很快就被安妮・查布曼肥胖的手堵住了。安妮・查布曼的另外一隻手按著瑪麗亞的後腦一帶，並用全身的力量阻止瑪麗亞再度發出聲音。

瑪莉・安・尼古拉斯負責控制瑪麗亞的右手，凱薩琳・艾道斯控制了瑪麗亞的左手；而瑪莉・珍・凱莉則負責注意瑪麗亞的腳部攻擊。妓女們在嫉妒與廉價酒的醉意之下，已經忘我了，沒有一個人知道自己到底在做什麼，只知道眼前這個年輕、可愛的幸運女郎讓她們非常憤怒。威利・哈蒙德站在霧雨之中，以醉眼迷濛的眼睛，呆呆地看著已經失去理性的女人們的拉扯、爭吵。

「喂，你，哈蒙德先生，你想不想玩玩這個新來的女人？就當作是她的練習課程吧！今天晚上特別一點，免費讓你玩。」

黑瑪莉抓著瑪麗亞・可洛納的下巴說。威利先是呆住了，然後慢慢移動腳步，靠近女人們的身邊。被五個妓女控制住的瑪麗亞‧可洛納發狂似的奮力掙扎著。

「喂，別這樣，她看起來很可憐吶！幹嘛這麼粗魯。」

「別說得那麼輕鬆！被她咬一口你就知道了。這個小妞很兇悍，不好好磨磨她的脾氣不行。你過來，仔細看看她的臉。」

威利走到她們的旁邊，仔細看著被安妮‧查布曼的拳頭堵著嘴巴的瑪麗亞的臉。他的呼吸急促得像在喘氣，呼出來的酒臭讓瑪麗亞想要作嘔。

「哎呀！是一個大美女呢！」威利說。

「沒錯。怎樣？威利，要不要玩啊？」長莉斯說。她已經明白黑瑪莉的意圖了。而瑪麗亞聽到了這番話後，更加拚命地想擺脫控制著她的妓女們。

「這樣的大美女要讓我玩，我當然求之不得。可是，真的可以嗎？」

「哎喲！你什麼時候變成這麼客氣的紳士了？」瑪莉‧安‧尼古拉斯嘲弄地說。

「我當然願意了。可是，這位小姐願意嗎？」

「這個你就別管了。我們會好好按住她，你儘管玩你的。」黑瑪莉一邊說、一邊舉起瑪麗亞的兩隻腳。害怕的瑪麗亞此時奮力踢向瑪莉的下腹部和大腿附近。瑪莉哇地一聲，一屁股跌坐到石板上。

「妳這個賤女人！」黑瑪莉大聲咒罵。她生氣了，於是用比之前更大的力氣抬起瑪麗亞的雙腳，硬把瑪麗亞抱起來，叫著說：「各位，把她抬到那邊的角落。」

於是五個妓女抱起奮力掙扎扭動的瑪麗亞，一起邁開步伐，把瑪麗亞搬到黑暗之中。威利・哈蒙德孤單地被獨自留在後面。

「喂，威利，如果你不想玩的話，就趁早滾開。」長莉斯叫道。

反正也沒有別的事情要做，威利・哈蒙德便在那樣的叫聲下，搖搖晃晃地跟著女人們走。妓女們「咚」地一聲，把瑪麗亞的身體放在「卡雷和東吉」倉庫的屋簷下。把按住瑪麗亞的工作交給同伴後，黑瑪莉跑去原來的地方拿瑪麗亞的傘和寶石。

瑪麗亞像一個大字一樣躺在石頭上，她的右手被瑪莉・安・尼古拉斯按著，左手被凱薩琳・艾道斯按著；頭和嘴巴被安妮・查布曼控制；右腳被長莉斯，左腳被拿了傘與寶石回來的黑瑪莉壓著。

「怎麼了？威利，快脫掉褲子呀！」黑瑪莉嘿嘿嘿地笑著說，還粗魯地捲起瑪麗亞的裙子。

瑪麗亞身上的黑色毛襪和法蘭絨的襯裙，此時原本應該映人另外六個人的眼中，但是因為是在黑暗之中，所以他們什麼也沒有看到。

「很暗。你不會是覺得難為情吧？威利。」在安妮・查布曼的鼓動下，威利脫了褲子。

「她是第一次唷！所以你好好處理吧！」瑪莉・安・尼古拉斯說。

黑瑪莉摸索著慢慢脫掉瑪麗亞的法蘭絨襯裙，然後把襪子拉到膝蓋下面。威利也是手腳並用地摸索著，長莉斯和黑瑪莉蹲在被她們拉開，並且按住的瑪麗亞的腳邊。雖然被安妮・查布曼的手控住了，瑪麗亞仍然持續地發出激烈的慘叫，只是，她的聲音完全不能從嘴巴發洩出去。威利進入瑪麗亞的身體時，瑪麗亞感到強烈的疼痛與絕望，她大聲哭叫，並且像在唸咒語一般，一直喊著：「把羅伯特的寶石還給我。把羅伯特的寶石還給我。」

堵塞著瑪麗亞嘴巴的安妮．查布曼的手每次稍微放鬆一點，瑪麗亞像咒語般的話語，就會進入他們六個人的耳朵裡。

「『羅伯特的寶石』是什麼？」威利．哈蒙德一般喘息，一邊問道。

「是這個嗎？這個是寶石嗎？」黑瑪莉對著瑪麗亞說。她右手拿著天鵝絨的寶石盒，左手的手指高高拿起那顆裸鑽。

「這個真的是鑽石嗎？」

「那個想要拿回去嗎？拿來，給我看看。」另一個女人說。

「哦？就是這個嗎？」

「給我，給我看。」

「我也要看。」

「我先看！」

女人七嘴八舌地喊著，那顆「埃及之星」好像就在女人們的手裡傳來傳去。因為屈辱與絕望，而漸漸失去意識的瑪麗亞，模模糊糊中聽到了女人們讚嘆、大聲說話和歇斯底里般的笑聲。瑪麗亞緊緊閉著眼睛，忍受著強烈的疼痛。女人們低賤的聲音像惡魔們在宴會中的叫囂，在瑪麗亞的頭上不斷旋轉。

「還我！還我寶石就好。」雖然在痛苦與屈辱之中，瑪麗亞仍然持續說著那樣的話。她已經不能想別的事情了。別的事情已經都無所謂了，只要還我羅伯特給我的寶石就好了。瑪麗亞那麼想著。

「好像真的是很重要的東西耶！」有個女人這麼說。

「喂，把我的酒拿過來。」

「還要喝酒嗎？」

「不喝就沒力氣。」

「我也要。」

「妳自己有酒不是嗎？」

「我的喝完了。」

已經驚慌失措的瑪麗亞，早已分不出是哪一句話是哪一個喝醉酒的妓女說的。她們妳一句、我一句地說個沒完，還不斷夾雜著惡魔般的狂笑聲。

「鑽石什麼的！到底是什麼東西啊？哼！那麼小小的一顆石頭，真的值好幾萬英鎊嗎？」

「是呀！真太瞧不起人了。」

「那樣的一顆石頭，竟然比我們好幾個人的人生還值錢。」

「那不就可以在東區買房子了嗎？」

「沒錯、沒錯。我就喜歡東區這樣髒髒的街區和房子。」

「快點把那邊的酒拿過來給我。」

「妳很會喝耶！是不是肚子哪裡有洞呀？酒都從那個洞流出去了吧？」

「寶石還我！」按在瑪麗亞嘴上的手鬆了，所以瑪麗亞大聲叫著。

「那樣的石頭有什麼了不起！」不知道是誰這樣不滿地喊道，接著就是一陣咕嚕咕嚕的喝酒聲音。

「看！我把它吞掉了。我把那顆小石頭吞到肚子裡了。」

「真的嗎？妳可真厲害。」

「啊哈哈哈，真的吞到肚子裡了嗎？」

妓女們刺耳的笑聲像突然暴開的炸藥一樣。

「我把鑽石吞到肚子裡了，現在我是好幾萬英鎊的女人了。」某個女人的聲音在黑暗中這樣叫囂著，其他女人則繼續瘋狂地笑著。

「沒錯沒錯，妳現在是好幾萬英鎊的女人了。」

瑪麗亞用盡了喉嚨的力量，發出絕望與悲憤的哀號。她一直叫喊著，眼淚也不斷流下來。

2

瑪麗亞全身濕淋淋地回到屋子裡，把天鵝絨的空寶石盒放在工作桌上後，忍不住又哭了。因為害怕母親擔心，她先是壓低聲音狠狠地哭了一會兒，又繼續無聲地垂了一陣子眼淚，不久之後又因為強烈的不甘心，肩膀再度激烈地抖動起來。就這樣，她持續哭了好幾個小時。已經是晚上十點多了，隔壁房間裡的母親，現在應該已經睡著了。外面的雨也已經停了。

她脫掉衣服，全身沖乾淨，換上乾淨的內衣，再回到房間裡時，被欺凌的部位劇烈地疼痛起來。此時才發現到原來自己的手、腳、整個身體都在痛。這些疼痛其實是一直存在的，只是直到剛才為止，她完全籠罩在絕望與憤怒之中，所以沒有感覺到那些疼痛罷了。現在，瑪麗亞什麼也沒有了。獨自待在黑暗的房間裡，瑪麗亞的精神有點錯亂了。她的腦子裡現在只有一個念頭，那就是無論如何都要拿回那顆鑽石。

她反反覆覆地想著，近乎發狂地想要拿回那顆鑽石，變得歇斯底里。只有那顆昂貴的寶石，能夠把瑪麗亞從污濁之中拯救出來。那顆小小的石頭，關係著瑪麗亞後半生的希望，所以一定要拿回來才可以。這樣的想法強烈地左右了瑪麗亞的精神。

瑪麗亞打開工具櫃的門，拿出裁剪皮革用的大型刀子。然後穿上黑色的洋裝，披著寬鬆的黑色上衣，把刀子藏在上衣裡面，悄悄地來到深夜的倫敦東區。此時已經是接近凌晨兩點的時刻了。

她蹣跚地在街道上走著。十九世紀的倫敦東區，是全世界最適合年輕女子在深夜裡閒逛的地方了。因為這裡處處可見阻街的妓女，所以行人就算看到瑪麗亞，也會以為她是妓女，不會覺得有什麼奇怪之處。再加上時間已晚，在路上與她擦身而過男人們，也都醉到視力模糊了。

更重要的是，那時和現代不一樣，馬路上的光線非常暗淡，更何況又是霧濛濛的夜晚。從時裝街的家裡出來後，她沒有往主教廣場所在的南邊走，而是往東行走。那是因為她想到那些女人們或許還在主教廣場那邊。她覺得害怕。

在倫敦東區裡，不管往哪個方向走，隨便都可能碰到某一個妓女。哪裡是妓女們阻街拉客的地方，瑪麗亞大約都知道了。那是白教堂車站附近，漢伯利街一帶，瑪麗亞是住在時裝街的人，這種事情就算不想知道，也會聽到別人提起。

瑪麗亞好像得了夢遊症一樣，搖搖晃晃地在深夜的街上走著。當她走到漢伯利街時，雖然夜已經深了，卻還遇到許多載滿了貨物的大型馬車。馬車發出響亮的達達馬蹄聲，朝著果菜市場的方向，經過她的身邊。

空氣變得冰冷刺骨，白天時散發在空氣裡的腐敗臭味，好像也被冰冷的空氣凍結了一般，不僅沒有那麼臭，甚至感覺不太到了。淡淡的霧籠罩著整個東區，總是堆積如山的垃圾也被霧隱藏起來了。瑪麗亞一邊幻想著這裡是有錢的王子駕著金色的馬車，要來把自己帶到山上城堡的童話街頭，一邊握緊上衣下面的刀子。她蹣跚地走著，眼淚撲簌簌地掉下來。

走到白教堂車站前時，車站裡的燈火已經熄滅了，霧裡的車站靜悄悄的。陳舊又一個人影也沒有的車站，像古代的羅馬神殿廢墟。經過車站前面，在白教堂路左轉，進入車站後面的馬路。接著再左轉，走進車站後面的巷弄裡，就看到廢棄馬處理場的磚瓦牆的前面，站著一個像是妓女的模糊人影。

瑪麗亞停下腳步，站在黑暗與霧之中，定睛仔細看著。多麼不可思議呀！瑪麗亞想著。因為那個人影好像是瑪莉。雖然四周很暗，看不清楚五官，可是從灰色的影子與動作，瑪麗亞知道那就是瑪莉。瑪莉的手裡還拿著酒瓶，似乎還沒有喝夠的樣子。

瑪麗亞躲在巷子入口的轉角處，注意著瑪莉的舉動，剛才女人們刺耳的尖銳聲音，在她的耳朵裡復甦了。那些女人尖銳的聲音像龍捲風一樣，在瑪麗亞的耳朵裡掀起狂瀾。那些聲音裡哪一個是瑪莉的聲音呢？瑪麗亞完全無法分辨。回過神，瑪麗亞發現自己已經邁開腳步，朝著瑪莉走去了。她整個人都被憤怒的情緒控制了。周圍除了她自己與瑪莉外，一個人也沒有了。她在黑暗與霧中躡腳慢慢靠近瑪莉，瑪莉好像也發現她了。瑪莉好像在黑暗中張大眼睛努力看著瑪麗亞這邊。她應該作夢也沒想到正在靠近自己的人是瑪麗亞，以為瑪麗亞是某個妓女吧！兩個人間的距離大約只剩下兩碼左右時，瑪莉終於認出來者是瑪麗亞了。大概是喝醉了的關係，她一點驚訝的樣子也沒有。

「哎喲！」瑪莉說。因為酒醉了，她的身體晃來晃去的。而瑪麗亞這邊呢？瑪麗亞好像著魔了般，左手拿起刀子，握緊刀子後就從正面快速地砍向搖搖晃晃的瑪莉的脖子。

真是簡單到令人吃驚的工作！爛醉如泥的瑪莉完全沒有抵抗的意念。也許生或死對她來說都是一樣的吧！想到萬一一刀沒有砍死她就麻煩了，瑪麗亞從反方向在瑪莉的脖子上又用力劃了一刀。瑪莉連一聲慘叫也沒有發出，就倒在地上了。她大概還不知道發生了什麼事情吧！血從脖子的兩邊噴出來。血一邊濺出的同時，倒在地上的瑪莉翻了一個身，好像要把水溝填滿似的，整個人掉進水溝裡。瑪麗亞蹲在水溝的旁邊，彎腰看著水溝裡的瑪莉。

她一直看一直看著，不久，瑪莉的脖子不再流血了。就在她這樣低頭專注看著瑪莉時，強烈恨意再度湧上心頭。就像自己被羞辱的那樣，她把瑪莉的裙子捲起，二度舉起刀子刺向某些部位；接著又掀開瑪莉的上衣，將刀子刺入暴露出來的下腹部，並且縱向切開肚皮。然後，為了拉出肚皮下的腸子，她的左手伸進肚皮的切口。瑪麗亞是左撇子。如果是這個女人吞了自己的寶石……那麼應該還在她的腸子裡！

就在這個時候，背後傳來腳步聲和哼唱著歌曲的男人聲音。好像往這邊靠近。瑪麗亞害怕得幾乎要尖叫出聲，但是她強忍下來了。她的左手趕快從瑪莉肚皮上的切口縮回來，立刻站起來，並且小心翼翼地不發出腳步聲，儘快離開現場。如果被對方聽到自己的腳步聲，自己總是跑不過男人。壓抑著想跑的恐懼感，瑪莉躡著腳快步地走。背後的腳步聲好像停下來，那個人發現屍體了。瑪麗亞害怕得想大叫，心臟像打鼓似的咚咚咚地響。藏在上衣下面的手因為染了血而濕濕滑滑的，但卻仍然緊緊地握著刀子。她不斷地鼓勵自己：要鎮定！要鎮定！並且快步繼續走。

如我們所知的，翌日早晨倫敦幾乎沸騰了。那種轟動的情況，比瑪麗亞・可洛納想像到的嚴重十倍以上。大眾不了解妓女的屍體遭到解剖的理由，所以都認為東區出現前所未有的殺人狂了。一想到兇手為了滿足個人虐殺的嗜好，就殘酷地剖開女人的身體，大家都忍不住發抖了。

倫敦東區因此陷入恐慌之中，居民們恐懼得連工作也做不了。因此，瑪麗亞・可洛納也不能離開自己住的地方了。因為她年邁的母親非常擔心女兒的安危。但是，瑪麗亞・可洛納想的卻是：割斷妓女的頸動脈，原來是那麼簡單的事情！站在馬路上拉客時，她們毫無例外的都已經喝醉了，而且站立的地方也都是少有人往來的場所，遇到事情時也不會想抵抗。

她們對自己現在的人生完全絕望，像一匹等待被解剖成食用馬肉的老馬一般，似乎被殺死沒什麼好奇怪的。因為大家過度熱烈的討論，瑪麗亞用不著打探，也可以知道哪個妓女站在哪個地方的消息，她以後的行動就更容易了。不知道基於什麼理由，世人都認為兇手是男人，所以身為女人的瑪麗亞安全了。從這一點看來，瑪麗亞是幸運的。

九月八日，瑪麗亞的第二個報復對象是安妮・查布曼。當時她也處於喝醉的狀態，但瑪麗亞動手時，安妮稍微反抗了一下。為了避開他人的視線，瑪麗亞把她帶到出租公寓的後院，讓她產生了警戒心。因此瑪麗亞的第一擊不是太順手，臉和手都弄傷了，才割斷安妮查布曼的喉嚨。她掀起安妮的裙子，切開她的腹部，左手伸入她的腹腔中，把認為是大腸的器官拉出腹腔外，然後在肛門的附近做切斷的動作，並在淡淡的月光下，用手從一端摸索到另一端，看看寶石有沒有在大腸裡面。不過，寶石並沒有在安妮•查布曼的大腸裡。為了配合傳說中的變態殺人狂的行為，瑪麗亞在結束時切除了安妮•查布曼的子宮、膀胱。

幸好是在霧夜之中，所以瑪麗亞可以像透明人一樣地在深夜的馬路上走來走去。倫敦東區的居民因為可怕的殺人狂而害怕發抖，大家怎麼議論紛紛地說：兇手是猶太人，不，兇手是「皮圍裙」……所以只要是附近的居民不認識的男人，誰也不敢在深夜的街上走動，以免被誤當成兇手。但是，女人就不會有這種危險了，就算遇到為了追捕兇手而熬夜眼睛充血的自衛警隊，也不會被注意。

關於殺人這件事，她已經知道不僅要割斷頸動脈，還要連聲帶也一起割斷才行，那樣對手就不能叫出聲音了。知道了這一點後，殺人就更容易了。可是，對付第三個對象——長莉斯時，瑪麗亞的運氣不太好。在奪走長莉斯的性命時，其實比殺死前兩個更容易。那時她在黑暗中手腳並用地摸索前進，長莉斯獨自站在進入中庭的門附近，低聲哼唱著歌曲。已經習慣了那裡的黑暗的瑪麗亞，靠著遠處俱樂部牆壁的小小燈光，躡著腳靠近長莉斯。已經喝醉酒的長莉斯渾然不覺瑪麗亞的存在。

長莉斯不明白和自己交情不錯的她們——瑪莉・安・尼古拉斯和安妮・查布曼陸續被殺死的理由是什麼，更完全沒有想過原因就是自己一夥人在主教廣場所做的事情，當然也絕對不會想到「皮圍裙」就是瑪麗亞・可洛納。

她覺得被「皮圍裙」殺死的被害者只是運氣不好，卻沒有要保護自己的警覺心。因為爛醉的關係，根本忘記自己一夥人在主教廣場做過什麼事情嗎？還是那樣的事情對她們來說根本是家常便飯？不管怎麼說，她們都沒有用心思考事情的習慣。如果她們懂得用心思考的話，也就不會淪落到東區當阻街的妓女了吧！每天只要一件愉快的事情，和可以買廉價酒的酒錢，就足夠了。這就是她們的人生。

瑪麗亞輕易地割斷了長莉斯的聲帶。在主教廣場的時候，對瑪麗亞最具敵意的人是黑瑪莉，其次就是長莉斯了。可是，就在瑪麗亞蹲在倒臥在石頭中庭的長莉斯身邊，握緊了刀子想要劃開長莉斯的衣服時，一輛被小馬拖著的載貨車進門來了。

瑪麗亞立刻身體緊貼著牆壁，屏息等待馬車通過。可是馬車竟然在長莉斯的身邊停下來，車夫的馬鞭從瑪麗亞的身邊掃過，碰觸了長莉斯的身體。在微弱的光芒下，倒臥在地上的長莉斯身影和四周的血跡，瞬間浮現出來了。瑪麗亞理所當然地以為自己也被看到了，心想自己完了。她想逃，可是身體卻不聽使喚地無法動彈。瑪麗亞想像著自己被東區的居民抓走，被吊在處刑台的模樣。但是意外的，馬車的主人竟然沒有發現自己，跑到俱樂部那邊去叫人。得到如此九死一生般機會的瑪麗亞，立刻逃到馬路上。

穿過霧中，朝著在時裝街的自家回去時，瑪麗亞心中的懊惱情緒越漲越高。她想著，那天晚上吞掉自己的鑽石的女人，說不定不是長莉斯吧？

「我把鑽石吞到肚子裡了，現在我是好幾萬英鎊的女人了。」

瑪麗亞心想這句話的聲音主人是長莉斯，所以以為自己差一點點就可以拿回寶石了。那時如果不是那輛馬車出現，現在自己已經剖開長莉斯的肚子，尋找在她腸子裡的——在高漲的懊惱情緒影響下，她的身體開始顫動起來。瑪麗亞・可洛納的精神已經錯亂了。

在霧雨中的主教廣場所受到的，比死亡還痛苦的屈辱在她的腦海裡復甦了。她的腳已經在不知不覺中改變了方向，不朝家的方向走，而是朝著主教廣場的方向走去。

主教廣場和那天晚上一樣，還是被黑暗團團圍住，感覺不到人影的存在。無法從廣場的入口處，判斷黑暗的深處裡到底有沒有人。不過，凱薩琳・艾道斯應該在這個廣場裡。

一走到主教廣場入口的角落，瑪麗亞馬上覺得凱薩琳是最可恨的女人。如果沒有接受她訂做衣服的工作，自己就不會遭遇到那種事情了。

那個女人是元兇。那天晚上她不但不阻止同伴們的野蠻行為，還興高采烈地加入她們殘酷的行動。還有，那件事情後，她還是沒有付訂做衣服的錢，一副什麼事也沒有的樣子。

靠著外面稀疏的瓦斯燈燈光，瑪麗亞踏入廣場，沿著建築物慢慢順著廣場的邊緣走，終於看到廣場西南端的牆壁與建築物之間站著一個人。那個人的身體靠著建築物的牆壁，上半身搖來晃去。果然也是喝醉了。她慢慢吸著氣，又發出吐氣的聲音。

瑪麗亞左手握著刀子，慢慢靠近凱薩琳。凱薩琳好像聽到了聲音，便轉身——瑪麗亞就在那一瞬間揮動手中的刀子，從正面割斷了凱薩琳的脖子。

血從凱薩琳的左頸動脈噴出來的同時，她的身體也頹然倒下，發出沉悶的落地聲。瑪麗亞心中的怒火越燒越旺，當她手裡拿著刀子，在黑暗中胡亂刺著躺在自己腳邊的凱薩琳的臉時，身邊突然傳出「哐——」的聲音，嚇了瑪麗亞一跳。是凱薩琳放在石階上的小白鐵皮盒子掉下來了。

瑪麗亞雖然吃了一驚，卻沒有因此猶豫，仍然著手工作。她先割斷礙手礙腳的圍裙，再撩起灰色的麻質長裙，然後把深綠色的羊駝呢襯裙、白色的貼身襯衣同時往上拉到脖子下，再握緊刀子用力刺入胸口，一口氣往下切到下腹部。接著，她把左手伸進刀子切出來的腹部裂縫，一把抓住腸子和臟器之類的器官，用力把那些臟器拉出體外。

瑪麗亞用刀子切斷大腸與肛門的連接處後，一邊以手指握緊管部，一邊觸摸大腸，從管狀大腸的一端摸到另一端，靠手感尋找腸內的寶石。但是，寶石不在這條大腸裡。瑪麗亞在黑暗中發出絕望的咂嘴聲。在憤怒的情緒下，她切下手邊摸得到的臟器，把肝臟切成了兩半，也把左邊的腎臟切了。當然，這並非她原本就想做的事，而是為了洩恨的下意識行為。人們的議論或新聞報導，都說兇手可能是有解剖嗜好的變態，或是失業醫生等等，無非是看到屍體的臟器被切除的關係吧！

瑪麗亞十分鐘就完成了這樣的解剖作業。所以一般大眾才會認為兇手應該是精通解剖工作的醫生。事實上是瑪麗亞可以在那麼短的時間完成那樣的作業，是因為急著想找到寶石的關係。當然，還有另一個可能的原因，因為這是瑪麗亞進行的第三次解剖作業，可以說已經駕輕就熟了。當時瑪麗亞用圍裙把切下來的凱薩琳腎臟和一部分的肝臟包起來帶走，然後在途中丟棄在下水道裡。

那包東西後來被調皮的孩子撿走，送到了自衛警察委員會的約翰・來斯克先生那裡。不過，這時的瑪麗亞根本沒有想到事情會有那樣的發展。她在夜霧中逃離現場後，先去了多塞特街附近的公共自來水處，洗去手上的血跡，因為萬一被母親發現，就不好了。洗完手後，她一邊走、一邊用圍裙上沒有血跡的部分擦手。走到高斯頓街時，她看到地上有被人掉落的粉筆。這個時候她的腦子裡閃出了一個主意。很多世人認為自己所做的一連串殺人事件是猶太人做的，所以瑪麗亞能夠遠離被懷疑的範圍。既然世人懷疑是猶太人所為，她決定為世人的這個懷疑做背書。除了自己以外，周圍一個人也沒有。

她撿起粉筆，走進附近的巷子，在牆壁的黑色護牆板上，寫下：「猶太人不能接受不合理的責難。」

這樣的文字會讓人解讀成：這是兇手寫的。猶太人裔的兇手替自己辯護而寫的文字。若干知識分子看過這樣的文字後，會馬上推斷這是猶太人寫的吧！除了那段塗鴉的文字外，為了再牽扯上「皮圍裙」的嫌疑，瑪麗亞把染了血的凱薩琳的圍裙，丟棄在塗鴉文字的下面，才從容不迫地回到時裝街的家。那段塗鴉文字，在同一天的凌晨三點後，在蘇格蘭警場的瓦倫總長的命令下，被擦洗掉了。這件事前面已經說過了。

接下來就是有人撿到被瑪麗亞丟棄的腎臟，把腎臟包起來，寄給自衛警察委員會；還有自稱是「開膛手傑克」的冒失鬼寄信到媒體向警方挑戰，讓搜索兇手的行動更加複雜，整個事件迅速地進入迷宮般的境界。但瑪麗亞卻因此更加安全了。

十一月九日，瑪麗亞的刀子也染上五個妓女中最兇狠的黑瑪莉的血。她以送新款的洋裝為藉口，進入黑瑪莉的住處行兇。第五次的殺人行為因為是在被隔離的密室內進行的，所以瑪麗亞非常鎮靜地專心於解剖的工作。那時瑪麗亞的精神狀態已經異於平常，她很愉快地進行自己工作，把從凱薩琳體內切除下來的內臟推積在旁邊的桌子上、掛在牆壁的釘子上。此時她的作為並不是為了偽裝成精神異常者的犯罪，而是她本身就是一個神志失常的人了。

她仍然非常細心地檢查了大腸內的情形，結果當然也沒有發現鑽石。就這樣，瑪麗亞．可洛納駭人的世紀犯行沒有得到她想得到的成果就落幕了。

這讓瑪麗亞十分沮喪，難免會想到因為被打擾而沒有剖解長莉斯腹部的事，和因為聽到人聲，而來不及仔細檢查的瑪莉．安．尼古拉斯的大腸。或許那顆鑽石在她們兩個中的一個人的體內。

不過，在警方所公布的資料裡，長莉斯與瑪莉．安．尼古拉斯的解剖記錄中，並沒有發現她們兩個人的體內有寶石。

一九八八年・柏林

1

外面又開始下雨的滴滴答答聲了。

里奧納多・賓達搜查主任因為那個故事太過驚人，而幾乎忘了呼吸。聽完了故事，他深深地吸了一口氣。但是，一發現自己吸氣的聲音好像太大了，立刻小心地慢慢把氣吐出來。

「難以置信呀……」主任吐氣的同時，以有點嘶啞的聲音說著：「那是真的事情嗎？是事實嗎？」

「無法證明。」克林・密斯特利說。他的聲音仍然保持低沉。

「不過，根據我多年的調查結果，我是那樣相信的。竟然有那麼多自稱是傑克的人的來信，這個世界根本就瘋狂了。」

「確實如此。」賓達主任嘆息地說。

「我打算把我的研究成果結集出書。書出版了後，一定會引起世界性的轟動吧！」他若無其事地說著，所以聽起來好像是在開玩笑。

「是吧……如果你剛才說的是事實的話……不過，經過警方的正式解剖後，仍然沒有在瑪莉・安・尼古拉斯或伊莉莎白・史泰德的腸子裡，發現那顆『埃及之星』嗎？」

「公開的資料裡沒有關於這件事的記載。不過，一般正式公開的資料通常只是所有資料裡的一小部分，當時英格蘭場的資料都被謹慎地密封、保存起來，要到一九九三年才會全部公開。也就是說再過五年，我的推理所依據的證據，就會出現了。我相信我的推理。」

「你的意思是，開膛手傑克是女性……」

「當時非常有名的柯南・道爾先生也曾經懷疑過兇手是女性，或者是穿著女裝的男性。這是柯南的兒子雅德里安・柯南所洩漏出來的記錄。柯南先生果然獨具慧眼。」

「有道理。十九世紀末的倫敦東區，如果是女人做了開膛手的事情，反而不會引起懷疑。嘖、嘖，真是令人訝異……不過，慢著，慢著！雖然調查資料還在保密之中，可是醫生在解剖瑪莉・安・尼古拉斯或伊莉莎白・史泰德的遺體時，就有可能在她們的腸子裡發現鑽石，不是嗎？」

「不，主任，那是不可能的事情。」克林說。

「不可能？」

「對，不可能。除非是有便秘毛病的人，否則吞到胃裡的鑽石，一定會在一、兩天內就排泄到體外。這已經是醫學上的常識了。不過，十九世紀的人們還沒有這樣的常識，況且瑪麗亞・可洛納那時的精神已經失常，可以說是瘋了，才會想從死者的腸子裡找到鑽石。」

「嗯，是呀！不過，對於外行人來說，即使是現代人的我，也會一時想不起來那樣的事情。但……吞到肚子裡的鑽石，真的一、兩天就會排出體外嗎？」

「如果是健康人，一般都會那樣。」

「會不會被卡在身體裡的什麼地方……」

「或許瑪麗亞也是這麼想的吧！這樣的希望未免過度樂觀了。」

「噢……」賓達主任愣愣地嘆了一口氣。兩個人都沉默下來後，空間裡只聽得到外面的雨聲。

賓達主任安靜地聽了一會兒雨聲後，才說：「那個叫瑪麗亞・可洛納的小姐後來怎麼樣了？有被送到精神醫院嗎？」

「沒有這方面的記載。大概是平靜地過了她的一生吧。」

「怎麼可能？」

「一般說來，女性就是那樣的。當被逼到極點的時候，女性大都會有出現暫時性瘋狂的危險性。那可以說是一種歇斯底里症。」

「可是……」

「我非常了解主任您的心情。但是請主任想想：在四十年前的大戰戰場上殺死好幾打人的軍人，如今不也在孫子的圍繞下，過著平靜的餘生嗎？人類就是這樣的。人類生來就有罪。」

主任因為不同意這樣的說法而沉默了。過了一會兒才又說：「唔，或許吧！或許就像你說的那樣，可是我的職業不允許我贊成那樣的說法。」

「我有同感。老實說我也不認為她以後還可以過著平靜的生活。我想她後來的日子裡，應該經驗了我們所不知道的艱辛。」

「因為她沒有鑽石了？」

「她是沒有鑽石了。」

「那麼，她的未婚夫呢？那個在法國擁有礦山的青年後來怎麼樣了？」

「羅伯特・治摩曼因為一八八八年九月的工人暴動而死了。」

「什麼？他死了？」

「他死了。當時的暴動相當激烈，情況非常危險，他被一個工人射死了。瑪麗亞好像是到了一八八九年才知道這個消息的。」

「果然如此，事情的結果總是這樣。」

「沒錯。相信神存在的人，大概都會有這樣的想法。」

「難道你不是這麼想的嗎？」

「我也相信神的存在。但是，我還有一點點不一樣的感想。我覺得她滿腔的怨恨之氣，一直還沒有得到紓解，所以百年後的現在才會發生了像雙胞胎一樣，一模一樣的事件。」

「啊！對啊，我們要解決的是這一次的事件。」賓達主任突然想起來，並且大聲地說道。

「噓！」克林在嘴巴前面豎起食指，制止主任發出聲音。然後低聲地說：「所以，這一次她一定會來檢查當時來不及剖開的長莉斯的肚子。這是多麼固執的意念呀！看，終於來了。」

後門的門好像打開了。因為雨聲略微變大。接著，門被謹慎而緩慢地關閉起來。此時房間裡的燈光和走廊上的燈光當然都是熄滅著的。中庭那邊有像倫敦瓦斯燈的水銀燈，雨中的水銀燈光芒應該是模糊不清的。水銀燈的光芒從中庭那邊閃過走廊旁邊的窗戶，一下子就消失了。

聽不到腳步聲。門好像自動打開又關起來似的，根本感覺不到有人走進走廊了。走廊的地板是石造的嗎？可是，確實有人進來了。走廊的窗戶上出現了像幽靈般的人的上半身影子。

「啊……」藏在像衣帽間的小小打掃用具室裡的賓達主任，像要把身體伸出去似的，從門縫裡偷看外面的情形，然後發出低沉的感嘆聲音，聲音的語尾還微微地顫抖著。

那個人影頭戴著帽子，好像要把頭髮全部塞進帽子裡似的，還用髮夾把頭髮夾起來，那個身影與模樣，活像生活在十九世紀的女性。

奇蹟發生了。間隔著排放了五具棺木的房間與走廊的門慢慢地，像象徵著百年光陰般的緩慢，一點點一點點地開了。合葉像古老的時鐘齒輪般，發出嘰嘎的聲音。彷彿打開時間機的門一樣，門開了，「瑪麗亞•可洛納」站在門口。

她穿著長到腳踝的褐色長裙，左手拿著合起來的花洋傘。靠著從中庭那邊滲透過來的水銀燈光亮，可以看到她的頭上戴著黑色的麥桿帽子，雨水的水珠滴滴答答地從傘尖和長裙的裙襬，滴落到地面上。

賓達主任張大了眼睛，身體變得僵硬了。他茫然地微張著嘴巴。真的嗎？這到底是——他的嘴唇顫動，卻沒有吐出任何聲音。

瑪麗亞・可洛納慢慢地把濕傘靠在牆壁上。接觸到地面的傘尖周圍立刻累積出一攤黑色的小水窪，水窪逐漸往外蔓延。這讓人想起好像幾天前其實是百年前發生的某一個場景——像在登・貝爾滋小酒吧時一樣，瑪麗亞走進酒吧，不發出聲音地抖掉附著在裙襬的雨滴，並且輕輕歪了一下頭，讓帽子上的雨水滑落下去。

然後，她走向五具棺木，登、登、登，一步一步緩緩地前進。那個聲響讓看的人嚇得提心吊膽。

那不是正常人走路的方式，而像是剛從墳墓裡甦醒的「人」的行動方式，或是像靠機關行動的機械人的走路方式。總之，那是一種奇怪的走路方式，好像剛學會走路的人，每踏出一步都要靠木棒支撐著才能前進一樣，還發出奇怪的聲音。

走到五具棺木的旁邊後，她就停下來站著。接著，她慢慢彎曲膝蓋，靠著緩慢的動作往下蹲，又從身體的某個地方，拿出像小木棒般的東西。

當她把那個東西舉高到鼻子的地方時，從窗簾縫射進來的水銀燈的白色光亮，照出了那個東西的形狀，那是刀子。

把刀子放下後，她慢慢地打開最靠近自己的棺木。她使用雙手，非常慎重地做著這件事。

「啊！」她低聲輕呼。

接著，她用力移動膝蓋，以之前所沒有的快速動作，移動到旁邊的棺木前，然後很快地打開棺木的蓋子。「砰」地一聲，那是讓人的心臟幾乎停止跳動的巨響。第三具棺木的蓋子也被她掀開了，並且同樣發出巨大的聲響。

好像終於輪到自己出場的演員一樣，躲在打掃工具間的克林・密斯特利站起來，撇下呆住了的賓達主任，慢慢地從工具間裡走到大房間，打開門旁邊牆壁上的電燈開關。

日光燈像閃電般閃爍了幾下後，對已經習慣黑暗的人來說，房間瞬間變得像白晝一樣明亮。一位復古打扮的女子站立在房間的中央，因為突然來的光芒，讓她舉起雙手護著眼睛周圍。本來以為她或許會像幽靈般地消失，沒想到她不僅沒有消失，還一直存在在他們的眼睛裡。

她的動作恢復成原先的緩慢。她一直都是這樣的。每一個動作都很慢，像上了發條的機器一樣，每一個動作也都很踏實，接著她放下雙手。

「啊！」男人的大嗓門好像可以把屋頂轟炸掉一樣。

「莫妮卡！這不是莫妮卡嗎？」賓達主任一邊叫道，一邊著急地從工具室裡跑出來。

「妳怎麼會在這裡？」主任茫然地問。

「屍體呢？五個妓女的……」莫妮卡以沙啞的聲音低聲問道。「屍體在哪裡？」

「可憐的小姐，她們的屍體都還在停屍間。在這裡的只是空的棺木。」克林低著頭，很同情似的說。

「什麼！」莫妮卡像慘叫般地提高了聲音：「這是在騙我嗎？你們在騙我？連卡爾也在騙我！」她哭喊著說。

「不、不，小姐，不是那樣。設計騙妳的人是我，這是我一個人的計畫，卡爾和賓達主任完全不知情。我說要把五個妓女的屍體移到這個房間，卡爾只是相信了我說的話，又把我說的話說給妳知道而已。因為我如果直接就說可愛的妳是兇手，想必沒有一個人會相信。只有我一個人知道這件事，所以妳要怪就怪我一個人。主任和卡爾真的什麼不知道。」

「不知道，一直到剛才為止，我真的什麼也不知道……」里奧納多・賓達主任喃喃地說。「即使是現在，我還是無法相信這是事實。」

莫妮卡・封費頓再度蹲下來。她哭了。她身旁的金屬枴杖發出暗淡的銀色光芒。

「這個世界充滿讓人憂鬱的事情。」克林・密斯特利雙手放在背後，低聲說著：「被迫看到不想看的事情，被迫相信不想相信的事情，這是誰也不願意碰到的事。如果可以的話，我也想挪開我的眼睛，當作什麼也不知道。可是，錯了就是錯了，不能放任不管。」

「我真的不敢相信。但是，這是為什麼……」主任還是茫然地低語著。除了主任的低語聲外，房間裡只聽得到莫妮卡的哭聲，和外面下雨的聲音。

2

「警察是個討厭的工作。」把還不太能陳述事情的莫妮卡交到重案組的值班女警手中後，克林・密斯特利一邊踢開腳旁的行李箱、一邊說著。這裡是玄關門廳旁邊的接待室。說完，他咬了一口送過來的漢堡，喝著可樂。

「好像變成在欺騙她了。可是，我不是喜歡騙人的人，但我沒有十足的把握，所以只好用這個方法。」

「你說你沒有十足的把握？是指什麼事情？」

「莫妮卡・封費頓巡警是兇手的這件事。」

「你不是已經確認兇手就是她了？」賓達主任一邊咬著漢堡、一邊說。

「她當然是我猜測中的對象，不過，我不敢肯定一定就是她。」

「看不出來是那樣。」

「因為我是雙魚座，所以說話的時候好像很有信心的樣子。其實我來這裡的時候，內心裡還沒有釐清兇手到底是誰的這個問題，我覺得克勞斯・安克摩亞巡警也有嫌疑。因為一直不能排除對他的懷疑，所以才使了一個小魔術。」

「是嗎？關於這一點，我也很不明白你的魔術到底是怎麼一回事。那時你到底玩的是什麼把戲？」

克林又咬了一大口的漢堡，咀嚼後才把食物吞下去。賓達主任也一邊吃著自己的漢堡，一邊等待克林的答案。

門廳旁邊的接待室相當空曠，只有密斯特利和賓達坐在接待室裡的沙發上。這是一組有桌子的沙發。外面的雨持續地下著。

他們兩個人的樣子很像是家庭教師和準備應考的學生，也很像在上一對一語言課程的師生。教師以煞有介事地語氣說明自己滿肚子的知識，學生像怕漏聽了什麼似的，身體向前傾地聽著。

「靠著那個把戲，我終於可以確定克勞斯不是兇手。如果克勞斯是兇手，那麼，把五個妓女的屍體集中在一起一個晚上，對他來說應該是千載難逢的好機會。可是他卻表現出一點興趣也沒有的樣子。」

「什麼好機會？」

「剖開凱薩琳・貝克的肚子，調查她內臟內的情形的好機會。有一個晚上的時間，時間非常充分，可以好好的進行調查。」

「那麼，你右手玩弄玻璃珠的道理是什麼？」

「因為我認為如果他是兇手的話，當看到我手中的玻璃珠時，或許會懷疑我們已經發現寶石，而露出不穩定的神態。我想看他臉上表情的變化。不過，他的表情一點變化也沒有。

因為對玻璃珠視若無睹，所以我肯定他不是兇手。於是我就按照先前的計畫行事了。如果兇手是身強體壯的他，憑我們兩個就要逮捕他，恐怕不是容易的事情，那就必須變更原先的計畫了。」

主任無言地看著半空中，但是嘴巴並沒有忘記咀嚼口裡的漢堡。過了一會兒才說：「我還是不了解。你不能從頭到尾好好的說明一次嗎？這次的事件到底怎麼一回事？為什麼局外人的你，只靠著報紙的報導，就能發現真相？」

「因為柏林的印刷品或資訊太過泛濫了，所以只要坐在旅館裡，就可以知道到底發生了什麼事情。不僅可以從泛濫的報章裡知道搜查本部主任的大名，也可以知道主任以下的每一位刑警的名字，就連風化組的女警莫妮卡・封費頓住在波茨坦路附近的林克街，二十二歲，是二十九歲的重案組刑警卡爾・史旺的未婚妻，這些消息都可以在赫尼希飯店的門廳知道。」

「你也是在那裡發現事件的真相嗎？」

「可以這麼說。」

「能從頭說起嗎？到底是怎麼一回事？這件事一定有什麼前因後果吧？」

「關於詳細的細節，請你去問當事者吧！因為我從英國來到這裡，老實說時間並不多。至於這個空前絕後的大事件的構成要素，我剛才已經說過，所以賓達主任你已經知道了。

「一九八八年的這個大事件，和一八八八年倫敦發生的那個有名事件完全相似，幾乎每一個情節都相同，是像鏡子內外的影像般的兩個事件。我也和你是一樣是神的信徒，所以只能認為這次的事件是神的計畫，為的就是讓百年前走入迷宮的那個事件的真相，能夠呈現在世人的面前。

「啊，我這樣的說法或許會受到一點天譴，因為神應該不會有殺人的計畫。這個……該怎麼說呢？或許這就像亞歷山大和成吉思汗、希特勒和拿破崙的存在。歷史這種東西本來就有著讓人捉摸不定的性格。」

「的確。但是，請先針對事件做說明好嗎？密斯特利先生。」主任緊張地說。

「啊，我當然了解呀！賓達主任。這個事件的理由就是這樣的……對了，賓達主任……」

「什麼事？」

「這個漢堡——你不吃嗎？」

「你要的話，請吃吧！要吃多少都可以。請趕快接著說下去。」

「那我就不客氣了。」克林拿起漢堡，又是大口咬下然後慢慢咀嚼。

「吃東西的時候右邊咀嚼五十下、左邊咀嚼五十下，這樣就不會生病。」

「密斯特利先生，我一點也不擔心生病的事情。我的血壓很正常，也沒有糖尿病的跡象。請趕快繼續剛才的話題吧！否則我真的會生病了。」

「把莫妮卡‧封費頓女警和瑪麗亞‧可洛納重疊起來看，就可以很清楚地看到這個事件的原因了。這是一目了然的事情，用不著聽我的蹩腳說明。

「事情的起因是封費頓有一顆小小的，但是很貴重的寶石。那是一顆還沒有加工成戒指或項鍊的寶石。不知道她是何時得到寶石的，但她應該是不離身般地隨身攜帶著寶石吧？這一點你可以在日後質問她。

「總之，她應該不論是巡邏的時候，還是私人在散步的時候，都把寶石藏在內口袋裡，貼著自己的皮膚，隨身帶著。對她來說，這顆寶石是比生命還要重要的東西。

「封費頓小姐最近被調到風化組工作，她在晚上進行巡邏時，認識了幾個站在街頭拉客的妓女，其中有一個五人的妓女團體。

「為什麼這個五個人會變成一個團體呢？或許是因為她們的年齡很接近，又都來自英語圈的國度吧！所以很自然地形成了一個小團體。此外，她們也都住在十字山區的出租公寓，平日就有往來，平常也以英語溝通。

「不知道基於什麼理由，有一天莫妮卡．封費頓去了她們五個人居住的克茲堡區。雖然說不知道確切的理由是什麼，但是依我個人的想像，我認為莫妮卡是一個對工作抱持著很大熱忱的女警，再加上天生善良的個性，所以很想了解妓女們白天的生活情形，希望能盡自己的力量幫助妓女們，所以才會去十字山區。我認為她的動機十分單純。

「莫妮卡在沒有當班的日子，去了十字山區，在五個妓女居住的公寓附近，發生了悲劇性的事件。五個妓女以為莫妮卡是去嘲笑她們的，因為莫妮卡平日的工作就是取締她們，所以對莫妮卡這個女警官相當反感。

「這種反感也可以說是生活在社會底層的她們的乖僻心態吧！不過，女人們之間也有她們的一套相處規則，那是不為我們所知的事情。如果那五個妓女現在還活著，或許會齊聲為她們自己所做的事情辯論，以她們自己的道理向我們兩個人抗議，並且說服我們。

「但是，從公正的角度去看，她們五個人的做法確實太卑劣了。瑪麗亞・可洛納百年前在主教廣場受到的侮辱，莫妮卡也同樣遭遇到了。

「她在十字山區的後巷被五個妓女壓制住，讓正好從那裡經過的男人強暴了。而她一直貼身攜帶的寶石，也在那個時候被女人們發現。至於那五個女人如何處理那顆寶石，不用我說主任也知道吧！」

「嗯，我了解。」賓達主任小聲地回答。

「喝得爛醉的女人在那個時候會做出什麼舉動，好像都很接近。當然不可能隨手就把寶石丟了，那樣太可惜了，更不可能把寶石還給莫妮卡，而據為己有的話，又會破壞了朋友們間的感情。

「寶石不能像蛋糕一樣地切成五片，給別人的話，心裡又不甘心。在那種不知如何是好的情況下，難免會產生乾脆吞到肚子裡算了的想法。女性原本就是一種頑固的生物。

「比生命還要重要的寶石被那群女人中的某一個人吞到肚子裡了。莫妮卡雖然沮喪地回到了林克街的住處，心情卻久久不能平復。

「這個事件和百年前那個事件的不同之處，就是受害的女性是風化組的女警官，而加害她的人則是她工作上常常見到的女人們。這件事情雖然被隱瞞下來了，但是妓女們確實做了侮辱莫妮卡的事情。

「莫妮卡是巡邏的警官，所以經常可以看到為了工作而站在街上拉客的那五名妓女。也就是說：因為她有那樣的立場，所以她要殺人很容易，但卻不容易被懷疑是同時殺死五個人的兇手。

「這就是為什麼溫柔的莫妮卡可以成為殺人兇手，而且還能對受害人進行開膛剖肚的可怕行為的理由。

「和百年前的倫敦一樣，在街上拉客的妓女們總是選擇人少的時間，獨自站在行人稀少的地方拉客人，那個時候她們通常已經喝得爛醉。說到誰可能是兇手的嫌疑，感覺上莫妮卡的同事克勞斯・安克摩亞似乎更值得被注意。」

「真是不敢相信。如果不是先聽了那個日本女人說過的話，我絕對無法相信你現在說的那件事。那麼溫柔的莫妮卡……她為什麼不告訴我們呢？」

「日本女人？啊！那個俱樂部的媽媽桑呀！」

「媽媽桑？」

「日本人對經營酒店的女性，都是這麼稱呼的。因為情人卡爾的關係，莫妮卡當然無法對你們說出那樣的事情。她不僅被侮辱了，連寶石也不見了。這種事情教她怎麼對卡爾說呢？

「她一定想獨自拿回寶石，而且很清楚動作一定要快，否則寶石就會排出體外，到時想拿回寶石就更加困難了。她是知識分子，比一般人更懂家庭醫學的常識。這就是她為什麼必須連著兩個晚上殺人的理由。」

「原來如此。莫妮卡果然和瑪麗亞．可洛納一樣，不知道吞掉自己寶石的女人是誰，所以把五個人全殺死。」

「沒錯。當時她的眼睛大概也被蒙住了吧！所以她想用刀子，把自己被『深埋土中』的寶石挖出來。殺人、剖腹，像要在土裡尋找東西一樣地把手伸進腹腔，把大腸拉出腹腔外。然後像外科醫生尋找惡性腫瘤一樣地觸診，以尋找腸管中的寶石。

「尋找寶石的這種動作當然是在明亮的地方進行比較好，可是明亮的地方太危險了，所以只能摸黑尋找。為了徹底尋找一點，所以在直腸附近切斷大腸，然後把腸子裡的東西全部擠出來找。

「發現大腸裡沒有自己要找的東西後，就隨手一拋，大腸便掛在死者的肩膀上了。

「這種情況也和百年前倫敦發生的那個事件一樣，受害人的肩膀上掛著被切斷的大腸。這次的事件裡的第一個受害者瑪莉．威克達、第三個被害者瑪格麗特．巴庫斯塔，及第四個被殺死的茱莉安．卡斯帝，她們三個人的肩膀上都掛著被切斷的大腸。這是她們三個人死時的特徵。

「而百年前的那個事件中，第二個死者安妮・查布曼和第四個受害者凱薩琳・艾道斯死時的特徵之一，就是肩膀上掛著自己被切斷的大腸。」

「但是，第一個遇害的人——瑪莉・威克達，應該不是莫妮卡殺死的吧！因為那個時候克勞斯和她在一起，而且，她和克勞斯趕到瑪莉・威克達出事的現場時，瑪莉・威克達已經遭到殺害了。因為在瑪莉遇害之前，莫妮卡一直和克勞斯在一起進行巡邏的工作。」

「他們兩個人發現瑪莉・威克達的時候，瑪莉・威克達『還活著』。」

「還活著？但是她不是蹲在地上，手還按著脖子的地方嗎？」

「那只是莫妮卡的說法，事實上她是屁股著地地跌坐在地面上的。關於這一點，克勞斯巡警也同意了。」

賓達主任茫然地沉默了一會兒，才說：「可是……既然沒有被殺，為什麼會跌坐在那裡？」

「因為被已經關在牢裡的雷恩・何爾查的水槍擊中了。她是因為驚嚇而跌倒的，並不是因為受傷。」

「那麼，是雷恩……」

「是的。雷恩用藍色墨水射擊瑪莉時，正好克勞斯與莫妮卡經過那附近，所以雷恩便倉皇逃走了。

「當時克勞斯立刻拔腳追雷恩，所以並沒有仔細觀察瑪莉的情形。當時的真相就是那樣而已。那天晚上除了瑪莉外，還有好幾個妓女也被雷恩的藍色墨水水槍擊中，但是因為她們都是非法的阻街拉客妓女，所以不敢報警控訴雷恩的行為。

「另一方面，克勞斯去追雷恩後，現場就只剩下莫妮卡和瑪莉了。莫妮卡・封費頓當然不會錯失這個機會。原本計畫巡邏結束，剩下她一個人時再殺人的莫妮卡，當下決定馬上動手。她拿出藏在制服下面的刀，割斷了瑪莉的咽喉，接著又不假思索地剖開瑪莉的腹部，抓出腸子、切斷直腸的部位，快速地用手尋找寶石是否在腸子裡。」

「真是不敢相信！」

「莫妮卡結束殺人剖腹的工作，因為受到沒有找到寶石的打擊，茫然地坐在地上發呆時，克勞斯回來了。克勞斯怎麼樣也想不到那個心地善良、人人喜愛的柏林警署之花，會做出那麼殘酷的事情，他很理所當然地認為他和莫妮卡趕到現場的時候，瑪莉・威克達就已經是那樣了。當時的那裡確實很暗。」

賓達主任大大地嘆了一口氣，然後勉強地點了頭。

「其實，這個案件的發展之初，就有可以推理到現在這種結果的材料了。莫妮卡的證言中提到：瑪莉按著被切割的脖子。

「脖子被切割，肚子也被剖開，腸子還被拉出來的女人，不應該還會按著脖子上的傷口。那種畫面應該是瑪莉受到莫妮卡的第一擊後的樣子，那樣模樣深深印在莫妮卡的視網膜上了。對莫妮卡來說，當時瑪莉的姿勢太過鮮明了，所以在做證詞時，很自然地說出瑪莉那個時候的模樣。」

「原來如此。聽你這麼一說，就越覺得有道理了，為什麼以前都沒有想到這一點？對了，濺出來的血呢？莫妮卡殺害瑪莉的時候，一定會被噴出來的血濺到……」

「一割斷頸動脈，血就會橫濺出來，但是只要知道血噴出來的方向，並且閃躲得當，就不會被濺到太多的血。警官的制服為什麼是黑色的呢？就是為了濺到血的時候，不會太醒目，而且還可以用來擦拭手上的污垢。」

「是那樣的嗎？可是我的同事們都沒有發現這一點……那麼，第二個受害者安妮・萊斯卡和第三個受害者瑪格麗特・巴庫斯塔，是莫妮卡執勤工作結束，也做完證詞的記錄後，在回家的途中下手殺死的嗎？」

「是的。所以她們兩個人的屍體是凌晨四點以後才被發現的。之前她們都還活得好好的。」

「是嗎？是那樣的嗎……不，但是，等一下。第五個被殺死的凱薩琳・貝克的腹部沒有被剖開。」

「沒錯。」

「還有……對了，有一件事情很重要，那就是莫妮卡也受了重傷，有一隻腳失去行動的自由了，不是嗎？是誰讓她受傷的？因為這個傷，所以我們誰也不會懷疑到莫妮卡的頭上。莫非你想說：為了不被懷疑，所以莫妮卡刺傷自己。你該不會想這麼說吧？」

「我沒有那麼說。」

「那麼，傷害莫妮卡的人是誰？難道她被看不到影子的傢伙攻擊了？那個看不到影子是百年前的傑克亡魂？」

「主任，我也沒有這麼說唷。不過，我將說明兩個主任可能完全沒有想到過的事實情況，這兩個事實來自一個原因。賓達主任，請你仔細想想，莫妮卡被刺受傷倒地的地點，和第五個被害者凱薩琳・貝克死亡地點的東普森巷57號，這兩個地方的位置非常接近，中間只隔了一排房子，相距只有二十公尺左右。將這個事實和凱薩琳被殺死，腹部卻沒有被剖開的事實重疊起來，可以獲得一個很明顯的結論。」

「你說明顯的結論？那是什麼？」

「凱薩琳的腹部沒有被剖開。這是為什麼？莫妮卡應該很想剖開凱薩琳的腹部才對，但她卻沒有那麼做。沒有那麼做的原因是因為她沒有辦法那麼做。為什麼沒有辦法呢？因為她自己也身負重傷了。」

「啊！是被凱薩琳刺傷的嗎？」

「沒錯。五個妓女中，有四個人的年紀已經超過四十歲，只有凱薩琳的年紀才三十幾歲。大概是比較年輕的關係，莫妮卡在殺害凱薩琳的時候，遇到了意想不到的反抗，兩個人因而扭打了起來。

「在兩個人爭奪刀子的時候，莫妮卡的身體也被刺中了兩個地方，而且傷口頗深。可是，莫妮卡最後仍然奮力砍斷了凱薩琳的頸動脈。

「但是，莫妮卡也只能在殺死了凱薩琳之後，就拚命地逃離現場，因為她已經沒有力氣再去剖開凱薩琳的腹部了。加上她的傷勢也很嚴重，而做為兇器的刀子又要盡量遠離現場才行。

「可是，她才逃離現場二十公尺左右，就因為用盡力氣而昏倒了。沒有多久，她就被在附近巡邏的情人卡爾的同事──佩達‧休特羅哲克發現了。

「莫妮卡在逃離現場的途中雖然流了很多血，但是都被雨水沖洗掉了。兇刀上的指紋也一樣被大雨洗掉了。另外，濺在莫妮卡身上的凱薩琳與茱莉安的血，也在雨水的刷洗之下，和從莫妮卡的傷口流出來的血混在一起了。

「或許莫妮卡當時認為同事已經發現自己所做的犯罪行為，而感到絕望了。沒想到老天還沒有放棄她，你們完全不願意朝著她也有可能是兇手的方向去思考，還替她想了一個很好的理由，認為她也遇到開膛手，並且向民眾公布了這樣的想法。」

「太令人驚訝了……」

「莫妮卡在醫院醒來後，一定也很感到驚訝吧！沒想到自己竟然還沒有被當成兇手。不過，雖然沒有被當成兇手，她也沒有欣喜的感覺，因為她的事情還沒有做完。她的心裡有著強烈的後悔莫及感。」

「因為沒有剖開凱薩琳的肚子尋找……」

「是的。你終於明白了。就是那樣沒錯。她多麼想打開最後一個人——凱薩琳的肚子，確認凱薩琳的肚子裡是否有寶石。她想得幾乎瘋了。因為寶石很有可能就在凱薩琳的肚子裡。所以我剛才才會設下那樣的陷阱。雖然那樣做有危險性，莫妮卡可能會懷疑那是一個陷阱，可是我相信就算她有所懷疑，還是會掉進那樣的陷阱。結果⋯⋯你都看到了。果然如我所料，我的預測是正確的。

「好了。吃完漢堡，我也說明完了。咦？雨好像也停了，天也快亮了。我該告辭了。旅途中說了這麼多話，真的覺得累了。」

克林．密斯特利好像是一個個性急躁的男人，他說著就要站起來。

「啊，請等一下，密斯特利先生，我還有想不透的地方。那麼到底是什麼意思呢？是說莫妮卡的寶石，現在可能還在凱薩琳．貝克體內嗎？真的還在她的體內嗎？」

「這個我就不清楚了，請以後再進行解剖調查吧！但是，雖然有那樣的可能性，我還是覺得凱薩琳的肚子裡沒有寶石了。因為吞下寶石到被殺害的時間，已經超過兩天，所以寶石還在體內的可能性微乎其微。好了，那麼我⋯⋯」

「請等一下，再坐一下吧，因為你好像有點心神不安的樣子。那些媒體記者們不會輕易放過你的。」

「所以啊！主任，所以我才要急著回去。我對媒體記者沒有興趣，所以急著離開這裡。而且我還有事情，必須趁著天還沒有亮以前離開。今天之內我一定要到達匈牙利才行。」

「匈牙利？你去那裡做什麼？」

「去匈牙利和這次的事件一點關係也沒有。」

「是嗎？那麼，腸子的事呢？把切下來的腸子寄到交通管制中心的人，不是你吧？」

「我沒有理由做那種無聊的事吧？大概是哪個無聊傢伙的惡作劇。那個傢伙在路上撿到腸子的片段，就打包了腸子，寄到交通管制中心。」

「那種東西為什麼會掉在路上呢？」

「那還用說嗎？當然是莫妮卡丟掉的。」

「莫妮卡為什麼要那麼做？」

「主任，這種事情你以後再問當事人，不是更好嗎？大概是那截腸子摸起來比較不一樣，所以莫妮卡把它切下來，帶著那截大約二十公分的腸子離開殺人的現場，到比較亮的地方，再慢慢檢查腸子內的情形。

「現場畢竟是比較危險的地方，當然要儘快離開那裡。可是，寶石並不在那截腸子裡，感覺摸起來不一樣，其實只是錯覺，所以就隨手丟棄在路旁了。」

「確實可能如此。不過，你說得好像你就站在旁邊看到了。」

「要我說的話，我也只能想到是那樣。」

「還有一件事。關於柏林銀行牆壁上的塗鴉，那又是怎麼一回事？就是那一段『猶太人不能……』的文字。那也是無聊人士的惡作劇……」

「這個……你要這麼想也可以。」

「這是什麼意思？難道不是……」

「賓達主任，你認為我處理這次的事件時，感到最辛苦的事情是什麼？」

「這個嘛！當然是找出兇手是誰了。還有，你一定也為了證明兇手是誰，而絞盡腦汁……」

「主任，你說的那些事情不困難。最困難的事情是和你們見面，請你們聽我的推理。對我來說，柏林是人生地不熟的地方，想和警方的人見面，可以說是一點門路也沒有。」

「噢……」

「所以，如果在妓女經常出沒的地方，留下那樣的塗鴉文字，或許警方就會主動找上門，而不用我自己去找警方的人了。

「不管怎麼說，我這次的頭銜是倫敦開膛手傑克的研究者。那個下雨天的晚上，我獨自在庫丹大道附近徘徊，絞盡腦汁地想要怎麼和警方的人接觸時，很湊巧的，第二天的命案竟然就在那附近發生了。」

「那麼，柏林銀行牆壁上的塗鴉……」

「是誰寫的都沒有關係吧？主任。重點是這個事件已經解決了。總比沒有那個塗鴉文字，而讓案子陷入迷宮來得好吧？」

「真是傷腦筋。我還是第一次碰到像你這樣的人，不愧是來自福爾摩斯的國度的人。英國還有很多像你這樣的人吧？」

「不知道耶！我不知道英國怎麼樣，但是東京好像有很多這樣的人。好了……」克林・密斯特利拿起行李箱，非常費勁地站起來。

「你真的要走了嗎？」

「是的。因為這裡的事情已經結束了。」

密斯特利快步走出接待室，往面對中庭後門的走廊走去，因為玄關的門還關著。賓達主任趕快追上去，並且搶下他手上的行李箱，並肩和他一起走，還說：「可是，我還沒好好謝謝你。」

「你已經請我吃漢堡了。」密斯特利看也不看賓達主任，逕自快步走到走廊上，「而且我還吃了兩個。」

「兩個四塊錢馬克的漢堡就夠了嗎？那麼，接下來我應該怎麼做？」

「主任，你有三件事要做。第一，解剖凱薩琳・貝克的遺體，檢查她的消化器官，看看有沒有莫妮卡的寶貝寶石。」

「如果有呢？」

「當然還給莫妮卡。對被關起來的莫妮卡來說，找回寶石就是最大的安慰。」

「沒錯。」

「第二件事情就是釋放雷恩・何爾查。我們都不是活在用水槍射擊人、就會被判死刑的時代。因為調皮就被送上斷頭台的時代已經過去了。」

「第三件事情是什麼？」

「對付媒體記者的追問。依我看，這是最困難的一件事。我要拜託你，不論記者們如何追問，你都千萬不可以說出解決這個案子的人，是個像肯德基爺爺一樣的英國人。」

「可是，這樣好嗎？不會對你不好意思嗎？」

「這樣當然很好。解決事件的滿足感就夠了，我已經習慣這樣。啊！雨果然停了。嘩，已經放晴了，好清爽的風。失陪一下，我要來一個深呼吸……」

克林・密斯特利打開門，走到中庭後停下腳步，然後深深地吸了一口氣。

「啊！好舒服呀！主任，你也來個深呼吸吧！」

「深呼吸？」

「對。」

「這樣嗎？」賓達主任把密斯特利的行李箱放在腳邊，學密斯特利，深深地吸了一口氣。

「很舒服吧？」

「的確很舒服。」

「不會頭痛了吧？」

「頭痛？啊！對哦，我的頭完全不痛了。」

「看吧？我說的沒錯吧？啊，從這邊走可以出去外面吧？」

克林・密斯特利率先走入車子進出的老舊石頭隧道。

一走到外面的馬路，要開始泛白的夜色裡，盡是白茫茫的霧；排列得整整齊齊的水銀燈，在霧裡發出點點光芒。這些光芒很快就會熄滅吧？因為馬上就要天亮了。現在還是清晨，雖然有車子，但是並不多。

「你真的要走了嗎？我應該對記者們說什麼呢？」

「大概應付一下就行了。主任，行李箱還給我吧！謝謝你。」

「你現在要去哪裡？可以請署裡的車子送你去。」

「甭客氣了。我的朋友在等我。啊，就在那裡。那麼失陪了，主任，請盡量幫助莫妮卡吧！」

「我們還會再見面嗎？密斯特利先生。」主任對拿著行李箱漸行漸遠的克林大聲喊道。

「誰知道呢？只要再發生這麼大的事件，不管是在世界的哪個角落，我都會趕去。」這個奇怪的人稍微舉起他的大禮帽，以紅色的背部對著賓達主任說。

大馬路對面的長椅子那邊有一個人橫越馬路走過來，看起來像是他朋友。那位朋友相當年輕，好像是東方人。

他們兩個人交談了幾句，但是里奧納多・賓達主任一句話也聽不懂。他倆講的話不是德語，也不是英語，好像是日本話的樣子。

3

CODE M・D・或稱尚皮耶

黑色的森林深陷在十月的黑暗與迷霧。
成群排列的柏樹巨人腳下，
埋藏著我的靈魂。
湖面冷清，湖底吵嚷的湖裡，
我看到了著上十月色彩的靈魂。
位於大陸極北地區的柏樹黑色沉默裡，
有著硫磺的溪流。
像不斷嘩啦嘩啦降落下來的乾燥樹葉，
也像凍結、僵硬的一小撮頭髮的沉默上，
掛著白色石灰石的月亮。
那是黑色森林的冰冷拂曉。
那是什麼時候的事？一點點日子的記憶也沒有了。

一排排柏樹形成的黑色森林寂靜中，
我發現了一小撮的凝固藍色血塊。
那個東西像冰冷的藍色原石，
迎接了我。

亡靈在徘徊，彷彿隱約的幻影。
沉溺在深夜思索的邊緣，那是原石的深淵。
人們不會明白吧！所以才會為了要理解而苦惱。
我拚命努力了。
人們把我白費的力氣寫成了墓誌銘，
裝飾在墓園入口的青銅門上。
整個世界都是黑暗的夜晚，我難以入眠，在被窩裡思考。
我不相信這曙光。
我變成了黑色的巨鳥，
在排排站立柏樹巨人的黑暗上空，為了尋找獵物而徘徊。
但是，我自己就是獵物。

我想相信。我相信星光可以拯救靈魂。
於是我在石灰石的月光下不停地徘徊，
我一邊那樣說給自己聽，
一邊流著血。
在第一聲雞鳴之後，拂曉的暖風從西邊的地平線吹過來了。
可是，黑夜絕對不會離去。
天，永遠永遠不會亮。
全世界的寒冷都湧向了我。
成千上萬的嘲笑化為針，刺著我的毛細孔。
不快的情緒麻痺了靈魂的深夜裡，
我終於找到了。一小撮凝固的藍色血。
大腿上浮著藍色血管的女人，
為了保護生活而蹲坐在黃昏裡，她喃喃自語著：
整個世界的黑夜都在這裡了。
試著讓靈魂腐化吧！像吊在超級市場冷凍庫裡的，
豬的背骨肉。
來看看這個世界的詭計吧！像掛在雷瑪根河上的屍骨肋骨。

這一切從千年以前起就都很清楚了。
沒有人會讓鐵橋穿上衣服。
世界靠著「前進」、「停止」的信號機活動，有時開始，有時停下來。
因為人是機械。
你相信體內是有血液在流動的那個男人，原來只是一個空殼子，
是一個沒有內臟的空殼子。
你對我說：「抬頭看天上的星光吧！」
我抬頭看了，但喃喃地說：
「朦朦朧朧的。別說是用來看書，連肉店的五花肉價目表都看不清楚。」
你點點頭。說：「是呀。因為那不是星星，那是被蟲咬破的黑色天花板的洞。」
我把那些話語，全部埋在柏樹巨人的腳下。
總有一天，會有人使著磨得光亮的軍刀刀尖，
把它們挖掘出來的。到時便是百年孤寂的盡頭。

尾聲

一九八八年，因為一個意外人物的出現，讓震撼了整個歐洲的大事件，突然順利地得到了解決。

在翌日舉行的記者會上，警方依照事實的情況，完整地報告了事件的真相。不過，有一件事被隱瞞下來了，那就是解決了這個事件的關鍵人物，是克林・密斯特利這件事。

經過長時間的謹慎解剖後，果然在凱薩琳・貝克遺體的直腸部位，奇蹟似的發現了莫妮卡・封費頓的鑽石。因為這顆經歷了不幸命運的貴重石頭是證物，所以柏林檢方暫時保管了它，但在里奧納多・賓達主任的努力下，這顆寶石後來還是回到莫妮卡的身邊。

接受診斷之後莫妮卡被要求接受精神科醫生的治療，所以沒有等待判決，就馬上入院接受治療了。莫妮卡入院後，卡爾・史旺刑警則會找時間去醫院探視她。

至於卡爾・史旺手指上墨水的痕跡，是他向同事佩達・休特羅哲克借用壞掉的鋼筆時沾染上的，和這個事件一點關係也沒有。

另外，莫妮卡到柏林署打開棺木蓋子時的穿著，為什麼會那麼像百年前的婦女打扮這一點，誰也解釋不清楚，所以只能以莫妮卡當時處於精神異常的狀態，來做籠統的說明。不過，仍然有很多人認為相隔了百年所發生的兩個事件，是一種超自然現象的因緣，是因為靈魂存在的關係。

雷恩．何爾查在事件的真相大白後就被釋放了，並且回到在動物園前站的「斯吉Ｑ」工作。但是半年後，他以被逮捕時的體驗為主軸，寫了一系列的手記和前衛性的詩作，這些作品出版後獲得了相當的矚目。雖然有不少評論家並不認同這個嬉皮藝術家，可是，也有人對他的作品給予相當的肯定，更有人以「柏林的愛倫．坡」來稱呼他。

一八八八年的倫敦和一九八八年的柏林，是兩個懷抱著無盡憂鬱又有著悠久歷史的都市。發生在這個兩個都市的連續殺人事件，像雙胞胎一樣的雷同。所幸事件已經平靜落幕了。

里奧納多．賓達主任一直在等待一本書的出版，那是英國的克林．密斯特利解說一八八八年開膛手傑克事件的書。可是，等了好久仍然一點消息也沒有。

賓達主任終於忍不住透過住在倫敦的友人去調查，得知倫敦有十三個以「開膛手傑克研究會」為名的組織，可是，沒有一個組織的會員或名譽顧問裡，有叫做克林．密斯特利的人。

本書參考文獻：
《倫敦的恐怖—開膛手傑克和那個時代》，仁賀克雄著（早川書房）。
《開膛手傑克—消失在黑暗中的殺人狂的新事實》，仁賀克雄著（講談社文庫）。

改訂完全版後記

關於《開膛手傑克的百年孤寂》，我曾經有很多想寫的事情。可是，當時的很多事情已經從我的記憶裡消失了，所以我對以下我寫的東西是否正確，其實不是很有信心。

一九八八年我寫這本書的理由，我倒是記得很清楚。那是因為受到集英社能幹的編輯Y田H樹先生的固執勸誘所致。當我問他為什麼一定要我寫時，他的回答竟然是：在他的想像裡，我和英國謎一樣的殺人狂「開膛手傑克」很像。他的話很奇怪，什麼叫做很像？很像沒有人見過的人？這話是說不通的。被他這麼說時，我心裡不是很舒服，所以就把他的提議放在一邊不管了。

說到這裡我又想起來了。他也說過我像芥川龍之介，還固執地要我寫關於芥川的小說。那麼，按照他的說法延伸，芥川是不是也很像開膛手傑克？Y田先生實在是一位擁有特殊方法論的編輯，他似乎相信小說的內容傾向，可以取決於寫小說的人的外貌。

總之，在他的關照下，我在倫敦的雪梨街（Sydney Street）住了一段時間，Y田先生還把仁賀克雄先生研究開膛手傑克的大作《倫敦的恐怖》一書，送到我租住的地方。那時大約是一九八七年，若從發生開膛手傑克連續殺人事件的那年——一八八八年算起，正好是第九十九年的春天。Y田先生心裡的計畫好像是：因為風貌相似，所以我大概可以在發生開膛手傑克事件的第一百週年時，出版有關「開膛手傑克」的書。

當時我對「開膛手傑克」的事件雖然有一些了解，也有一些興趣；但若要談到事件細微的部分，那麼我所知道的事情，實在太微不足道了。老實說直到讀了仁賀先生的大作後，我才對「開膛手傑克」的事件有比較深入的了解。姑且不論Y田先生的用意為何，畢竟「開膛手傑克」的事件一直是一個謎，這種情況基本上就會刺激我的挑戰慾，我立刻就著迷，於是這個事件便住進了我的腦子裡，久久揮之不去。把我送到倫敦，又讓我看研究開膛手傑克的書，當然會勾起專門描寫犯罪小說的作家的興趣。我果然中了Y田編輯的計，如他所願地展開寫作之旅。

住在倫敦的時候，我好幾次搭乘地下鐵去倫敦的東區，到開膛手傑克事件的五個命案現場，一一做實地的探訪。可是，此時的倫敦東區，早已不是發生事件當時的危險貧民窟，而是讓人覺得相當乾淨的印度街，更不再是妓女們在入夜後阻街拉客的地方了。反倒是我在巴黎看到的聖丹尼地區，或柏林的庫丹大道一帶，更像開膛手傑克殺人事件的舞台。經過了這樣的實地探訪後，我決定百年後發生類似事件的舞台不是倫敦，而是西柏林。雖然巴黎的聖丹尼地區也可以成為事件的舞台，但是基於某種奇妙的邏輯感和開膛手傑克的犯罪手法，我覺得當時的德國是更適合發生事件的舞台。

雖然倫敦的東區已經不是適合開膛手傑克的活動舞台了，但是現在再回想，當時我走過的西柏林庫丹大道，柏林圍牆還沒有拆除，人們生活在解放統一的波濤中，德國還沒有統一，所以也和現在的庫丹大道不一樣吧！

倫敦的開膛手傑克事件現場附近，有一家叫做登・貝爾滋的酒吧，那裡也是當年其中一個受害者去過的酒吧。不知道為什麼，我好幾次從那家酒吧前面經過，酒吧的門都是關著的。就那樣，我雖然幾乎每天從掛著「那天晚上開膛手傑克的受害者，從這家酒吧走出去」的看板下走過，回到租住之處，卻一次也沒有進去過那間酒吧。或許是我太早回去了，酒吧要天黑以後才營業吧！

因為聽說杜莎夫人蠟像館裡陳列著開膛手傑克事件的蠟像模型，所以我也去參觀了杜莎夫人蠟像館。蠟像館裡面果然陳列著登・貝爾滋酒吧的模型。蠟像館的登・貝爾滋酒吧有一大片毛玻璃牆，毛玻璃上映出圍坐在吧台邊的眾多酒客身影，錄音效果的酒客談笑聲，從酒吧內洩漏到石板的馬路上，營造出酒吧熱鬧的氣氛。但是離喧嘩的酒吧不遠的暗處裡，卻靜悄悄地橫躺著一具腹部被剖開、內臟露出體外的被害者蠟像。太過栩栩如生的展示模型，讓我在開始執筆寫作後，腦子不斷浮現那樣的畫面，所以我的作品中的酒吧外觀，便完全採用蠟像館的登・貝爾滋造型。

如果說支撐這部作品的主要構思，是在這個展示模型前面想到的，那就太戲劇性了。不過，遺憾的是我真的不記得這個作品的構思是在什麼時候進入我的腦子裡的。就算有人問我：那麼你是怎麼想到這個構思的？我的回答仍然是不記得。我只隱約記得我還不是很了解開膛手傑克事件的詳細內容時，這個作品的構思就已經在我的心中醞釀。但我肯定這是很久以前的事，當時我還在東京時，把我的構思說給Y田先生聽，結果有幻想癖的Y田先生大概因此興奮起來，才會變得一看到我的臉，就想到開膛手傑克。

當我拿到Y田先生送來的《倫敦的恐怖》時，我一邊擔心自己的構思會被宣告不能成立，一邊開始讀了仁賀先生的書。我這個人是這樣的，要創作與著名事件有關連的作品時，並不是先調查資料，才慢慢衍生出自己的構思的，而是先有了構思，才去查資料，看看自己的構思是否能夠成立。我按照這種順序來創作的經驗很多，或許我算是個神秘主義者吧！——這樣說或許有些危言聳聽，不過，我要說我並沒有被什麼神靈附體。像我這樣顛倒順序的創作方式，竟然一直沒有遇到因為構思不能成立，而無法完成作品的經驗。這樣的創作方式連續幾次後，我難免會產生我的構思是「神給我的指示」的錯覺。

關於這個構思，就像前述的那樣，我覺得是來自Y田先生和我志趣相投的牽扯。我並不認為我有比別人更卓越的觀察力，也不認為自己構思的答案是唯一絕對正確的解答，我甚至覺得這個構思是帶點開玩笑性質的想法。可是，開始閱讀《倫敦的恐怖》與相關的書後，我漸漸覺得自己對這個事件所做的解答還不壞。這一百年來在街頭巷尾流傳的，關於這個事件的種種傳說與說法，有很多我並不認同，也無法理解。所以我開始產生一種想法，覺得與其勉強相信那些解謎的說法，還不如自己去尋找事件發生的原因，自己去尋找答案。

流傳在巷弄間的解謎說法，很多以開膛手傑克寄出來的信件為基礎，並且認為那些信件真的都是開膛手傑克寄出來的。我認為那麼多的信件裡，其中幾封比較有名的信件，或許確有可能來自開膛手傑克的手。但是，幹下那種驚天動地殺人事件的真兇，會親自寄信自我承認犯罪嗎？這種事基本上有違常理，我認為會相信這種事的人，思考防禦系統有些問題。應該要考慮到一件事，那就是以前的英國，也會像日本發生「洛城事件」❸時，人們產生集體歇斯底里狀況的情形。在那種狀況下，一般人都很可能無法冷靜地去判斷事情。

姑且不論寄給醫生的那封信的郵票，是不是真的是兇手用舌頭舔過後，再貼上去的。即使是膽小鬼，也會幹下非常驚人、讓人嚇破膽的大事件。精神狀態異於常人的人當然不在此限，兇手如果是正常人的話，就不太可能寫出那種看來執筆時精神狀態良好的信。

無論如何，我認為在考證中帶點黑色幽默來推測兇手行動或動機，打破研究者一本正經的想法，想像學者吃驚、訝異的表情，比起充分了解事件的真相更讓我覺得有趣。這才是促成我完成這部長篇小說的動力。

一般人都會認為開膛手的事件的兇手是精神異常的人，那種殺人的行為是典型的異常快樂行為。兇手殺死了五個人後，就完全停手了，五個受害者全是妓女，其中一個還可以稱為是美女，但這五個人都沒有遭受性侵害。為什麼會這樣呢？我認為拙作所構思出來的理由，比之前的研究者所做的推論更合理。很多研究者因為太過一本正經，所以容易陷入知識的陷阱，認為有精神障礙症的人，就會變成惡魔般的快樂主義者，會揮舞開膛手傑克的刀子，到處去尋找下手的對象。他們就是以此種常識性的想法為前提，來建立自己說法的。確實，任何人看到那麼離奇事件的慘狀後，大概都會產生上述那樣的想法吧！再加上後來又出現了許多惡作劇般投書，受到那些投書的影響，兇手是精神障礙者的說法，幾乎變成了定論。

歷史上連續殺人的離奇事件雖然為數不少，但是兇手對受害者的內臟感興趣，會剖開受害者的腹部，卻又對性器官漠不關心，還在殺死五個人後就突然停手的例子，可以說是前所未有的吧？我不是這方面問題的專家，或許以前有過相同的例子是我所不知道的。如果是這樣的話，請知道的人一定要告訴我。不過，就算以前也有相同的例子，應該也是相當罕見。如果真的有相同的事件，那麼我也強烈地懷疑那個事件的殺人動機，和本作品所提出來的動機有相當的共通性。

不管怎麼說，因為這個事件已經具備了命案的具體性條件，所以首先應該做的，就是尋找會殺死這五個做同樣工作的兇手，這個兇手有著將她們殺死後，非得剖開她們腹部不可的原因。接著，就是懷疑民眾在事件的可怕模樣下，因為恐懼的心理而產生的想法。看看那麼多惡作劇投書的內容，就可以理解民眾為什麼會產生誤解了。有了懷疑後，就會開始有否定的情形出現了。就像俗話說的那樣：對於眼睛所看到的事物，一定要做擴大解釋。按照常態

譯註❸：一九八一年日本商人三浦和義在洛杉磯殺妻案。這起謀殺案震驚國際，令日本遊客恐怕在美國內城區遊覽時會受到襲擊。

來說，上述的情形就是尋找事件真相的步驟。但是現實上在追查兇手時，我卻沒有按這個步驟做。這也是我要寫這本書的動機之一。

我確實是在Y田先生的半強迫之下開始動筆寫這個作品的，但是寫完以後，我也覺得很滿足，並且認為這個作品將成為我生涯中的代表作之一。不過，每當我完成一部長篇，就會有這種感覺，所以這種感覺並不是很靠得住。

回到東京後，我和《倫敦的恐怖》的作者仁賀克雄先生碰面了，並且和他成為朋友，接受了他的許多指導。仁賀先生是一位實實在在的開膛手傑克專家，他的創作展現了他對開膛手事件的理解，就算他的看法是常識性的見地，也讓人難以駁斥；他的作品除了創作外，還有一定的評價。我到新宿的紀伊國屋書店，去聽科林・威爾遜先生的演講時，因為有仁賀先生的介紹，所以很幸運地能和威爾遜先生進行了短暫而愉快的交談。所以我要趁這個機會好好的謝謝Y田先生和仁賀先生。如果不是他們兩位，這本《開膛手傑克的百年孤寂》就不會問世了。

這個作品在倫敦開膛手傑克事件發生百年的時候，順利地在集英社出版了。那時的書中也有寫序，封面上所使用的圖，是電影「異形」的異形設計者R・H・季卡（Giger）先生的作品。要用當紅創作者的作品除了經費的問題外，還得得到作者季卡先生的同意使用權，這一點也是靠Y田先生搞定的。季卡先生的代理人的回答是「季卡去度假了」，一聽就知道這是中間人的推託之詞，在騙我們。代理人以同樣的說詞對集英社的會計說，也對我說過，但是Y田先生卻仍然憑著他的三寸不爛之舌，拿到了使用權。現在回想起來，還是要讚嘆一下Y田先生。就這樣，就在我以為我和「開膛手傑克」的關係已經結束之時，二〇〇三年的十二月，在光文社的委託下，我接下了編撰牧逸馬先生的《世界怪奇實錄》精選集的工作。牧逸馬先生所寫的〈料理女肉的男人〉，就是介紹開膛手傑克的作品，這個作品當然也選入精選集中了。不過，因為我認為〈料理女肉的男人〉這個標題的使命已經結束，便利用了精選集編選者的權限，將〈料理女肉的男人〉改題名為〈開膛手傑克〉。

《世界怪奇實話》是昭和初期日本的超級暢銷書，這套書不僅讓牧逸馬先生賺到錢，也讓他獲得極高的聲名。不過，當時開膛手傑克事件給世界帶來衝擊性，與這個事件前所未有稀有性，對牧逸馬先生的聲名，也有著極大的貢獻。我在這本書的解說裡介紹說：《世界怪奇實話》是將開膛手傑克介紹到日本的濫觴。但是我最近才知道：《世界怪奇實話》在日本出版的當時，事件發生地點的倫敦卻沒有介紹這個事件的書籍。由此可見牧逸馬先生是一個獨具慧眼的人。

二〇〇三年，美國的女作家派翠西亞・康薇爾寫的《開膛手傑克結案報告》出版了。這本書中明指英國的印象派畫家華特・席格就是開膛手傑克。這個說法很快就傳遍了全世界。為了調查這件事，派翠西亞耗費鉅資做調查與研究，投入了大約七億日幣的經費，超過以前的研究者們在調查這個事件上的總額。她調查了席格的身家、投書上的郵票，採集了他的口水，拿來和郵票上的口水做比對。

當時我立刻和最近剛出版了《瘋狂的偽裝》的朋友——精神科醫生岩波明，針對康薇爾提出的說法，交換彼此的意見。關於我和岩波明討論的內容，限於篇幅無法在此介紹，但已經公開在我的網站上了。

二〇〇三年的三月，我的短篇小說集《上高地的開膛手傑克》付梓了。標題作雖然是一篇短篇的小說，但是內容就像我正要說的一樣，日本國內也發生了一起開膛手傑克事件。我想在這個短篇小說裡表達的是：被害者只有一個人時的可能性。但是相對於倫敦的開膛手傑克事件，這個短篇作品以《上高地的開膛手傑克》為名，似乎冒犯了「開膛手傑克」的赫赫大名。我想這是我想隱瞞也隱瞞不了的錯誤。

這些工作雖然讓我深感壓力，但是我仍然很想得到倫敦開膛手傑克事件中五個命案的詳細資料。我想知道傑克如何在五名被害者身上動刀，想得到被害者腹部上傷口的明確位置圖、傷口的大小、內部臟器的哪裡挨了刀子、被切割的位置到底是哪裡等等。我尤其想知道刀子切斷腸子的正確點。

還有，我也想要每個被害者被切割走的臟器名單——被切割走的和被留下來的臟器的正確名單。尤其是子宮不見了的被害者，是不是第一個被害者呢？如果有那些詳細的資料，我想我能說的事情一定會更多，也能更深入敘述真兇為何要剖開被害者腹部的理由和目的了。

看來牧逸馬先生似乎也沒有得到那些資料。我已經在這個作品中提到，蘇格蘭警場果然按照預定，在一九九三年公開了倫敦開膛手傑克事件的相關搜查資料。終於可以看到這個作品剛剛問世時我沒能見到的第一手資料了，我很期待藉著閱讀、研究這些資料，產生戲劇性的發展。但很遺憾的，事與願違，沒有發生那樣的情形。

蘇格蘭警場所公開的資料中，有一大半已經被熱情的媒體提早洩漏了，所以幾乎看不到什麼新的事證，而與我的這個作品有關的部分，大概只有我寫錯了第一個發現最初被害者的姓名。關於這一點，我已經在這次的版本裡做修正了。說到文庫本。承蒙「文春文庫」認可拙作的價值，所以提出收錄到文庫的要求。文庫版的校樣很快就送到我的手中了，重看將近二十年前在Y田君的半誘逼下完成的作品，我覺得汗顏了。

送回去的初校稿被我的紅筆修改得接近體無完膚，再送回來的二校稿也一樣被我改得滿頁通紅，三校的時候雖然情況好一點，但也一樣幾乎每頁上都有紅筆的痕跡。不過，經過三次徹底的修正後，終於覺得可以放心地讓《開膛手傑克的百年孤寂》出去了。

請聰明理智的讀者諸君們再一次閱讀，再一次好好的檢視、了解這個赫赫有名的事件。加筆修正完畢的現在，我要深深感謝「文春文庫」給了我這樣的機會。

島田莊司

二〇〇六年八月三十一日

【特別收錄】

有夢的時代

島田莊司

有一種小說會在故事前段出現謎題，將謎題解開之後在後段呈現完整的解答。這些故事有著明確的主軸，【謎題↓解謎】。換句話說，這些事件並非源於鬼怪，而是人類所引發的，這類故事稱為「偵探小說」或者「解謎小說」。

另外在這個類別中，如果對解謎時的思路——也就是我們所謂的「推理」——非常講究，甚至到了令人覺得迷離複雜的程度，作者準備了讓人意想不到的出奇理由，讓讀者折服，看了之後會大嘆「原來如此啊！我怎麼沒想到！」，並且由衷佩服，這代表解謎的說明讓讀者感受到高度說服力，作品的後半部分如果符合上述條件，這些小說我們特別冠以「本格」推理這個稱呼。

解謎小說也有「頭腦體操」的性質，因此會需要極度運用頭腦，也就是讀者的思考力，也有可能是這些令人覺得有需要「動真格地（本格）思考」的作品，在不知不覺中確立下了這個稱呼吧。

以前我曾有一段時期大量地閱讀江戶川亂步的小說，亂步先生的小說重點並不在於解謎的推理部分，而更重視讓讀者毛骨悚然的恐怖佈局，而這些恐怖多半以從江戶時代到明治時代常見的畸形秀，也就是讓觀眾付費觀看小屋內所謂的畸形人、長頸怪女、蛇女、被處刑罪人的首級等等，以這種鬼屋風情做為基調，將之帶進故事當中。

因為和一般小說的風格不太一樣，因此也有人稱之為「變格」偵探小說。以此為基準來加以區別，和這種作品風格截然不同，以邏輯來推理不可思議的事件、刻意運用知性解謎的小說，就稱為「本格」。

這種小說的目的，不在於利用畸形秀帶給讀者恐懼，而是希望讀者能運用頭腦解開這些恐怖的謎題，閱讀這種運用頭腦的樂趣，這種企圖就是「本格」的精神所在。不過希望各位不要誤會，這兩種類型並無優劣之分，兩種都很有趣，只不過帶來趣味的特質不同而已。

話又說回來，不管是「本格」或者是「變格」，閱讀的樂趣固然吸引人，其實書寫時也很愉快，所以我非常希望各位能夠勇於挑戰。如果想要在小說中深刻描寫人的一生，帶給熟年讀者感動，給許多讀者生活指標，那麼只度過短短十餘年或二十年人生的人，是寫不出來的。想要俯瞰描寫喜歡異性時心情的苦樂，以及喜歡上之後遭遇的困難等等，在這個年代也還稍嫌困難。就算寫得出來，可能也無法感動太多讀者吧。

不過如果是以【謎題→解謎】為主軸的偵探小說，從小學時期就可以嘗試，而且還可以對於大人們忽略的謎題多加著墨，甚至指出大人們未曾想過的解決方法。在兒童或年輕人的日常空間中，存在著年長者們所不知道的特殊事件以及世界，其中一定會發生沒有任何人注意到的奇幻或冒險。

故事中出現的不可思議事件，也就是推理的題材，並不需要一定有人死亡、警察出場。如果是可能會在報紙上刊出的衝擊性大事件，當然會吸引許多大人的關注，但除此之外，其實日常生活中還有許多雖然微小卻充滿光彩的奇妙事物。早已把這樣的世界拋諸腦後的大人，往往很難發現這些小小驚奇。他們總是以為自己已經長大成人，足夠成熟，所以認為自己世界裡發生的事件價值比較高。不過大人們的世界所發生的，多半是利己、計較利害關係，只會虛張聲勢愛面子的事件，這種事件中完全沒有推理的意義。

說到我的小時候，我小學時代都在目黑區大原町——現在已經改名為八雲——還有駒澤、柿木坂這一帶度過，就讀目黑區的東根小學。當時江戶川亂步的「少年偵探團」和「怪人二十面相」是孩子們的英雄，廣播節目中也頻頻播放廣播劇。所以我經常和朋友們交換江戶川亂步的書，讀得相當入迷。

二十面相披著黑色斗篷奔馳的東京街道，其實可能是淺草、谷中、麴町或者神田附近，但不僅是我，和我一起組成偵探團在街上四處探險的夥伴們，對神田和谷中都完全沒有一絲憧憬。因為當時的駒澤附近和柿木坂住宅區，實在不像二十面相的活躍舞台。之所以不帶憧憬，除了這是我們從小生長已經很熟悉的地方以外，其實還有一個重要的理由。

現在已經變成駒澤公園的那片綠地，在我小學四年級左右本來是一片廣大的高爾夫球場，有丘有谷，整面覆蓋著綠意，開滿白色和黃色花朵，草原上有各種蝴蝶飛舞，還有一條小河流過，灌溉了草原上的葉片。

後來這塊地方被定為一九六四年東京奧運會的第二競技場，工程開始後削平了山丘、填埋綠地，某一天，連小河都被放入了巨大的水泥製土管。

但是當時的我們，一點都不遺憾失去了寶貴的自然景觀。現在當然已經不可能有那種現象，不過當時的管理很隨便，一到假日，我們就可以從突出地上的土管沿著梯子爬下；後來，泥土會被填到跟這個管子同高。

進入管子裡之後，我們眼前所看到的，是一條既暗又看不到盡頭的隧道，全新的水泥和水的味道，還有手電筒光芒之外令人毛骨悚然的黑暗，這種真實的感覺，讓我們深信這可以通往二十面相的新基地；為了奧運而展開的大規模工程，就是他最高明的偽裝，其實這一定是一座巨大地下要塞的建設，二十面相基地的入口，總是出人意表地設在街上平凡無奇的陰暗角落。那段日子我天天和夥伴們一起幻想，我們失去了綠色的自然，但是卻換來了令人永不厭倦的刺激冒險舞台。

當時我們在東根小學的班上，每到午餐時間，大家就會搬動桌椅換位置，跟周圍的學生併成一張大桌，幾個人圍成一桌一邊吃飯一邊吃營養午餐。

剛開始我只是單純地跟朋友聊天，不過這種缺乏創造性的內容，慢慢讓我感到無趣。有一天，我把在駒澤公園想到的冒險幻想告訴了大家。那雖然是個模仿江戶川亂步的偵探故事，但是大家竟然出乎我意料地捧場，直呼有趣，故事說到一半鐘就響了，我只好答應大家，明天午餐時間再繼續往下說。

隔天，我好不容易任憑想像隨口接著講完了故事，但是幻想的材料也慢慢快要用盡，我心想，如果隔天想要能順利說完故事，一定需要充分的準備。於是，為了這段午餐時間，我開始先在家裡將故事大綱寫在筆記本上，到了隔天再說給大家聽，這麼一來吸引了越來越多人，形成無法輕易罷手的局面。

我在桌上攤開筆記本，一邊說故事一邊不時低頭看一兩眼，但後來覺得麻煩，決定乾脆直接拿起來朗讀。大家都聽得很入迷，就連平常老是愛批評、愛找麻煩的女孩子們，也紛紛皺起眉頭來，露出認真的表情聽著故事。看到他們的樣子，我一方面吃驚，一方面也覺得很自豪，同時也認識到「故事」所擁有的強大力量。

現在已經很少了，不過當時的廣播劇和小說朗讀的廣播節目中，很常使用朗讀這種表現手法，似乎已經自成了一個類別。我的朗讀會受歡迎，或許獲得了這種社會現象的推波助瀾，而且當時的駒澤公園對小孩子來說簡直是夢想的國度。

當時電視正以驚人的氣勢開始普及，柿木坂的一角設有東映電視部的攝影棚，在這裡製作真人版「原子小金剛」和「月光假面」。而且外景隊經常從這裡，往鄰近的駒澤周圍出發。當時路上的汽車還很少，拍攝工作在我們看來也很新鮮有趣。

我們對淺草和神田沒有太多憧憬的理由就在這裡。因為拍攝電視連續劇的柿木坂和駒澤這附近，對我們來說才是發光發熱的好萊塢。每當在自己鄰近地盤發現外景隊，遠遠地隱約看到電視螢幕上曾經看過的臉，那種感覺真的很讓人興奮。我的幻想故事現在已經記不太清楚了，但多半是從這樣的日常生活中所產生出來的。

我在午餐時間大桌的朗讀連載，漸漸在班上獲得好評，後來在其他大桌也陸續出現小作家，每個人都不認輸地開始發表自己創作的朗讀。很多人的創作跟我一樣，都是模仿亂步風格的偵探小說，其中也有人嘗試新風格的時代劇，令我大為震撼，大家的認真讓我稍微緊張了起來。

一九八七年，在講談社編輯部宇山日出臣先生的幫助，引發了一陣名為「新本格運動」的潮流。當時的東根小學教室內，領先時代三十年，已經出現了新本格的一大興盛期，遠在講談社以前，目黑就已經發生過「前」新本格風潮了。不過很遺憾的是，當時的同學中並沒有人當上作家。

總之，各位應該已經了解，解謎的偵探小說，小孩子也寫得出來，甚至，這可能是小孩子才適合寫的小說類型。

到了三十歲才以《占星術殺人魔法》一書在偵探文壇出道的我，不久後就寫了《被詛咒的木乃伊》，仔細想想，那可能是受到小學時代經驗的影響吧。拿出超級有名的這兩位主角，是多麼適合在大家面前朗讀的作品啊，聽眾一定很快就會有反應。

如果沒有這些體驗，到了三十歲才第一次開始要構想寫小說，寫出的作品可能是更加嚴肅、更類似松本清張風格的小說吧。

如果能做到這樣，那當然也很精采，但是幽默或者帶有童趣的夢想等等氣氛就稀薄了許多。這麼一來，島田莊司的作風就會跟現在完全不同了。

至於出道作品《占星術殺人魔法》，現在回想起來故事發生的舞台正是東根偵探團的活動範圍。藝術家居住的八雲宅邸內發生了怪異事件，警察在柿木坂一帶的住宅和模特兒工房來回調查，犯人則藏身在還沒開始動工的駒澤公園。

故事本身或許比我在東根小學時創作的更純熟，但是我總覺得，自己是直接將午餐時間連續朗讀偵探小說的舞台裝置和材料，用在這部作品中。

我現在一邊寫，感受越深刻，原來在東根小學時代的偵探小說創作，對我後來的出道有那麼大的幫助。

現在回想起來，昭和三十年代的東京可以說是沉浸在偵探小說中的時代。受到江戶川亂步的影響，東京街頭的上空完全被偵探小說的空氣所覆蓋。類似的小說大量出版，廣播節目和新興的電視中也有許多以偵探為賣點的節目，走在街上，時時都可以聽到這些節目的主題曲。

我就是在這種氣氛的薰陶下長大成人，不過現在的孩子們所看的偵探卡通，也有一樣的效果。令人驚訝的是，這些作品中的空氣跟我們當年的很類似。對小孩子來說，「名偵探柯南」或許就像我們當年「少年偵探團」的角色一樣，故事中的警察穿著現在已經沒有人穿的風衣、頭上戴著軟帽。舞台的確是東京，但看起來並不像是發生在二十一世紀的故事，應該是我們東根少年偵探團的時代吧。柯南彷彿是從那個時代穿越時空，來到了現代。

不知道為什麼，偵探小說中與其將舞台設定在現在，不如選擇帶著懷舊和回憶氣氛的數十年前，更有襯托故事的效果。但我的意思並不是不能將故事的舞台設在二十一世紀，正因為現今人類在生物學、醫學、機器人學等領域都有長足進步，才能創造出更多推理的可能性。

不過現在的都市中充滿了鋼鐵和玻璃建造的摩登高層大樓，或者庭院狹小的住宅，高爾夫場、工廠、廣場、棒球場，也都從城市裡消失了，再也沒有能讓少年偵探團四處巡邏、打棒球的舞台了。

然而，到郊外去找找其實還有不少。前幾天我去了三鷹的天文台，沒想到圍牆後面竟然存在一個這麼有亂步風格的世界，讓我相當驚訝。

繁盛茂密宛如武藏野❹的雜木林，其中散落著長滿藤蔓的廢棄房屋，現在已經棄置的古舊天文台外牆是泛黑的水泥牆，古老巨大天體望遠鏡藏在天文台內部，還有一座被稱為愛因斯坦塔的紅磚造奇異建築物。彷彿建築物的某處隨時會迸裂，一座秘密火箭朝向月亮衝出，

譯註❹：武藏野原為關東平原西南部的洪積台地。從東京都中西部跨至埼玉縣南部。從前是一片雜木叢生的茂密原野。

或者是披著黑色斗篷的二十面相，不知什麼時候會從四方的暗處飛竄出來。

不管怎麼說，年輕朋友都很有可能創作出有趣的解謎式偵探小說，說不定這是唯一適合的小說。各位是不是也明白了呢？我自己在三十歲才開始寫小說，而真正的開端就像剛才所說的，可以追溯到小學時代。寫這篇文章的目的，就是想告訴各位這一點。

之所以等到三十歲，是因為我認為到了這樣的年齡，才能完全了解社會的結構，這種想法當然也有正確的一面，不過如果沒有從小學時就開始執筆，我的作品就無法有足夠豐富的類型，可能會在創作上遇到瓶頸吧。另外，我在二十歲左右什麼也沒寫，想必也永遠失去很多青春故事。

根據我自己的經驗，其實沒有必要等到了解整個社會後再提筆創作。有些事不管到幾歲都不會懂，也有些觀念和知識在年輕時候很清楚，隨著長大反而會逐漸喪失。而且，故事是活的，如果是傑作，那麼透過書寫這個行為，就能自然而然地教會你不懂的部分。對讀者來說涵義深遠的故事，即使在還不了解社會結構時提筆書寫，很奇怪地，其中也不會出現任何矛盾。因為這其實是一種天啟，透過你純粹的靈魂在向世上傾訴。

如果你讀了本書後覺得有趣，「哇，原來還有這樣的世界啊！」那不妨也試著寫寫看屬於自己的故事，你的體內說不定潛藏著你自己也不知道的巨大創作能力。在我小學的時候，我從來沒想過自己竟然有書寫故事的能力，不過倒認為自己有在野山奔馳、畫畫、打棒球、製作模型的才華。

不過現在的我並沒有走上其他任何一條路，反而成了寫小說的人，實在很不可思議。我由衷認為，這些力量都來自那個愛作夢的時代。這都是因為有了小時候那段大膽開口說故事、也嘗試著寫下來的日子，還有認真聽我朗讀故事，給了我莫大鼓舞的東根小學同學們。

現在我非常感謝他們。聽故事的他們固然高興，但是寫故事的我所獲得的樂趣，卻是大家的好幾倍。那可說是我有生以來第一次感受到自己這個人的價值。希望將這篇文章讀到最後的各位，也能獲得當時我所得到的快樂。

二〇〇九年二月十日

國家圖書館出版品預行編目資料

開膛手傑克的百年孤寂 / 島田莊司著 ; 郭清華
譯. -- 初版. -- 臺北市 : 皇冠, 2009. 09
面 ; 公分. --
(皇冠叢書;第3885種 島田莊司推理傑作選;24)

譯自 : 切り裂きジャック・百年の孤独
ISBN 978-957-33-2571-0 (平裝)

861.57　　98014276

皇冠叢書第3885種

島田莊司推理傑作選 24

開膛手傑克的百年孤寂

切り裂きジャック・百年の孤独

作　　者—島田莊司
譯　　者—郭清華
發 行 人—平雲
出版發行—皇冠文化出版有限公司
台北市敦化北路120巷50號
電話◎02-27168888
郵撥帳號◎15261516號
皇冠出版社(香港)有限公司
香港灣仔駱克道93-107號利臨大廈1樓
電話◎2529-1778　傳真◎2527-0904
出版統籌—盧春旭
編務統籌—孟繁珍
版權負責—莊靜君
外文編輯—蔡君平
美術設計—許惠芳
行銷企劃—李邠如
印　　務—林佳燕
校　　對—鮑秀珍・熊啟萍・孟繁珍

著作完成日期—1988年
初版一刷日期—2009年9月

法律顧問—王惠光律師

讀者服務傳真專線◎02-27150507
電腦編號◎432024
ISBN◎978-957-33-2571-0
Printed in Taiwan
本書定價◎新台幣250元/港幣83元